애도의 공동체

최현주 비평집

애도의 공동체

최현주 비평집

첫 평론집을 낸 후, 십여 년의 세월이 순간처럼 지나간 것만 같다. 단절도 비약도 없이 어제와 다를 바 없는 시간들의 흐름을 과감하게 거부하지 못했던 탓이다. 학생들을 제대로 가르쳐야 한다는 두려움과 더불어 그럼에도 안정된 직장에 편입되었다는 안도감의 극단에서 새로운 작가와 작품들을 만나는 데 게을렀다. 그러면서 새로운 글쓰기를 시도하지도 못했고 작품을 새롭게 분석할 수 있는 매서운 시선 또한 무뎌가기만 했다.

하여 단단한 담금질의 매서운 과정은 생략되고 만 채로 오십의 중반이란 난해한 결론에 마주한 셈이다. 지천명의 나이, 설마 내 나이가 벌써 이렇게 되고 말았는가라는 당혹감과 더불어 인생의 어떤 종착점에 도달해 있는 것은 아닌가 하는 끔찍한 착시 아닌 착시에 빠져들기도 한다. 그러면서 더 이상의 글쓰기는 어려울지도 모른다는 지독한 절망이 가슴 한편을 쓸고 지나간다.

30대의 나는 산정의 주변에서 한 치 앞도 보이지 않는 안개 속 링반데룽의 방황과 배회를 반복하는 존재라고 생각하며 전망 없는 삶을 살아내었다. 하지만 지금의 나는 그러한 기시감에 여전히 시달리면서도, 어쩌면 아예 길이 없었던 것은 아닌가라는 절망에 빠져들기도 한다. 30대의 무모함도 도전도 패기도 실험정신도 상실되어 가는 지금의 나를 견디기가 참 어렵다.

거기다 시대의 변화는 더 빠르게 진행되고 있다. 4차산업, 인공지능 등과 더불어 예술의 종언, 혹은 문학의 죽음이 현실로 다가섰다. 지배담론과 장치에 포획되어 가는 현실이 단지 가상이 아닌 실재하는 그 자체라는 점에서 현실의 변화들은 공포로 다가선다. 담론과 장치가 다만 허구일 뿐임을 알면서도 모두가 허구에 더욱더 몰입되어만 가는 현실이 우려스럽기도 하다. 인공지능도, 인터넷도, 민족이나 사랑이란 관념도, 화폐로 환원되는 물신도 모두 허구일 터인데 지금의 우리는 모두 그러한 허구로부터 벗어나지 못한 채 가상의 그림자에 매몰되어 가고 있는 것 같다. 때문에 각자의 가상, 그림자, 허구의 세계에서 자신만의 언어와 문법으로 살아가고 있으니, 공론장이니 공동의 선이니 하는 것들이 과연 존재할 수 있겠는가? 그 결과 소통 부재, 의미 부재, 대화가 부재하는 사회, 공동체의 상실을 실감하고 있다.

뿐만 아니라 동학혁명 이후, 아니 더 거슬러 올라가보면 신라의 삼국 통일 이후 한반도에서 살아가는 이들은 단 한 번도 자주적인 삶을 살아가지 못했고 지금도 여전하다. 고려와 조선시대의 사대주의적 굴종, 일제에 의한 식민지배, 해방 후에는 미국과 소련에 의한 이념의 갈등과 분단, 지금 현재도 한반도를 둘러싼 4대 강국의 횡포로부터 자유롭지 못한 것이 사실이다. 이 같은 정치 사회적 현실과 지형 가운데 가장 근본적인 문제는 외세 의존적인 권력자들과 매판적인 자본가들의 존재이다. 이 땅의 권력자들은 백제와 고구려의 패망 이후 공동체의 더불어 사는 삶과는 상관없이 민중의 생존 기반을 착취하고 수탈하는 과정을 통해 이익을 생산해내고, 이것들을 외세에 상납하는 방식으로 자신들의 권력을 세습하고 재생산해왔다. 이 같은 양상이 지금 정치 사회적으로 논의되고 있는 한국 사회 적폐의 근원일 터이다. 해방이 되고 70여 년이 지났는데도 불구하고 아직도 친일파를 제대로 청산해내지 못한 것만으로도 한국 현대사의 부조리함, 혹은 비자주적인 삶의 실체를 확인하게 된다.

이처럼 허구에만 매몰된 소통부재의 시대, 참혹한 주권부재의 정치 사회 현실 가운데 한국 문학이 자리하고 있다. 그런데 문제는 우리의 문학이 사회현실의 구조적 모순에 대한 응전력을 확보해내지 못하고 있다는 데 있다. 인권의 근원으로서의 자유와 그로부터 기원하는 다채로운 감성의 표출이야말로 문학 본연의 길임에는 분명하다. 하지만 그것이 눈앞의 현실, 우리가 발 딛고 사는 구체적인 현장, 모순된 삶을 몰각하는 것이어서는 안 될 것이다. 절망을 망각하였다고 하여 그것이 희망이나 행복을 보장하지는 않는다. 진리와 선악, 아름다움, 자본 등이 근대성의 배치이자 허구라고 치부한다 하더라도 이제는 허구에의 지나친 몰입으로부터 벗어날 때이다. 허구의 허구성을 자각하고 그러한 허구로 인해 우리의 구체적인 현실에서 힘겨운 삶을 살아가는 이들의 고통에 주목해야 할 때이다.

공동체 구성원들의 상처와 아픔에 공감하고 연대하는 삶이 요구되고 있다 할 것이다. 사실 우리는 현대사의 전개 과정에서 잔혹했던 국가폭력의 역사들을 목격한 바 있다. 죽음으로 내몰린 민중들의 모습이 제주4·3, 여순10·19, 광주5·18, 그리고 세월호의 참사로 반복되었다. 이 모두가 우리 공동체의 역사 현실에 대한 무관심으로부터 촉발된 것이었으며, 기득권자들에 대한 안일한 비판과 타협 때문이었던 셈이다. 이제 스러져간 이들에 대한 공동체의 관심과 공감,

애도의 작업이 필요하다. 그리고 그 중심에 문학이 나서야 한다. 희생된 이들을 역사의 장에서만 만날 일이 아니라 그들을 현재로 소환하여 그들의 내밀한 아픔과 상처를 제시함으로써 공동체의 구성원들이 실감하고 애도하는 문학의 장이 마련되어야 한다.

이 책에 실린 글들은 그간의 순문학주의와 미학주의, 그리고 가치중립을 전제로 한 문학작품에 대한 분석과 해석을 비판하는 관점에서 쓰여졌다. 타자들의 고통의 근원과 현실 사회의 모순들을 해체하고 전복시켜 나가는 문학적 응전력을 되찾았으면 하는 고민과 소망의 반영이라 하겠다. 인간이 배제되고 공동체의 고통이 방치된 채로의 미학주의나 문학 해석의 폐쇄회로로부터의 탈주가 필요한 시점이다. 공동체의 다중, 대중이 참여하고 실천하는 운동의 장으로서의 문학의 다양한 실천의 힘들이 복원되기를 기원해본다.

지난한 고민과 힘겨운 과정을 거쳐 책이 나오게 되었다. 많은 이들의 관심과 노력 때문이었다고 생각한다. 나의 가족들과 제자들, 주변의 분들에게 항상 무심함을 핑계로 괴롭히고 힘들게만 한 듯하다, 항상 미안하고 미안하다. 더불어 모든 이들에게 감사할 뿐이다.

2020년 2월
최현주

차례

제1부

웃음의 시학, 그 역설의 배치

1. 진정 웃음의 시대인가?

웃음은 최근의 문화적 담론과 지형을 가늠하는 주요한 인식소로 기능한다. 특히 대중 문화 속에서의 웃음 코드의 장악력은 가히 폭발적이다. 많은 영화나 드라마, 쇼프로그램들에서 적절하게 웃음이 배치되어 있어야만 대중들의 흥미를 이끌어낼 수 있다. 그것은 우리들의 일상에서도 마찬가지이다. 일상의 대화에 유머를 적절하게 배합해낼 줄 아는 사람이 재치 있는 사람으로, 여유 있는 사람으로 인정받게 된다. 이처럼 웃음이 이 시대 문화와 담론의 주요한 지형을 선점하게 된 것은 무엇 때문일까?

어쩌면 지금 이 시대가 혼돈의 시대, 혹은 과도기의 시대이기 때문일 것이다. 그러한 진단은 1990년대 이후 방향을 상실한 우리 사회의 구조적 모순으로부터 근원하는 것이면서 동시에 근대에서 탈근대로 이행하고 있는 후기 자본주의 사회의 여러 가지 모순된 징후들로부터 비롯하는 것일 터이다. 특히 현재 우리 사회의 탈근대 논의는 근대에 대한 부정을 함의할 뿐 새로운 사회에 대한 전망과 이념을 제시해내지 못하고 있다. 그런 점에서 이 시기는 분명 혼돈의 시대이고 전망 부재의 시대이다. 더구나 스스로의 주체 정립을 통해 온전한 의미의 근대를 경험하지 못한 우리에게 탈근대 논의 자체는 비현실적인 논리의 사변만 반복할 수밖에 없다. 그러한 과정에서 탈근대의 징후로서의 웃음은 대단히 문제적인 현상인 셈이다.

뿐만 아니라 후기 자본주의 사회의 물신화로 인한 욕망의 파고가 더 높아져만 간다. 이제 인간의 정신과 영혼까지도 하나의 상품으로 가격이 매겨져 진열되고 매매되는 그런 시대가 되어가고 있다. 숭고한 지성과 혁명에의 열정은 지난 시대의 아스라한 기억과 함께 사라져버리고 계몽의 허구성에 대한 냉소주의만이 부유하고 있다. 어떤 실천적 귀결도 이끌어내지 못한 채 추상과 관념만이 허공에 가득하다.

우리 문단도 사정은 다르지 않다. 현존하는 여러 문제들, 이를테면 평론가와 작가들의 문학권력에 대한 열망과 타협, 출판사와 잡지사들의 상업주의, 문학상의 범람과 문학입문 제도의 불합리성 등은 우리가 당면한 존재론적 위기와 사회 역사적 혼돈의 흐름으로부터 자유롭지 못한 형국이다.

그 때문일까. 이 시기 웃음의 문학이 다시 부활하고 있다. 웃지 않을 수 없게 만드는 문학, 이 사회와 세계, 그리고 그 구성원들의 부조리와 이중성에 대한 조소와 냉소, 유머와 풍자가 이 시기 많은 작품들의 구조를 견인해내고 있다. 송기원, 성석제, 김종광, 이명랑, 김연수 등의 최근 작품들에서 이러한 경향은 쉽게 발견된다.

따라서 이 글에서는 성석제와 김종광의 소설 세계를 중심으로 이 시대 문학들 가운데 부유하는 웃음의 실체를 분석해보고, 한편으로 주요한 창작 방법의 또 다른 모색이라고도 할 수 있는 '웃음'의 시학의 구조와 정체를 탐색해보고자 한다. 그렇다고 이 글이 웃음의 문학을 지나치게 긍정해내지는 않을 것이다. 왜냐하면 웃음의 문학은 혼돈과 과도기의 문학이며, 결코 새로운 전망을 보여주기 어려운 구조적 모순을 스스로의 시학으로 내재하고 있기 때문이다. 또한 이 글을 쓰면서 필자 스스로도 웃음의 문학이 새로운 21세기의 한국적 상황에 현실적으로 조응하는 가장 적절한 창작 방법일 수 있는가라는 질문에 아직 스스로의 답을 찾아내지 못한 때문이기도 하다.

2. 웃음의 구조와 배치

웃음은 불일치의 산물이다. 균형이 깨뜨려지는 순간 웃음은 파생된다. 전혀 예상하지 않았던 사건이 발생하거나 발화 맥락과 전혀 상관없는 발화가 이루어졌을 경우 웃음이 발생하게 되는 것이다. 관습적이거나 기계적이었던 행위나 발언이 무너지고 깨뜨려지는 순간이 바로 웃음이 시작되는 출발점이다. 그러니까 길을 걷던 사람이 갑자기 넘어진다거나 진지한 토론의 장에서의 사투리 한마디로 인해 웃음이 발생한다. 이는 『웃음』이라는 책에서 관용구의 틀에 부조리한 생각이 삽입되면 희극적인 순간이 발생한다는 베르그송의 논지에서도 확인해 볼 수 있는 것이기도 하다.

이러한 불일치의 산물로서의 웃음은 현상과 본질, 현실과 이상의 사소한 불일치, 작은 일그러짐의 소산이기도 하다. 정상적이고 완전하리라고 예상하던 사건이나 대상의 본질이 어느 순간 비정상적이고 불완전한 양상으로 드러나게 되었을 때 웃음이 발생하는 것이다. 그런 점에서 웃음은 정상에서 비정상, 완전에서 불완전으로의 순간적 전이 과정, 혹은 그 경계에서 발생한다.

따라서 웃음은 과도기의 산물이다. 현실과 이상의 일그러짐이 강한 사회는 혼돈을 경험할 수밖에 없다. 제시되는 지배적인 이데올로기가 현실의 상황을 정당화해내지 못할 때 혼돈스러운 사회는 도래할 수밖에 없으며 그런 혼돈의 상황을 더욱 촉발시키는 것이 웃음이다. 기존의 불합리한 사회와 새로운 이념으로 촉발된 새로운 사회의 중간 단계에서 웃음은 파생한다. 즉 과거의 부조리한 가치와 새롭게 부상하는 가치가 충돌하고 역전되는 순간 웃음이 발생하게 되는 것이다. 그런 점에서 웃음은 가치와 이데올로기의 역전과 전도를 전제로 한다. 지배적인 가치가 하락하고 억압되어 있던 가치가 상승하게 되는 혼돈, 혹은 과도기의 세계에서 웃음이 유발되는 것이다.

이처럼 기존의 도덕율이나 절대적 규범이 무너지는 혼돈이나 과도기의 과정에서 해학이나 풍자의 문학이 발생하게 되는 것이다. 조선 왕조를 지탱해 온 유교이념이 퇴조되어 가던 조선 후기 『춘향전』· 『별주부전』 등의 판소리계 소설이나 가면극 등이 발생하였고, 중세 봉건 사회에서 서구적 근대사회로의 이행과정이면서 카프의 해체에서 일제 주도의 전시(戰時) 황도(皇道) 문학으로의 이행과정이었던 1930년대 중·후반 『태평천하』나 「치숙」 등의 채만식 소설이나 「봄봄」·「동백꽃」 등의 김유정 소설들이 주목을 받게 되었던 것은 바로 이러한 과도기적 시대 상황 때문이었던 것이다. 더불어 동족상잔의 전쟁으로 인한 정신적 공황 상태였던 1950년대의 「오분간」·「무명로」 등 김성한 소설들도 마찬가지 경우이다.

이러한 양상은 지배자들의 언어와 가치에 대항하는 민중들의 저항의식에 의해 웃음이 발생한다는 것을 추론하게 한다. 이는 웃음의 문학이 지배계층의 언어보다 민중의 언어를 지향하는 데서도 찾아볼 수 있다. 즉 웃음의 문학은 비정상적이고 전복적인 언어를 활용하는데, 그러한 언어의 역설적 활용이 기실은 기득권 문화에 대한 저항의 의미를 담보해내고 있는 것이다. 때문에 웃음을 근간으로 하는 축제의 양식, 그리고 그 양식의 원형들은 대부분 민중적 언어의 활용에 의해 획득되기도 한다. 이는 형이상학적 독백주의를 거부하고 대화의 다성성과 축제의 언어를 강조하는 바흐친의 이론과도 통하는 바이다.

> 바흐친의 해체주의적 전략은 지배 계급의 형이상학을 민중적으로 전복하는 축제, 즉 "모든 위계 서열과 특권과 규준과 금기의 정지를 표시"하는 "지배적 진리로부터의 일시적인 해방"과 충분히 결합되었다. "모든 기성의 완성된 것과 불가변성을 표방하는 모든 것에 대해 반대"하는 민중적 축제의 '즐거운 상대성'은 바흐친의 시학의 정치적 구현으로서, 민중적 웃음의 불경스럽고 '친숙화하는' 언어는 그 풍자적 소격에 의해 독백적 권위주의를 파괴한다. 현대 탈구조주의의 니체적인 유희성은 강단을 떠나서 거리에서 춤을 추며, 그 정신적 넉넉함은 중세 및 르네상스 국가의 형이상학적 경건성을 조롱하고 물질화하며 위반한다.
>
> — 테리 이글턴, 『축제로서의 언어』

한편 웃음은 대상의 이중성에 대한 인식으로부터 출발한다. 그러 므로 웃음은 현실과 이상, 현상과 본질 등 대립물들의 경계에 위치 하면서 양자에 대한 이중적 인식을 전제로 한다. 이러한 이중적 인 식은 일원론적 세계 인식에 대한 거부이며 절대적 질서와 원리에 대 한 부정이라고 할 수 있다. 이는 또한 세계를 지배하는 우선적인 제1 의 원리를 부인하고 제2, 제3의 원리를 추구하는 것이기도 하다.

그러므로 웃음을 유발하는 대부분의 문학은 질서보다는 혼돈을 지향한다. 제1의 지배적인 원리가 무너진 혼돈을 체험해야만 제2, 제3의 새로운 원리가 구현될 것이기 때문이다. 그래서 웃음은 기존 의 규범이나 상식, 혹은 통념을 거부하고 지배적 질서의 해체를 촉 발시킨다. 때문에 많은 해학적이거나 풍자적인 문학 작품들은 부정 적인 현실의 단면을 제시하고 지배적인 이념과 가치를 비판하면서 그것을 긍정적으로 개선하고자 한다. 그런 점에서 이러한 웃음의 문 학들은 기득권자들에 의해 운영되어온 부정적 사회현실의 교정을 궁극적으로 의도한다.

> 웃음은 즉각적인 교정을 요청하는 개인적이거나 집단적인 결
> 점이며, 웃음은 바로 이 교정 자체이다. 웃음은 인간이나 사건에
> 있어서 어떤 특정한 방심을 강조하고 제지하는 일정한 사회적 의
> 사표시인 것이다.
>
> — 베르그송, 『웃음』

이러한 부정적 사회현실을 극복해내려는 과정에서 웃음을 웃는

사람들끼리는 공유의 카테고리가 형성된다. 그것은 공동체 의식을 바탕으로 하거나 공유하는 사회적 관념, 혹은 관습 등을 전제로 해야 한다. 그래서 같이 웃는 사람들끼리는 나름의 공범의식이 공유되기 마련이다. 그러한 공유된 의식들이 궁극적으로 새로운 세계나 사회의 이데올로기와 가치를 형성하는 데 간접적으로 기여하게 되는 것이다.

한편 웃음의 문학에는 아리스토텔레스가 희극의 조건으로 상정했던 평범 이하의 인물이 등장한다. 평범 이하의 비속한 인물이나 주변인들의 변변치 못한 행동이 주로 희화화의 방식으로 형상화되면서 웃음을 발생시키게 되는 것이다. 그러나 문제는 그런 등장인물들이 대체로 평면적 인물이라는 점이다. 그것은 사건의 전개 과정 속에서 인물의 성격 변화가 발생하지 않는 것을 의미한다. 이처럼 인물들의 성격 변화가 이루어지지 않는다는 점은 웃음의 문학의 특성이자 한계이기도 하다.

웃음은 그러한 비속한 인물들과의 적절한 거리를 필요로 한다. 서술자와 서술대상의 거리야말로 웃음의 필연적 요소이다. 내가 거리에서 넘어지면 웃음이 안 나오지만 누군가 거리에서 넘어지는 모습을 보면 웃음이 발생되는 것과 같은 이치이다. 이는 대상에 대한 객관적 거리가 대상의 불합리와 부조리를 극명하게 파악해낼 수 있는 비판적 인식의 단초가 되기 때문이다.

그로 인해 웃음의 문학은 자신의 이야기보다는 타자의 이야기를 대상으로 삼는 것이며, 서술자의 내면 묘사, 즉 말하기의 방식보다는 작중인물들의 행위와 발화를 중심으로 한 보여주기를 주요한 서술 방법으로 채택한다. 그러한 보여주기의 방식을 채택한 웃음의 문학에는 대상에 대한 희화화가 전경화되어 드러나기도 한다. 그리고 그러한 희화화의 방식은 주로 3인칭 관찰자 시점이나 전지적 작가 시점으로 서술된다. 하지만 그것은 구경꾼의 시점에 다름 아니다. 이점이 웃음의 문학이 가지고 있는 내재적 문제점이기도 하다. 왜냐 하면 이러한 구경꾼의 3자적 시각은 세계와 사건에 대한 작가와 서술자의 방관자적 입장을 창출해내기 때문이다. 세계와 역사의 변혁에 적극적으로 참여하지 않고 그저 그 상황의 전개를 저만치에서 지켜보는 것이 웃음의 문학들의 서술시각으로 작동하고 있는 것이다.

또한 웃음의 문학은 다양한 문학적 수사와 형식 실험을 요구한다. 즉 역설, 알레고리, 상투적 문구, 인용구, 속담의 활용, 말놀이, 패러디를 통해 웃음은 파생한다. 그런 점에서 웃음의 문학은 다양한 형식실험을 필요로 한다. 전통적인 서사 구조와 시학을 가지고는 기존의 지배이념과 가치의 문제를 드러내지 못하기 때문에 결국은 기존의 서사방식과 시학을 새롭게 변형시켜야 하는 것이다. 그래서 웃음의 문학들은 다양한 형식 탐구를 통해 새로운 창작 방법을 모색하려는 지난한 노고의 소산이기도 하다

결국 웃음의 문학은 기존의 가치와 이념을 비판적으로 부정하고 해체한다는 점에서 리얼리즘적 내용을 내포하고 있으며, 다른 한편으로는 형식의 변용을 통한 형식 실험을 추구한다는 점에서 모더니즘적이라고 할 수 있다. 그런 점에서 웃음의 문학은 최근 리얼리즘·모더니즘 논의, 새로운 세계관과 창작 방법의 조응을 추론해 볼 수 있는 시학을 함의해내고 있다.

3. 적절한 거리, 지적인 냉소(冷笑)의 문학 - 성석제

이성과 감성, 인간과 자연, 제국과 식민지, 남과 여의 경계가 허물어지면서 발생한 탈근대적 방향 상실은 1990년대 우리 문학의 흐름에 결정적 요소로 작용하였다. 그러한 징후의 하나가 바로 웃음을 모티프로 한 문학들이었으며, 그러한 웃음의 문학의 한 극단에 성석제의 소설이 위치한다. 『순정』, 「황만근은 이렇게 말했다」, 「조동관 약전」 등 그의 대표작들은 절묘한 웃음의 시학으로 구조화되어 있다.

단편 「황만근은 이렇게 말했다」에서 주인공 '황만근'은 성석제표 인물창조의 전형이다. 그는 '백번'이라고 불리기도 하는데 어려서부터 그가 워낙 잘 넘어지기 때문에 붙여진 별명이다. 그래서 사람들은 동네에서 툭 소리가 나면 홍시 떨어지는 소리가 아니라 황만근이 넘어지는 소리라고 여길 정도이다. 또 물어보나마나 명약관화한 일들을 두고도 동네 사람들은 '만근이도 알끼다' 하면서 그를 들먹인다. 그로 인해 동네에는 아주 오래도록 내려오는, 굳이 이름을 붙인다면 '황만근가'라는 노래가 있을 정도이다.

또한 「쾌활냇가의 명랑한 곗날」과 같은 작품에서도 웃음이 흘러넘친다. 시골 중학 동창생들의 계모임 회장이었던 '정만기'는 그 계모임으로 인해 범죄 단체 조직과 수괴(首魁) 혐의로 경찰에 잡혀갔다 왔음을 굳이 기회가 있을 때마다 강조하곤 한다. 나머지 계원들도 대부분 오해나 실수로 인해 파생한 주거 침입죄, 간통죄, 강간죄, 폭행 등의 소소한 전과를 소유한 자들이거나 주변에서 언제든 만나지만 결코 미워할 수 없는 그런 인물들이다. 이와 같은 인물들의 설정과 대결, 그리고 작품 후반부의 진짜 조직 폭력배와의 혈투가 쾌활한(?) 것으로 묘사되면서 웃음을 유발한다.

또한 『조동관 약전』의 표제작인 「조동관 약전」에서도 조동관의 모습은 대단히 희화적인 방식으로 형상화된다. 그의 모습을 대면하는 순간 독자들의 얼굴에는 미소가 스친다. "똥깐의 본명은 동관이며 성은 조이다. 그럴싸한 자호(字號)가 있을 리 없고 이름난 조상도, 남긴 후손도 없다"로 묘사되는 그는 어린아이 때부터 시골의 소읍을 뒤집어 놓은 개망나니로 이유 없는 행패와 드잡이질을 벌이는 문제적 존재이다. 그는 성년의 나이에 이르기 전에 온 읍내를 완력으로 장악하고 심지어는 역전 파출소의 유리창을 박살내고 소년원에 들어갈 정도의 인물이다. 여기서도 작가는 조동관의 어이없는 행적을 유장한 전(傳)의 형식을 빌어 우리에게 들려주는 가운데 그를 비웃고 조롱하는 우리들의 비속함과 어리석음을 더불어 풍자해내고 있다.

이러한 양상은 『순정』의 주인공 '이치도'의 모습에서도 찾아볼 수 있다. 도둑 중의 도둑인 비속한 존재로서의 그는 성석제 소설 어디에서나 찾아볼 수 있는 전혀 영웅답지도 않고 의연하지도 않는 인물이다.

> 수십 년을 천형(天刑)을 받은 윤락인(淪落人)으로 방랑하다 은척에 들러 낮잠을 자던 중에 주머니를 털린 거지가 있었다. 거지가 입에 허옇게 게거품을 물며 "문둥이 콧구멍에서 마늘을 빼 처먹을 은척놈들", "거지 똥구멍에서 콩나물을 빼먹을 놈들"이라고 고래고래 고함을 지르며 돌아다니는 바람에 사람들은 거지에게도 잃어버리면 화가 날 만한 소유물이 있다는 것을 알게 되었다. 그 일 이후로 콧구멍 속의 마늘, 똥구멍 속의 콩나물은 성경

에 나오는 '가난한 과부의 은동전'과 나란히 가진 게 없는 사람의
정성을 뜻하는 용어로 정착되었다.

　　이러저러한 악조건을 무릅쓰고 인정사정없이, 과감하고 신속
하고 가차없이 거지의 몇 푼 안되는 돈을 훔친 자, 그게 바로 이
치도였다.

-『순정』

　'콩구멍 속의 마늘, 똥구멍 속의 콩나물'이라는 말을 "'가난한 과부
의 은동전'과 나란히 가진 게 없는 사람의 정성을 뜻하는 용어로 정
착"시킨 이치도의 모습에 대한 서술이 이루어지고 있는 문면이다.
거지에게서까지 훔쳐내는 이치도의 분별없음과 어리석음에 대한 지
극히 희화화되고 과장된 표현이 자연스레 웃음을 촉발시킨다. 하지
만 이러한 웃음의 이면에는 그를 우스운 존재, 혹은 부정적인 인물
로 생각하는 우리들의 일상화된 의식의 편협성에 대한 비난이나 비
판이 내재되어 있다.

　성석제의 소설에 등장하는 이러한 인물의 창조와 기발한 사건의
전개는 성석제가 이 시대의 진정한 이야기꾼임을 다시 한 번 증명하
는 것이기도 하다. 또 그것은 선이 굵은 서사성을 전제로 하는 것이
고 그러한 서사성은 전(傳)이나 행장(行狀)과 같은 우리의 전통적
서사 형식이나 구전 설화적 요소들의 수용으로 인해 더욱 강화되고
있다. 거기에 더불어 환상성이나 무협지적 요소를 첨가함으로써 성
석제의 소설의 재미는 더욱 배가되고 보다 강력한 웃음을 환기해내
는 것이다.

　따라서 성석제는 근대 자본주의 사회의 서사시라고 할 수 있는 소

설의 개념에 가장 부합하는 작가라고 할 수 있다. 바흐친의 지적처럼 소설은 다른 문학 장르들을 모두 다 포식하는 공룡과 같은 장르라고 할 수 있는데, 성석제의 소설은 그런 장르의 확산을 더욱 깊이 있게 이해할 수 있게 해준다. 특히 그의 소설을 읽노라면 B급 영화를 보고 있는 듯한 착각, 혹은 무협지의 한 대목을 읽고 있는 착각에 빠지게도 한다.

그리고 그의 소설 속의 웃음은 작가의 지적인 대상 인식과 대상에 대한 적절한 거리 유지 능력으로 인해 더욱 빛을 발한다. 즉 그가 의도하는 거리 설정으로 인해 그가 서술하는 세계와 인물들에 대한 비속함이 더욱 전경화되면서 웃음이 촉발되는 것이다. 이 점은 그가 그간 한국 현대소설사에서 웃음을 유발시키는 문학을 구현해내었던 채만식이나 김유정 등과 변별되는 부분이기도 하다. 오히려 그는 1950년대 전후 상황에서 지성을 바탕으로 「오분간」이나 「암야행」 등의 풍자소설을 창작해내었던 김성한의 소설 세계에 가깝다. 절제된 지성과 날카로운 현실 인식으로 당대 사회를 비판하고 부정하는 냉소에 가까운 웃음을 구현해낸다는 점에서 성석제는 1950년대의 김성한의 풍자문학을 계승하고 있다고 할 수 있을 것이다.

그러므로 그가 추구하는 웃음과 재미는 이 시대가 지향해야 할 규범이나 세계관이 해체된 과도기적 사회임을 드러내는 징표로 기능한다. 또한 흥청거리는 웃음과 재미의 배후에 자리 잡은 시대에 대한 비판의식이 그의 작품 도처에 내재하고 있다. '황만근'이나 '남가이', 혹은 '정만기' 등과 같은 바보스럽거나 비천한, 한편으로는 사회악으로 기생하는 듯한 인물들의 일탈과 떠돎이 사실은 이 사회의 기득권자들의 타협과 합의에 의해 강요된 것이거나 의도된 것임을 작가는 궁극적으로 이야기하고 싶어하는 것이리라. 그런 점에서 그 웃음은 가끔 소외되거나 주변부에 자리하는 사람들의 날카로운 칼날이 될 수 있을 듯도 하다.

하지만 얼핏 보면 그의 소설은 주제보다는 웃음을 통한 재미에 더 치중하는 것처럼 보인다. 그의 문학 속에서 이 시대 사회 구성체의 본질과 모순, 역사적 변화 과정에 대한 깊이 있는 천착을 찾아보기 어렵기 때문이다. 하여 향후 그의 소설 속에서 무거운 웃음을 찾아볼 수 있었으면 한다. 사회와 역사 현실에 대한 과학적인 접근과 진지한 천착이 그의 웃음과 함께 그의 소설 속에서 체화되기를 기대해 본다.

또한 성석제 소설에 구현된 웃음이 지나친 거리의 형성과 냉소적 태도로 인해 약간은 작위적인 것임을 부인하기 어렵다. 그것은 곧 그 웃음이 등장인물과 사건에 자연스럽게 녹아들지 못하고 있다는 지적과 궤를 같이하는 것이기도 하다. 이는 웃음을 배태하는 세계와 인간에 대한 작가의 경직되거나 과장된 시각 때문은 아닐까?

그럼에도 성석제는 이념의 붕괴와 대안의 부재에 당면한 우리 사회의 모습을 풍자적 방식으로 드러내면서 우리 문학의 전통을 계승함과 동시에 혼돈의 시대에 적합한 새로운 창작 방법의 가능성을 보여주고 있다. 결국 성석제는 리얼리즘이냐 모더니즘이냐라는 두 진영의 가파른 진자운동의 주변부에서 그 둘을 극복하기 위한 새로운 창작 방법을 모색하고 있다고 할 것이다.

4. 생래적인, 혹은 따뜻한 웃음의 구현 – 김종광

깊은 안개의 심연에서 방황하던 우리 문단에 김종광의 등장은 한 줄기 밝은 빛과 같은 것이었다. 이데올로기의 와해로 인한 방향 상실, 삭막한 풍경과 내면에의 탐색만이 지배적이던 문단의 심층에 김종광의 소설들은 신선한 충격으로 다가섰다. 오래 묵혀둔 구수한 토장 맛의 언어를 적절하게 구사하면서 드러내는 그의 토속적 상상력은 가히 독보적이다. 더구나 감쪽같은 시치미나 능청, 그리고 어눌한 듯한 충청도 사투리로 이어지는 달변은 그의 소설만이 가진 감칠맛이다.

> 녀석은 허 순경 앞에 서더니 좌악 말했다. "저는유 한민대학교 혼주 캠퍼스 사학과 1학년 박무현이라고 하는듀, 제가 오늘 서울로 데모허러 왔다가 잽혔거든유. 이사장이 비리가 많아 가지구유, 항의방문 데모였슈. 그런디 우덜을 버스에 태워가지고 돌아다니다가 암디다 뿌리고 가더라구유. 제가 뭘 알아유. 서울에 온 게 두 번짼가, 세 번짼디 뭘 알아유. 돈은 하나두 읎지. 잡아갔으면 책임을 져야 될 거 아녀유. 책임 지세유."
>
> – 「전당포를 찾아서」

특히 그의 첫 작품집 『경찰서여, 안녕』에 실린 단편 「전당포를 찾아서」에서의 지방대학생 박무현의 발화는 독자를 포복절도하게 만든다. 이처럼 그가 사용하는 충청도 사투리는 등장인물들과 사건의 사실성을 배가시키면서 가벼운 웃음을 촉발시킨다. 또한 그것은 공

26

식언어인 표준어의 지배력에 대한 대항으로서의 의미를 내포한다.

김종광의 첫 장편소설 『71년생 다인이』는 그간 그가 추구해왔던 작품 세계의 연장에 위치하면서 다른 한편으로는 새로운 형식실험의 징후로 읽혀지기도 하다. 이 작품은 줄곧 그가 보여주었던 소외된 인물의 주변부적 삶을 제시하고 있다는 점에서 그의 다른 작품들과 근친성을 보여준다. 이 작품의 주인공 '양다인'은 90학번, 1971년생이다. 그녀는 전교조, 강경대, 박승희, 한총련이라는 어휘들로 압축되는 1990년대 초반 학생운동에 뛰어들어 시위를 주도하고 분신까지 시도한 운동권 여대생이다.

그런데 주인공 '다인'은 386세대와 신세대의 경계에서 자신들의 정체성을 온전하게 가지지 못한 자의식의 상처만을 끌어안을 수밖에 없었던 세대, 즉 90학번으로 지칭되는 이들 중의 한 사람이다. 386세대로부터는 학생운동을 흉내 내는 후배 정도로, 1990년대 신세대들에게는 세월이 좋아졌는데 괜히 데모나 하는 이해할 수 없는 선배들로 비난받은 이들이 그들이었다. 그래서 '다인'은 힘겨웠지만 역사 변혁의 주체로서 유토피아적 전망을 확보해낼 수 있었던 386세대나 세기말적 징후를 보여주면서 자본주의 사회에 대한 환멸을 강하게 드러내었던 1990년대 신세대에도 편입되지 못하는 주변부적 존재이다. 그런 주변부적 인물 군상이야말로 그의 웃음을 내재한 소설의 표지가 되는 주요인물들이다.

한편 이 작품에서 특이한 점은 다양한 화자의 등장이다. 더구나 소설의 화자나 초점화자가 '다인'이 아니라는 점이 더욱 새로운 대목이다. 주인공 '다인'이 자신의 삶을 스스로 이야기하지 않고, 그녀의 주변 인물들인 아버지, 어머니, 남동생, 남자친구, 여고 때 친구, 대학 동창생이었던 전경 등 6명의 시각과 목소리를 통해 힘겨웠던 '다인'의 삶을 드러내고 있다. 더구나 주변 인물들의 시각은 '다인'의 삶에 밀착되지 않고 '다인'과의 심리적 거리를 형성한다. 피상적인 접근과 이해로서의 '다인'에 대한 관찰만이 존재할 뿐이다. 그러한 다중인물들의 거리 설정과 관찰은 방관자적 태도와 웃음을 파생하는 근원으로 작용한다. 그들은 '다인'을 관찰하면서 그녀의 삶을 은근히 폄하하거나 자신들의 방식으로 재단하고 비판한다. 김종광은 『71년생 다인이』에서 공동 감각과 공동체 문화를 상실한 1990년대 이후 우리 문화와 삶의 지형을 다중적 시선을 통해 그려내면서 후기 자본주의 사회에 팽배한 냉소주의를 드러내놓고 있다. 더불어 그의 이러한 독특한 시점의 활용은 그가 이 시대의 현실을 새롭게 형상화해내기 위한 나름의 창작 방법을 모색하는 시도로 추론해 볼 수 있다.

왜 작가는 '다인'의 시각에서, 혹은 그녀의 삶과 밀착된 시각에서 이야기하지 않고 있을까? 어쩌면 그는 '다인'의 삶보다도 그녀의 열정적인 삶에 대해 무관심하거나 냉소적인 주변 인물들의 세속적인 시선과 일그러진 삶을 비판하려는 듯하다. 즉 주변 인물들의 '다인'에 대한 냉소적 발화가 발화자 스스로의 자기 풍자로 귀결되고 있는 것이다. 그러한 주변 인물들의 자기 풍자적 태도와 냉소적 시각이야말로 바로 주변의 세계와 인물을 바라보는 우리들의 분열적이고 파편화된 인식 그 자체인지도 모른다. 민족, 통일, 평등한 분배라는 거대 이념이 소멸된 가운데 그것들에 대해 망각하거나 무관심한 우리의 일상의 태도가 바로 그들의 관찰자 혹은 방임적 시각에 다름 아닌 것이다. 이처럼 이 작품은 지난 시대 많은 이들이 공유할 수 있었던 공통 감각의 부재, 혹은 공동체 문화가 상실되어가고 있는 우리의 현실을 재현해내고 있는 셈이다. 결국 김종광은 우리의 부정적 현실을 다양한 시각과 발화를 통해 형상화하면서 동시에 새로운 시대에 적합한 창작 방법을 실험하고 있는데 어느 정도 성공하고 있는 것으로 보인다.

한편 『모내기 블루스』에서도 인간에 대한 따뜻한 사랑을 담아내고 있는 웃음을 선보인다.

> 양규는 흥이 나도 단단히 난 불쾌한 얼굴로 젓가락으로 막걸리병을 때리며 장단을 맞추고 있었고, 순이는 전국노래자랑풍으로 어깨를 덩실덩실거리고 있었다. 흙원숭이 꼴을 해가지고서는 낭랑한 목소리를 들판으로 퍼뜨리고 있는 서해는 대춘에게 손을 턱 내밀었다.
>
> "야 숭허게 뭐하자는 짓거리여!"
>
> 막무가내를 해보았으나 어쩌다 보니 블루스 스텝을 밟고 있었다. 농로 위에 잘 벌어진 한판은 어둑어둑해질 때까지 들판을 흥청거리게 했다.
>
> ─「모내기 블루스」

이 작품에서도 볼 수 있는 것처럼 김종광의 웃음은 강한 원체험에 의지한다. 그가 자유자재로 사용하는 충청도 사투리와 능청과 달변은 그의 존재론적 원체험으로 이미 체화되어 있었던 셈이다. 그래서 그의 웃음은 억지스럽지 않다. 그러나 문제는 소설로 형상화할 수 있는 그의 원체험이 소실되고 말았을 때 그는 어디에서 작품의 소재를 찾을 수 있을지가 향후 그의 작품 세계의 관건이 될 것 같다.

한편 세계와 인간에 대한 본질, 혹은 이 시대의 실체적 진실에 대한 선명한 인식을 그의 소설 속에서는 쉽게 찾아보기 힘들다. 하여 그의 의식은 부단히 흔들린다. 어떤 때는 학생운동의 당위를 긍정했다가 또 어떤 경우에는 물신화된 현실의 지배이데올로기에 침윤된 의식을 여과없이 노출하기도 한다. 때문에 창작 방법의 새로운 모색보다 그의 올곧은 세계관 형성이 그에게 주어진 우선된 과제가 될 터이다. 그런 점에서 김종광은 웃음을 구현해내는 다양한 형식실험보다도 세계와 인간에 대한 보다 정밀하고 과학적인 세계관을 획득해내는 것이 앞으로의 책무일 듯싶다. 그것이 앞으로 밝은 빛으로 다가설 김종광에 대한 우리의 요구이며, 우리 문학의 긴급한 요청이 될 것이다.

그럼에도 그의 웃음은 따뜻하다. 계획하거나 의도하지 않은 그의 웃음이 편안하게 다가서는 것이다. 즉 대상을 껴안는 웃음, 그것은 그에게 인간과 세계에 대한 따뜻함이 있기 때문이다. 그리고 그러한 따뜻함은 김종광의 생래적인 것이고, 성장 과정에서의 공동체에 대한 긍정적인 원체험으로부터 근원하는 것일 터이다. 그러한 그의 문학적 자장이 이문구의 문학, 혹은 김유정 문학과 그의 문학을 비교하고 연관 짓게 하는 동력으로 작용하는 것이다.

5. 세계관과 창작 방법의 조응을 위하여

웃음의 문학을 통한 젊은 작가들의 자기 갱신의 노력, 특히 새로운 창작 방법에 대한 열정은 남다른 바가 있다. 그중에서도 김종광,

성석제의 소설은 그 어떤 작가들과도 비견할 수 없을 만큼 뛰어난 문학적 성취를 이루어내고 있다. 문단 내부에서 그들은 각각 자신의 독특한 문학 세계를 구축하고 있으며 남다른 창작 의욕을 불태우는 작가들이다.

이처럼 웃음을 소설 구조의 주요한 모티프로 차용하고 있는 작가들은 이 시대를 가치와 이념이 대립되고 분열되어버린 혼란한 과도기의 시대로 인식하고 새로운 질서를 희구하는 한 방법으로 웃음의 문학을 지향한다. 이는 모든 것의 소멸의 공간이면서 동시에 생성의 공간인 혼돈에 대한 지향이며, 혼돈의 원리를 통하여 인간다움의 가치가 소멸되어가는 이 시대를 형상화해내고 있는 것이다. 결국 웃음의 문학은 부조리한 현실을 재현해내려는 새로운 창작 방법에 대한 힘겨운 모색의 소산이다. 그러므로 웃음의 문학은 리얼리즘과 모더니즘의 유기적이고 통섭적인 결합을 추구하고 있다고 할 수 있다.

즉 웃음의 문학은 웃음을 통해 부조리한 현실의 제모순을 지적하고 비판해낸다는 점에서 리얼리즘적이며, 웃음을 촉발해내기 위한 역설과 은유, 말놀음, 희화화 등의 형식적 기법을 강조한다는 점에서 모더니즘적이다. 이는 베르그송이 지적한 희극의 이중성, 즉 완전히 예술에도, 삶에도 속하지 않는 웃음의 문학에 대한 가치 설정과 연관되는 바이기도 하다.

이처럼 웃음의 문학에 내재되어 있는 리얼리즘과 모더니즘의 결합에 대한 새로운 가능성은 송기원의 『사람의 향기』에서도 발견된다. 이 작품에 등장하는 인물들은 하나같이 평범하지 않다. 그로 인해 그들은 참으로 맑은 웃음을 웃게 하지만 그렇다고 우리는 쉽게 그 웃음을 끝맺기 어렵다. 당골네의 딸로 당달봉사였던 끝순이 누

님, 항상 겁에 질린 눈으로 걸핏하면 울던 외사촌형 유생이, 집안이
유독 가난하여 초등학교 4학년을 채 마치지 못하고 서울로 올라가
중국집에 취직했던 물총새 성관이, 장돌뱅이 악동들 사이에서 으레
이름 앞에 바보를 넣어 불리던 바보 막둥이, 섣달 그믐날 술에 취해
방죽 아래서 얼어 죽은 큰아버지의 아들 폰개 성, 어머니의 모진 인
생을 닮지 않게 하려고 지옥과 같은 섬으로 시집보내졌던 이복누나
양순이….

그들은 무엇인가 부족하거나 결핍되어 있는 존재들이며, 비정상
적이고 평범하지 않은 약점을 가지고 있다. 그렇다고 그들은 진정으
로 부족하고 열등한 존재들인가? 분명 아니다. 문제는 그들을 부족
하고 열등하다고 분류하고 규정하는 정상이라고 자부하는 이들에게
있다. 그 가진 자들의 불합리한 잣대와 기준이 문제일 것이다. 그러
므로 이 작품은 정상과 비정상, 우등과 열등, 충족과 결핍의 이분법
적 분별에 대한 우리들의 고정관념을 통렬하게 해부하고 해체해낸
다. 그런 점에서 『사람의 향기』에 수록되어 있는 연작소설들은 타락
한 사회를 타락한 방식으로 드러냄으로써 진정한 가치를 추구한다
고 하는 소설의 개념 정의에 가장 가까운 소설이다. 우리는 송기원
의 문학에 내재한 웃음에서 웃음을 심층구조로 삼는 문학의 전범을
찾을 수 있게 된다. 그런 점에서 송기원의 문학은 우리 문단의 새로
운 가능성을 전망하게 한다.

송기원의 웃음의 문학은 최원식이 주창한 현단계 〈리얼리즘과 모
더니즘의 회통〉이라는 명제에 가장 가까이 다가서 있다. 진정한 회
통의 문학은 다양한 형식 실험을 추구하면서도 그 중심은 현실에 놓
여져야 한다는 것이다. 독자의 진리에 대한 열망이든, 유희에 대한

욕망이든 그것의 진정성은 바로 현실에 위치한다는 점이다. 지금 이 자리에 존재하는 모든 이들에게 가장 유익한 문학이론과 창작방법을 모색하는 것이야말로 지금 이 시대 우리 문인들의 당면 과업이며, 그러한 과업을 실천해내고 있는 문학이 바로 요즘 웃음의 문학인 셈이다.

하지만 웃음의 문학들에도 문제는 존재한다. 앞에서 거론된 작가의 작품들에서도 찾아볼 수 있는 문제점이라고 할 수 있는데 그것은 작품 속의 웃음이 배제되는 순간 작품의 밀도가 소실되고 만다는 점이다. 즉 성석제와 김종광의 작품들 가운데 웃음을 모티프로 하지 않는 작품들은 현실을 총체적으로 구현해내지 못할 뿐만 아니라 작품의 긴장과 밀도가 갑자기 하강하고 마는 모습을 보여주고 있는 것이다. 김종광의 소설집 『모내기 블루스』에 실린 「배신」, 「당구장 십이시」, 「열쇠가 없는 사람들」, 성석제의 최근작 『인간의 힘』 등이 그런 예가 될 것이다.

이러한 양상은 채만식도 마찬가지다. 채만식의 작품들 또한 풍자를 우선적 방식으로 채택하는 작품과 그러지 못한 작품의 밀도 차이는 급격하다. 즉 풍자를 주요한 창작 방법으로 삼고 있는 「치숙」, 『태평천하』 등을 제외하고 보면 다른 작품들은 그 작품적 성과를 제대로 평가받지 못하고 있는 것이다. 동반자적인 작가의 모습을 체현하고 있는 채만식의 많은 작품들이 주목을 받지 못한 것이 바로 이러한 양상을 반증하고 있다.

또한 웃음으로 인한 전망의 결여는 심각한 문제이다. 현실의 긴장, 갈등을 무화시켜버리는 웃음의 문제점을 간과해서는 안 될 것이다. 웃음을 통해 기존의 지배적인 질서, 기계적 관습을 깨뜨리는 것이 바람직하지만 그렇다고 무너뜨린 이후의 세계를 생각하지 않을 수 없다. 그런데 웃음의 문학은 대상을 무너뜨린 지점에서 멈추고 만다. 다시 말해 무너뜨린 이후 새로운 전망을 찾아내기 힘들다. 즉 웃음은 기존의 질서와 권위를 부정하기는 하지만 새로운 사회의 질서와 가치에 대한 대안을 제시하지 못한다. 결국 그것은 웃음의 문학들이 사회적 개혁이나 변혁의 기능을 담보해내기 어렵다는 것을 의미하는 것이기도 하다.

그리고 웃음의 문학이 장편화되지 못하고 단편으로만 창작되는 경향 또한 문제이다. 이는 단편으로 창작된 작품들의 길이의 한계 때문이기도 하지만 대부분 시간의 흐름이 보이지 않는다는 점이 문제인 셈이다. 역사적 발전이야말로 시간의 흐름을 전제로 한다. 때문에 과거에서 시작되어 미래로 흘러가지 않는 시간의 현재성이야말로 전망 부재의 결정적 징후이며, 현단계 웃음의 문학이 안고 있는 문제적 징후인 것이다.

따라서 웃음의 문학은 장편으로의 변화를 꾀하는 것과 동시에 새로운 시대에 대한 전망을 구현해내야 한다. 어쩌면 새로운 세계관과 창작 방법에 대한 진지한 모색을 수반하지 못한다면 웃음의 문학들은 진정으로 과도기의 한 양상으로 종결되고 말지도 모른다. 진정 웃음의 문학은 과도기의 산물이며, 새로운 질서가 정립되는 순간 용도폐기 되고 말 것인가. 그렇다면 새천년을 맞이해 새로운 세계관과 창작 방법의 모색이 절실한 이 시점에서 우리가 진정 바라는 것은 웃음의 문학인가, 혹은 웃음의 문학의 폐기인가?

전복과 해체의 풍경들

예술작품은 그 객관화의 법칙에 의
해 선험적으로 부정적이다. 예술작품은
자신이 객관화하는 대상으로부터 삶의
직접성을 박탈함으로써 그 대상을 죽인
다. 예술작품은 죽음을 먹고 산다. 이런
점이 현대예술로 넘어가는 질적인 전환
점이다. 예술작품은 물화와 그 죽음의
원칙에 미메시스적으로 자신을 내맡긴
다. 이런 원칙에서 도망가려는 것은 예
술의 기만적인 계기로, 보들레르 이래
예술은 체념적으로 사물들 가운데 하나
의 사물이 되지 않기 위해 이런 계기들
을 떨쳐버리려고 노력해왔다.

– 아도르노 『미학이론』

1. 물화에의 저항, 시대와의 불화

작가는 본질적으로 시대와 불화한다. 작가들은 시대의 방외인들
이다. 하지만 현실을 보는 작가의 눈은 적확하면서도 비판적인 데

가 있다. 당대의 중심에서 주변으로 밀려나 서 있는 자만이 그 사회의 구조적 모순을 제대로 인식할 수 있기 때문일 터이다. 그래서 예술작품은 궁극적으로 시대의 지배담론에 저항하게 마련이다. 하여 후기 마르크스주의자 프레드릭 제임슨은 모든 예술가는 선험적으로 좌파적 성향을 갖는다고 설파하기도 하였다.

특히 그 어떤 위대한 사상 혹은 고귀한 영혼마저도 상품으로 물화되는 후기 자본주의 사회, 더구나 기표와 기의가 분리되고, 기의라는 관념 자체가 부인되는 포스트모던한 언어적 상황은 기표들 사이의 자유로운 유희와 의미사슬의 붕괴를 촉발시켰다. 그럼에도 불완전한 언어가 물화된 모든 상품을 선전하는 도구가 되어버린 지금의 상황에서 작가들은 더욱 시대와 불화할 수밖에 없다. 때문에 이 시대의 작가들은 자신과 자신의 작품들이 상품화되는 아이러니를 불러오는 물신화의 거대한 수레바퀴를 정면에서 거부한다. 일찍이 아도르노는 자본주의 사회의 부정적 총체성을 언급하면서 비판 정신의 진정한 속성은 물화에 대한 부정이라고 언명한 바 있다. 이러한 아도르노의 테제에 철저한 사람들이 바로 이 시대의 작가들이다. 그들이 예술작품을 창작한다는 사실 자체가 도구적 합리성에 의해 지배되는 기득권 사회에 대한 부정 혹은 비판의 역할을 담당해내기 때문이다.

최근 우리 한국 사회도 여러 정황에서 후기 자본주의 사회의 다층적 모순으로부터 자유롭지 못하다. 다국적 자본에 의해 규정되고 호명되는 후기 산업 사회 내부에서 전개되는 근대성과 반(counter)근대성 사이의 내재적 모순이 더욱 중층적으로 우리들의 삶을 지배하고 통제해나가고 있기 때문이다. 더구나 과거 서양이 사오백 년에 걸쳐 진행시켜 온 농경사회 – 산업사회– 계급사회 – 위험사회의 과정을 8·15해방 이후 사오십여 년 사이에 압축적으로 진행시켜온 우리의 압축근대의 특수성은 우리의 삶을 더욱 압박한다.

따라서 지금 여기 우리의 소설들도 그런 혼성적이면서 압축적인 이 사회의 구조적 모순을 극명하게 보여준다. 최근 발간된 구효서의 소설집『시계가 걸렸던 자리』, 김도연의『십오야월』, 김애란의『달려라, 아비』가 바로 그런 작품들이다.

2. 유목의 정석 – 경계 넘어서기 혹은 탈주하기

> 선험인 것 같았지만 딴은 기시감이기도 했다. 그것도 내가 아닌 다른 누군가의 경험을 추체험하는. 나도 누구도 아닌 그는, 아니, 나이면서 또한 그 누구이기도 한 그는 천천히 숲속으로 미끄러져 들어가고 있었다. 〈중략〉 너무도 농밀한 그 느낌은 지금까지 그가 감각해왔던 세상의 온갖 소리와 빛깔과 냄새들을 오감이 미칠 수 없는 경계 밖으로 밀어내버렸다. 그는 점점 전혀 이질적인 시간과 공간과 중력의 세계로 빠져들고 있었다.
> – 구효서「달빛 아래 외로이」

구효서의 여덟 번째 소설집『시계가 걸렸던 자리』의 화두는 시간이다. 리얼리즘과 모더니즘, 그리고 낭만적 서사 등 한국 소설사의 지평을 새롭게 확장해 온 그는 이번 소설집에서 우리들의 인식틀을 근본적으로 부정하고 해체하려고 한다. 이편과 저편, 차안과 피안, 삶과 죽음, 순간과 영원 등 우리들의 인식의 경계를 그는 넘어서려고 한다. 그러한 인식의 경계 중 가장 전위에 서는 것이 그가 보기에는 아마 시간인 것 같다.

시간은 실체가 있는 것인가? 시간은 우리의 어디에 존재하는가? 미분화된 무형의 시간을 시계라는 기계에 맨 처음 매달아 놓은 자는 누구인가? 그런데 이처럼 정의 불가능하고 무정형한 것으로 인식되어 온 시간이 이제는 누구나 계측 가능한 것이 되었다. 그런 시간은 근대적 산물이라 할 수 있는데, 그런 점에서 그것은 우리에게 하나의 폭력으로 작용한다. 적어도 근대 이전에는 세계 시간이라는 것이 존재할 수 없었다. 누구나 각자의 삶의 리듬이 있는 것처럼 우주와 세계 또한 나름의 리듬이 있게 마련이었으며, 문화권마다 나름의 고유한 시간적 인식을 갖고 있었다. 들뢰즈의 지적처럼 일상적 삶만큼이나 무의식적이기에 자연스럽고, 또한 무의식적인 만큼 각자의 이질성과 어우러질 수 있는 그런 삶의 질서인 리토르넬로(ritornello)를 사람들은 각자 지니고 있었던 것이다. 그러나 근대 제국주의의 출현과 더불어 시간은 이성과 기독교와 기계와 더불어 전 세계를 하나로 아우르는 폭력적 장치로 변모하였다. 결국 지금의 시간 속에는 근대 제국주의의 폭력적 역사가 내재되어 있는 셈이다.

뿐만 아니라 후기 자본주의의 리토르넬로는 차이 없는 반복, 견딜 수 없는 반복을 재생산해내고 있다. 이 같은 시간적 인식에 대한 부정 혹은 초월 의지를 보여주는 작품이 바로 구효서의 「시계가 걸렸던 자리」이다. 그는 이 작품에서 근대적 시간을 부정하려고 한다. 항상 계측가능한 시간 속에서 현대인들의 일상은 통제되고 조정된다. 차이 없는 반복은 일상의 안주를 가능하게 하지만 그것은 곧 끔찍한 동일성의 반복을 초래한다. 그 반복이 자동화된 일상에 대한 현대인의 신경증을 유발시킨다. 그런 때문일까. 구효서는 영원에서 순간, 혹은 순간에서 영원을 넘나들거나 초월하려고 한다. 시작이 끝이고 끝이 시작인 역설을 그는 이 작품에서 구현해내고 있다.

> 내 죽음은 이미 사십육 년 전 9월 18일, 오전 열시 육분 사십오 초에, 탄생과 함께 시작된 것이었다. 그러나 과연 한 생명이 생일날 비로소 존재를 시작하는 것일까. 아니라면 탄생은 죽음의 시발점도 될 수 없는 것 아닐까. 삶과 죽음의 시발점이 과연 있기나 한 것일까.
>
> － 「시계가 걸렸던 자리」

탄생하는 순간 죽음이 시작된다는 점에서 작중 화자는 삶과 죽음의 시발점을 찾는 것 자체가 모순임을 역설한다. 처음과 끝 혹은 근원의 부재, 이는 곧 인과율의 파괴와 살아온 인생의 의미, 혹은 가치의 파괴를 지향한다. 그것은 「이발소 거울」에서 커다란 유리 수조 안을 무심하게 떠도는 물고기가 바로 자신임을 인식하는 이발사의 시간 인식과도 유사하다. 갇혔으면서도 갇힌 줄 모르는 봉함된 유리 상자 안의 고요하고 반복적인 삶을 살아가고 있다는 끔찍스런 인식으로 인해 이발사는 30여 년간 해오던 이발소를 그만둔다. 「밤이 지나다」에서 이백억 살 된 노란색 별이나 삼천만 년에 한 번

지구에 접근하는 혜성을 보기 위해 아이와 함께 천문대에 간 '여자', 「앗쌀람 알라이 쿰」에서 폭격으로 인해 폐허가 된 이라크 땅에서 자신이 곧 무기물이 되어 바람에 풍화되어간다고 생각하는 이라크 반전 단체 회원인 '나', 「달빛 아래 외로이」에서 "내 나이의 수만 배도 넘는 시간을 급속히 거슬러 올라 태초의 어떤 지점에 문득 놓이게 되었다고 느끼는" 택시 운전기사인 '나', 이들은 모두 자신이 일생 동안 이룩해 놓은 오만한 사유체계를 스스로 무너뜨리는 계기로서 시간의 의의와 가치를 환기해내고 있는 인물들이다. 자신이 살아온 시간에 대한 부정은 안팎으로 철저히 자신의 존재를 붕괴시키는 일이 되는 것이고, 그것은 후기 자본주의 시간으로부터 탈주하는 것이 된다.

한편 그는 근대적 시간의 부정, 혹은 탈주를 감행하면서 동시에 공간적 지평을 확장해나간다. 시간과 공간이 서로 분리될 수 없는 둘이면서 하나임을 그의 소설 곳곳에서 확인해 볼 수 있다. 그는 시간에의 탈주와 더불어 공간에의 탈영토화를 시도한다.

> 언제부터인지 알 수 없을 만큼 오래전부터, 여자는 '어디 저 먼 곳'을 바라보았다. 그것은 언제나 하늘이거나 땅이었다. 구름이거나 지평선이란 뜻이 아니었다. 그 사이에 있는 인간, 인간의 삶, 인류나 문명이 아닌 것으로서의 하늘과 땅이었다.
>
> – 「밤이 지나다」

이처럼 그의 소설에서 보이는 특이점이 바로 서사적 크로노토프(시공소)의 확장이다. 그의 공간적 지평은 햇살 비추는 고향집 안방 문턱(「시계가 걸렸던 자리」)에서 자작나무와 문비나무와 참피나무로 둘러싸인 시베리아(「자유 시베리아」)로, 제국주의 침략의 전운이 여전한 이라크의 바그다드(「앗쌀람 알라이 쿰」)로, 영국 중부의 호수 지역인 앰블싸이드(「호숫가 이야기」)로 확장된다. 심지어 「밤이 지나다」에서는 지구를 벗어나 먼 우주로의 공간적·상상적 지평의 확장을 시도하기도 한다.

그의 소설 속의 주인공들은 자유로운 탈주를 통해 새로운 공간에서 누군가를 만난다. 「소금가마니」에서 키에르케고르의 『공포와 전율』을 깊숙이 간직했던 '어머니', 「앗쌀람 알라이 쿰」에서 미군에 의해 죽어간 이라크 여대생 '아르마뜨', 「달빛 아래 외로이」에서 교통사고로 한쪽 다리를 잃었으면서도 배호 노래에 심취해 있던 '이천호'처럼 익숙한 혹은 환멸스러운 시공간으로부터의 탈주 과정에서 만나게 된 타자들, 그들은 바로 '나'의 내면에 깊이 숨어 있던 '숨겨진 자아'이거나 '가려진 자아'들이다. 때문에 이 탈주를 유발하는 수많은 공간들은 자신들의 삶의 실체, 혹은 정체성을 확인하려는 환유적 공간이다. 그들은 부정적인 현실 공간이자 영토로부터의 탈주를 통해 새로운 삶과 생의 비의(秘意)를 확인해보고 싶은 것이다.

그들은 공간적 지평을 확장함으로써 무엇에도 매이지 않고 어디든 오갈 수 있는 낭만적 유목민 「자유 시베리아」의 '응규'처럼 자유로운 영혼, 낭만적 유목민을 꿈꾸는지도 모를 일이다. 자유로운 유목민은 자유를 원하되 자유에 갇히지는 않는다. 그들은 이승과 저승, 순간과 영원, 이곳과 저곳의 경계를 넘나들거나 초월하는 자유인을 지향하고 있는 것이다. 그들은 차이 없는 반복으로 일관하는 정주인의 삶으로부터 탈주하고자 한다. 자신의 삶을 둘러싸고 있는 모든 익숙한 것들, 국가 제도와 장치, 자본의 통제와 억압뿐만 아니라 친밀한 가족 등 주변의 모든 것을 온몸으로 부정한다. 현실의 경계를 넘어선 이질적인 시간과 공간으로의 탈주는 낯설면서도 황홀하다. 그러한 탈주의 과정에서 그들은 자신의 삶과 정체성을 새롭게 재구성하고자 한다. 모든 것을 부정하고 해체한 후 새로운 자아를 얻고 궁극의 생의 비의를 확인하고 싶은 때문일 터이다. 구효서는 진정 유목민적 사유에 충실한 작가이다.

3. 몽유의 추억 – 현실 비틀기 혹은 꿈꾸기

> 사향노루는 깊고 깊은 잠에서 깨어나
> 지 않고 있는 사서 곁에 앉아 소생경(蘇
> 生經)을 읽듯 「사향노루, 백년 동안의
> 고독」을 처음부터 차근차근하게 들려주
> 었다. 목이 잠겨 말이 나오지 않을 때까
> 지. 긴 세월이 흘러가는 듯한 막막한 바
> 다로 등대는 아직 희미한 불빛 한 점 내
> 보내지 못하고 있었지만.
>
> – 김도연 「흰 등대에 갇히다」

철저한 이성중심주의자였던 칸트는 인식할 수 있는 세계와 인식할 수 없는 세계를 구분하였다. 비트겐슈타인의 화법대로라면 인식할 수 있는 세계는 말할 수 있는 세계요, 인식할 수 없는 세계는 말할 수 없는 세계라고 규정할 수 있을 것이다. 이성 중심의 근대인들은 인식할 수 있고, 말할 수 있는 세계 내적인 존재이다. 근대인들은 볼 수 없고, 말할 수 없는 비현실적인 세계를 인정하지 않으려 한다.

그러나 이성에 대한 불신이 증폭되어가는 요즘, 현실과 비현실의 경계가 무너져가고 있다. 최근의 소설들 또한 이런 상황을 여실하게 보여준다. 김도연의 첫 소설집 『십오야월』에 수록된 소설들 또한 마찬가지이다. 현실과 몽유의 세계는 적어도 김도연 혹은 그의 소설 속의 작중인물들에게는 차이가 없는 세계이다. 어차피 후기 자본주의를 살아가는 우리에게 있어서 현실과 시뮬라크르한 세계는 그 차이를 구별하기 어렵기 때문이다. 어제와 오늘, 그리고 내일이 전혀 다르지 않은 복제만을 반복하는 자동화된 일상, 그 일상 너머의 꿈마저 어쩌면 현실 복제에 다름 아닐 터이다.

입에 물었던 당근잎을 마저 먹은 고라니는 방아쇠를 당기지 못하는 총각에게 이렇게 말했다.

"이건 꿈이야. 넌 꿈과 현실도 구분도 못 해? 그러다 어느 세월에 이 지긋지긋한 당근밭을 떠나겠어!"

— 「도망치다가 멈춰 뒤돌아보는 버릇이 있다」

"……이상한 꿈을 꾸었어요. 처음엔 꿈인 줄 몰랐어요. 〈중략〉 나는 모래 언덕에 놓인 의자에 앉아 자고 있는 나를 보았지요. 그제야 나는 내가 어떤 이의 쓸쓸한 꿈을 들여다보고 있다는 걸 알았어요. 당신은……모래 언덕에서 누군가를 만났고……누군가를……"

— 「하조대」

김도연은 몽유의 세계를 탐색하면서 버추얼(the virtual)한 것이 실제적인(the actual) 것보다 더 강력한 것임을 형상화해낸다. 현실과 몽유, 실제와 버추얼한 세계의 교섭 과정 가운데 몽유적 세계가 결코 비현실적인 세계가 아니라 속악한 현실의 환유물임을 그의 소설들은 보여주고 있다. 그러므로 그의 소설은 수미 상관이다. 현실에서 시작하여 꿈으로 끝맺거나 꿈으로 시작하여 현실로 끝맺기도 하지만, 그것은 현실에서 현실로, 꿈에서 꿈이어도 상관없다. 그래서 그의 소설 구성은 수미 상관, 자웅동체이다.

「불개」의 구성은 철저히 구분하기 어려운 현실과 꿈의 혼합으로 이루어져 있다. 무엇이 현실이고 무엇이 꿈인지 구분하기 어렵다. 생과 사를 넘나드는 고통스런 현실이 어느덧 꿈이 되어 있고, 꿈같은 현실이 어느덧 꿈이었음이 드러난다. 이러한 구성방식은 「십오야월」, 「흰 등대에 갇히다」, 「도망치다가 멈춰 뒤돌아보는 버릇이 있다」, 「북호텔」, 「검은 하늘을 이고 잠들다」 등 많은 작품에서 반복된다.

한편 그의 소설에서 독특한 점은 인간과 비인간의 경계가 무너져 있다는 점이다. 뿐만 아니라 질적으로 상이한 세계 속의 두 존재가 서로 소통하기도 한다. 「도망치다가 멈춰 뒤돌아보는 버릇이 있다」에서 주인공 총각과 텔레비전 속의 아나운서가 대화를 나눈다거나 당근잎을 먹던 고라니가 총각에게 말을 걸어온다.

총각은 그녀의 말 중에서 늙은 사냥개의 이름인 워리를 듣고서야 깜짝 놀라 텔레비전 앞으로 다가갔다.
"지금 제게 말하는 거예요?"

그녀는 미소를 보내며 고개를 끄덕였다.

— 「도망치다가 멈춰 뒤돌아보는 버릇이 있다」

「북호텔」에서도 '산양'은 주인공에게 다가와 혀를 내밀어 눈물을 핥아주고는 "여기 계속 있을 거야?"라고 묻는다. 이는 현실 세계에서는 도저히 목격할 수 없는 장면으로 대단히 비현실적이면서 몽환적이다. 그러면서도 김도연의 작품들에서 자아와 세계, 인간과 동물, 주체와 객체가 합일을 이루는 모습은 비록 비현실의 세계, 혹은 꿈의 세계이지만 중요한 함의를 갖는다. 이는 주체와 객체, 인간과 자연, 제국과 식민지 등을 이분적 대립으로 분할하였던 이성 중심의 사유와 인식 체계에 대한 자기 반성을 내포하면서 한편으로는 단절되고 파편화된 관계들 속에서 누군가와의 간절한 소통 의지를 투사해내는 것이기도 하다.

김도연이 이처럼 꿈에 집착하는 것은 무엇일까? 어쩌면 그는 환멸스러운 현실이나 충족되지 못한 욕망을 뛰어넘는 방편으로 꿈에 집착하고 있는 듯하다. 현실에서의 결핍으로 인해 욕망이나 욕구를 충족시키지 못한 존재는 결국 꿈에서나마 현실 속의 상처를 투사하거나 승화시키는 방법으로 보상받을 수밖에 없지 않은가. 이처럼 현실과 꿈 사이를 몽유하는 몽상가의 직업은 시인이자 예술가들이어야 할 듯하다. 「십오야월」에서 탁발승이 주인공을 가리켜 예술가라고 부르고 있으며, 「흰 등대에 갇히다」에서 주인공은 비록 원하던 잡지에 싣지는 못했지만 '사향노루', '백년 동안의 고백'이라는 소설을 쓰기도 했으며, 「이제 그는 시인을 믿지 않는다」에서의 주인공 또한 한때 시를 썼으며 자신의 시쓰기에 절망하고 있는 존재이다. 이처럼 현실을 부정하고 비현실적인 것을 꿈꾸는 자들이어야 시인이나 예술가가 되는 것은 아닐까.

그런 점에서 이 작품들을 후기 자본주의 시대의 예술가소설이라 명명해도 이의가 없을 듯하다. 어쩌면 그는 예술성의 극단적 지향을 통해 시대에 대한 부정과 거부로 일관하고 있는지도 모른다. 프레드릭 제임슨은 예술이 진지하게 삶과 모순되면 될수록 더욱더 그 반대인 삶의 진지성을 닮게 된다고 이야기한 바 있다. 이는 모든 속박으로부터 자유로운 문학이나 예술이 그 극단에 도달할 때 비로소 진정한 삶의 현실적 가치를 통찰해낼 수 있을 것이라는 함의를 내포한다. 그런 점에서 김도연의 소설은 비현실적이고 몽환적임에도 속악한 자본주의 사회의 모순을 함축해내고 있다.

> "워리야…… 인간 세상엔 시란 게 있어. 시가 뭐냐고? 고독한 영혼이 부르는 노래지. 고독한 영혼이 뭐냐고? 삶의 희노애락에 화상을 입어본 사람만이 느낄 수 있는, 만질 수는 없으나 쉽게 벗어나기도 힘든 무형의 꽃 같은 거야. 꽃 말이야. 물론 꽃에도 여러 종류가 있지. 〈중략〉 내가 볼 땐 말이야. 세상의 오물 속에서 피어난 꽃이 최고라고 봐. 오물이란 곧 환멸이야. 환멸이 피운 꽃! 멋지지 않아?"
>
> —「도망치다가 멈춰 뒤돌아보는 버릇이 있다」

시란 무형의 꽃, 곧 환멸이 피운 꽃이라는 논지야말로 부정적 총체성을 지향한 아도르노의 미학에 가깝다. 재현과 총체성에 강박을 가지고 있던 모든 문학을 조롱하던 아도르노의 태도와 김도연의 예술가적 태도는 혈연적 연관을 맺고 있다. 마지막 예술의 영토로 간주되던 시마저 상품화되는 시대, 하여 「도망치다가 멈춰 뒤돌아보는 버릇이 있다」의 주인공은 자신의 시를 늙은 사냥개에게 바치려는 아이러니를 창조해낸다. 늙은 사냥개에게 바치는 시. 어쩌면 주인공은 시에 대한 모독을 감행하고 있는지 모른다. 그런 점에서 우리는 지향해야 할 가치를 상실한 이 시대의 무기력한 예술가들의 슬픈 자화상을 이 작품에서 환기해낼 수 있게 되는 것이다.

이는 「이제는 시인을 믿지 않는다」라는 작품에서도 여일하다. 파편화된 주체와 물화된 세계 속에서 시인이 더 이상 갈 곳은 없다. 강원도의 어느 깊은 산골에서 어머니의 민박집 운영을 돕는 일 외에 시인이 할 일은 없는 것이다. 이러한 시인의 태도는 바로 물화된 세계에 대한 조롱이면서 거부라고 할 수 있다. 하여 김도연은 예술적 자율성의 극단적 추구를 통하여 후기 자본주의 사회의 부정적 모순을 제대로 포착해내고 있다고 할 수 있다.

4. 편의점에서 길을 잃다 – 아버지 찾기 혹은 유희적 글쓰기

나는 내가 어떤 인간인가에 대해 자주 상상한다. 나는 나에게서 당신만큼 멀리 떨어져 있으니 내가 아무리 나라고 해도 나를 상상해야만 하는 사람이다. 나는 내가 상상하는 사람, 그러나 그것이 내 모습인 것이 이상하여 자꾸만 당신의 상상을 빌려오는 사람이다.

– 김애란 「영원한 화자」

김애란의 첫 번째 소설집 『달려라, 아비』에서 가장 쉽게 찾아볼 수 있는 화소는 아버지의 부재이다. 이광수의 『무정』 이후 1990년대 김소진의 「자전거 도둑」에 이르기까지 많은 한국 근·현대소설에서 반복되는 화소가 바로 아버지 부재이다. 하지만 그들은 대부분 남성 작가였다. 굳이 서구의 오이디푸스 콤플렉스를 빌려 오지 않더라도 아들들에게 아버지는 사회화의 모델이면서 동시에 경쟁자이다. 그런데 우리 근·현대 소설 속에서 아버지들은 사회 역사적 요인들로 인해 부재할 수밖에 없었기 때문에 아들들에게 아버지로서의 역할 모델을 제대로 수행해내지 못했다. 그런데 이러한 아버지 부재의 모티프가 여성 작가인 김애란의 소설 속에서 반복된다는 점은 특이한 면이 없지 않다.

그때 아버지가 어디 계셨는지는 기억나지 않는다. 아버지는 항상 어딘가에 계셨지만 그곳이 여기는 아니었다. 아버지는 언제나 늦게 오거나 오지 않았다. 어머니와 나는 펄떡이는 심장을 맞댄 채 꼭 껴안고 있었다.

– 「달려라, 아비」

미아보호소 안은 훌쩍이고 칭얼대는 아이들로 북적거렸다. 우는 아이들 사이를 가까스로 헤쳐나간 끝에 나는 마이크 앞에 앉아 있는 여직원 앞에 도착했다. 나는 그녀에게 신뢰감을 주기 위

해 최대한 어른스러운 목소리로 말했다. "아버지가 사라졌습니
다."

— 「사랑의 인사」

마르쿠제는 서구의 근대화과정에서 아버지의 권위가 파괴되는 과
정을 치밀하게 분석해낸 바 있다. 그에 따르면 아버지의 권위 변화
는 극적인 결과를 낳았다. 즉 강렬하고 친밀한 아버지와 아이의 관
계가 파괴되고, 유아의 본능을 억압하는 핵심으로서의 아버지가 없
음으로 인해 성장하는 개인은 권위에 저항하는 훈련을 거치지 않게
되고 결국 개인성의 성장과정을 거치지 않게 된다는 것이다. 김애란
의 소설의 주인공들은 마르쿠제의 지적처럼 아버지의 부재로 인해
개인성의 성장과정을 겪지 않은 존재로 보이기도 한다. 즉 자기 동
일적 정체성을 상실한 존재로서 소설 속의 주인공들이 형상화되고
있다.

대체로 아버지 부재를 모티프로 한 한국 현대소설들에서 성장주
체가 모델로 삼는 존재는 같이 살아가는 어머니이다. 이 같은 소설
들에서 아들들에게 상징계를 처음으로 도입하는 사람은 어머니인
것이다. 헤겔에 있어서 주인이 노예의 노동에 의존하고 있으므로 마
침내 노예가 주인이 되는 것처럼, 라깡에 있어서도 어머니는 다시금
아버지의 아버지가 된다. 있음과 사라짐의 반복을 통해 아이에게 상
징계의 흔적을 남겨 놓은 어머니를 라깡은 '상징적 어머니'라고 부른
다. 그런데 김애란의 소설들에서 「달려라, 아비」를 제외하고는 아버
지의 부재뿐만 아니라 상징적 어머니마저 부재하는 경우가 많이 제
시된다. 역할 모델이 필요한 아이들에게 아버지와 어머니의 부재란

얼마나 가혹한 상황이겠는가?

때문에 김애란의 소설에서 자기 동일적 정체성을 탐색하려는 주인공들은 아버지 혹은 어머니 찾기를 시도한다. 그리고 그러한 탐색은 가족의 형성이나 자신의 출생, 성장의 비밀을 추적해내는 작업과 동시에 이루어지기도 한다. 「달려라, 아비」, 「스카이콩콩」, 「그녀가 잠 못 드는 이유가 있다」, 「누가 해변에서 함부로 불꽃놀이를 하는가」 등이 바로 그런 작품들이다.

김애란 소설은 이처럼 부모의 부재와 가족 모티프를 작동시키면서 결국 길을 잃은 자, 정체성을 상실한 사람들의 삶을 이야기한다. 주인공들의 정체성 혼돈은 후기 자본주의 사회의 익명성의 공간인 편의점을 배경으로 하면서 더욱 강화된다.

> 한 번도 휴일이 없었던 그곳에서 나는 - 나의 필요를 아는 척해주는 그곳에서 나는 - 그러므로 누구도 만나지 않았고, 누구도 껴안지 않았다. 내가 편의점에 갔던 그 사이, 나는 이별을 했고, 찾아갔고, 내가 누군가를 죽일 수도 있는 사람이라는 것을 깨달았다. 그러나 이 모든 것을 아무도 알지 못한다.
>
> - 「나는 편의점에 간다」

이처럼 편의점은 결핍과 충족이 만나는 곳이다. 끊임없이 미끄러지는 현대인의 욕망을 조절하고 통제하는 곳, 그곳이 바로 편의점이다. 그 공간은 우리가 일상에서 쉽게 접할 수 있으며, 누구나 쉽고 빠르게 먹고 마실 수 있는 공간으로 현대사회의 허무한 속도를 극명하게 재현한 공간이다. 그래서 이곳은 빨라지는 속도로 인하여 우리를 깊은 정체성 상실의 늪으로 빠져들게 하는 이 시대의 블랙홀과 같은 곳이기도 하다. 또한 편의점은 정주하지 못하고 부유하는 유목민적인 삶을 사는 현대인들이 스치듯 거쳐 가는 익명의 공간이다. 「나는 편의점에 간다」의 주인공 또한 "많게는 하루에 몇 번, 적게는 일주일에 한 번" 정도 편의점에 간다. 그리고 그 사이 그에겐 반드시 무언가 필요해지고 습관적으로 편의점을 찾게 된다. 하지만 편의점을 가는 사이 이별을 하고, 누군가를 찾고, 무엇인가를 깨닫지만 모든 것이 무의미 자체이다. 그 모든 것을 아무도 알지도, 알아주지도 않기 때문이다.

이러한 익명의 또 다른 공간이 바로 공동주택, 즉 아파트나 원룸이다. '따로 또 같이' 살아가는 공간인 이곳에서 다르면서 같은 삶을 사는 존재들, 그들은 각기 다른 삶을 사는 것처럼 보이지만 너무나도 유사한 획일적 삶을 살아간다. 「노크하지 않는 집」의 주인공 '그녀'는 다른 사람들의 방에 몰래 잠입하는데, 다른 네 명의 방들은 '방바닥에 난 담배빵 자국까지 하나의 오차도 없이 징그럽게' 똑같다. 사회와 시장의 획일성에 의한 배치와 통제가 서로 다르면서도 똑같은 획일적 삶을 강요해온 결과일 것이다. 하여 그들은 '2호방 여자', '5호방 여자'로 호명되는 가운데 정체성을 상실한 채 서로 단절된 익명의 삶을 살아가고 있다. 정체성을 상실한 채 살아가는 익명성의 삶, 그런 자신의 삶의 실체를 찾지 못한 '그녀'는 친구와의 통화에서 "누구세요"라는 친구의 물음에 "누구세요?", "누구셨죠?"라고 다시 되묻고 만다. 이러한 익명적 삶과 의사소통의 단절은 김애란의 다른 작품들인 「나는 편의점에 간다」, 「그녀가 잠 못 드는 이유가 있다」, 「영원한 화자」, 「사랑의 인사」, 「종이 물고기」 등에서 반복되어 형상화된다.

　이 같은 소통의 단절을 더욱 극단화시켜 놓은 공간으로 「사랑의 인사」에서는 수족관이 제시된다. 유리로 안과 밖이 분리되어 있는 공간인 수족관, 그곳에서 주인공은 간절히 만나기를 원했던 아버지가 유리 너머에 있는 것을 확인한다. 하지만 주인공은 그토록 찾고 싶었던 아버지에게 어떤 소통도 이루어내지 못한다. 투명하게 서로의 존재를 인식하면서도 강고한 유리벽 때문에 두 사람은 완전한 소통에 도달할 수 없다. 이러한 유리벽이야말로 후기 자본주의 사회를 살아가는 우리들의 마음의 벽, 혹은 제도와 자본의 벽을 상징한다.

　한편 김도연의 소설집 『십오야월』처럼 김애란의 작품들 가운데 '소설가소설'이라 이름 붙일 수 있는 작품이 있다. 바로 「종이 물고기」이다. 이 작품에서 주인공은 '유희하는 인간'이라는 의미의 호모 루덴스(Homo Ludens)라는 말을 조어한 요한 호이징하라는 학자가 쓴 서문, "나는 지금 쓰거나, 그렇지 않으면 아예 쓰지 말아야 한다. 그래서 나는 쓰기로 결정했다"를 맨 먼저 포스트잇에 써서 벽에 붙인다. 문화 이전에 존재했던 놀이의 가치를 새롭게 추구한 호이징하의 글을 맨 먼저 붙인 이유는 무엇일까. 그는 놀이로써의 글쓰기, 문화 이전의 유희적 글쓰기를 지향하면서 이성과 말의 억압, 문화와 사회의 폭력적 억압구조에 대해 저항하고 해체하려고 시도한다.

　이 작품의 주인공은 소설이라고 할 만한 것을 한 번 써보겠다는 결심을 한 후 네 벽을 채운 포스트잇을 새롭게 배열하여 천장에 붙인다. 하지만 포스트잇이 방을 가득 채운 어느 날 그 방은 어이없이 허물어져 폐허가 되고 만다. 그는 벽돌 틈에 삐죽삐죽 나와 있는 포스트잇들이 짐승의 창자처럼 끔찍하고 그것들에서 수치스러움을 느낀다. 그런데 그는 그 폐허 속에서 역설적으로 희망을 읽어낸다. 그 포스트잇들이 물고기의 아가미처럼 팔딱팔딱 뛰고 있음을 발견한 것이다. 이처럼 죽음으로써 살아나는 글쓰기야말로 어쩌면 작가 김애란이 궁극으로 지향하는 바일지도 모를 일이다.

그는 포스트잇 글쓰기를 통해 데리다가 설파한 바 있는 글쓰기의 유희의 전범을 보여준다. 어떤 텍스트가 의식적으로 의도하는 부분과 실제로 글쓰기를 통해서 실천된 부분 사이의 불일치, 긴장, 모순의 관계를 추적하고 들추어냄으로써 작가 스스로가 단일하고 매끈한 의미의 표면이라고 믿는 텍스트를 균열시키고 파편화시켜서 다양한 의미를 산포해내는 글쓰기의 유희, 김애란은 산포의 글쓰기를 제대로 실천해내고 있다.

5. 자율성의 허구

구효서, 김도연, 김애란의 새 소설집을 살펴보았다. 세 작가들은 각각 세대를 달리하지만 구조적 모순으로 점철되고 있는 후기 자본주의 사회와 포스트모던한 상황에 대한 나름의 문제의식을 치열하게 형상화해내고 있었다.

구효서는 시공간의 확장을 통한 현실에서의 탈주를 시도한다. 그 것은 우리가 가진 오만한 사유체계에 대한 거부이면서 새로운 생의 비의를 탐색해내려는 시도이기도 하다. 이는 차이 없는 반복으로 일관하는 정주인들의 삶으로부터의 탈주이면서 이분적 대립의 경계를 넘어서는 유목민적 사유의 현현인 셈이다.

김도연은 현실과 비현실의 경계가 무너져가고 있는 우리의 현실에 대한 환유로 꿈을 제시한다. 그의 소설에 등장하는 주인공들은 대부분 꿈과 현실을 자유로이 넘나드는 몽상가이자 예술가이다. 그는 이 시대에 대한 환멸을 시나 예술에 대한 모독의 경지에까지 밀고 나간다. 이러한 예술적 자율성의 극단적 추구는 궁극적으로 후기 자본주의 사회의 부정적 모순에 대한 간접적 고발이라고 할 것이다.

김애란의 소설은 그 젊음만큼이나 가볍고도 즐겁다. 아버지의 부재로 인한 성장의 고단함을 제시하면서도 적극적으로 아버지를 찾지도 않는다. 자신의 출생과 성장의 비밀을 탐색하지만 그것에 연연해하지 않는다. 오히려 그는 끊임없이 미끄러지는 관계들과 욕망들 속에서 정체성을 상실해가는 현대인들의 자화상을 그려내고 있다. 그러면서도 그것은 마치 즐거운 놀이를 연상하게 한다.

이처럼 세 작가의 작품들은 각기 다른 지평과 아우라를 담보해내면서도 부정적 모순으로 가득 찬 후기 자본주의 사회에 대한 비판적 거리를 유지해내고 있다. 『후기마르크스주의』의 저자 프레드릭 제임슨은 "고도로 발달한 문명의 단계는 인간을 아메바와 같은 존재로 만들었다"는 역설적 주장을 통하여 후기 자본주의 사회의 비인간적 상황을 비판한다. 이성을 통하여 야만을 계몽해낸 후 고도의 문명사회를 이루어온 근대적 주체는 후기 자본주의 사회에 들어서면서 정신분열적 주체로 전이되어가고 있다. 더구나 이 사회는 시장의 힘에 의해, 개인의 삶을 계획적인 것으로 만들고, 개인적 주관적 선택 가능성을 축소하며, 예전의 자율적 자아나 무의식, 욕망 속으로 파고들어가 이것들을 식민화하려 든다.

이 문제를 극복하기 위해서는 속악한 우리의 현실에 대한 올곧은 인식이 필요하다. 앞의 세 작가의 작품들보다 더 치열하게 당대 사회의 주요한 모순을 부정하고 전복하고 해체하려는 노력이 요구되는 것이다. 소설이나 예술 자체의 존재만으로 물화의 문제를 극복할 수 있다는 환상에서 빨리 벗어나야 할 때이다. 그런 점에서 이 시대의 소설들은 더욱더 쇄신을 거듭해야 할 것이다.

예술은 본디 자율성을 기반으로 하면서도 사회적이고 역사적인 성격을 공유한다. 그러나 예술의 자율성만을 강조하면서 그 사회적 가치를 배제하는 예술은 존재 근거를 상실하는 것이 될 수 있다. 사회적 생산양식의 발달에 호응하는 예술양식만이 진정한 예술적 가치를 확보하는 것이 될 터이다.

정체성의 위기와 존재의 형식

1. 후기 현대인의 정체성의 위기

두터운 먼지 가득한 지하묘지에서 햇빛 반짝이는 지상으로 프로이드를 부활시킨 존재가 바로 라깡이다. 그의 사상적 흐름 가운데 주목할 만한 것이 바로 현대인들의 부정적 정체성(negative identity)에 대한 날카로운 천착이다. '내가 생각하는 곳 바로 거기에 내가 존재한다'는 데카르트의 강력한 주체를 해체하고, '나는 내가 아닌 곳에서 생각하다. 고로 나는 내가 생각할 수 없는 곳에 존재한다'로 패러디한 라깡의 사상 핵심에 부정적 정체성이 자리하고 있는 것이다.

어디서 와서 어디로 가는지, 나는 무엇인지, 나는 무엇이 되어야 하는지, 나는 어느 곳에 위치해야 하는지, 나는 지금 무엇을 해야 하는지 등의 무수한 정체성에 대한 질문에 쉽게 답할 수 없게 된 것이 바로 후기 자본주의 시대, 존재의 위기를 맞이하게 된 우리들의 실체적 현실이다. '내'가 진정으로 '나'임을 증명하거나 혹은 거대한 타자인 신적 존재나 권력의 지배자가 '나'를 증명해내지도 못하는 이 시대, 정체성을 실종한 채 '나'는 지금 여기에 존재하고 있는지도 모른다.

『현대성과 자아 정체성』의 저자 안소니 기든스(Anthony Giddens)는 후기 현대의 삶에서 자아 정체성의 문제가 특히 핵심적인 문제가 되는 것은 우선 후기 현대의 자아가 수많은 선택에 열려 있다는 사실 때문이라고 설파한 바 있다. 이는 우리에게 다양한 선택이 가능한 복수의 자아 정체성이 열려 있다는 의미이기도 하다. 그 까닭을 기든스는 네 가지 정도로 이야기한다. 첫째, 우리가 탈전통적 질서 속에서 살고 있기 때문이다. 삶과 정체성의 절대적 기준이나 전통이 이제 현대 후기 산업사회에서는 소멸되어 버렸음을 의미한다. 둘째, 현대의 권위 부재 때문이다. 즉 '체계적 의심' 또는 '회의'가 내면화되어 있는 시대가 바로 현대인 것이다. 셋째, 생활세계의 다원화 때문이다. 노동의 시간 및 공간이 여가의 시간 및 공간과 완전히 분리되며, 노동과 여가 그 자체도 고도로 다원화되고 있는 것이 우리의 현실이다. 그리고 넷째, '매개된 경험'의 지배 역시 선택의 다원성에 영향을 미치기 때문이다. 직접적인 신체적 경험보다 영상과 커서를 통해 얻어진 매개된 경험이 더욱 실체성을 획득해가고 있는 셈이다.

이처럼 전통과 권위의 소멸, 다원화된 생활세계와 매개된 경험의 우위 등으로 인해 후기 현대인의 정체성은 그야말로 위기를 맞고 있는 것이다. 과거와 현재, 그리고 미래의 동일성에 근거한 자아의 정체성이 좀처럼 파악되지도 획득될 수도 없는 이유가 바로 여기에 있다.

방현석의 소설집『존재의 형식』, 윤대녕의 소설집『누가 걸어간 다』, 김영하의 소설집『오빠가 돌아왔다』, 이 세 소설집은 새로운 세 기를 맞이한 현대인들의 궁핍한 자아의 초상과 그로 인한 정체성의 위기를 그려내고 있다. 오랜만에 출간된 이들의 소설집은 그들이 장 편들에서 보여주기 어려웠던 현대인들의 삶의 질곡과 고뇌를 중·단 편소설 특유의 세밀한 구조와 내밀한 문체로 형상화해냈다는 점에 그 의의를 찾을 수 있다. 분자화되고 단절된 현대인들의 삶의 일상 이 중·단편소설이라는 적절한 그릇에 담겨져 있다고 하겠다.

2. 밀폐된 자아의 차가운 웃음 – 김영하의 소설집『오빠가 돌아왔다』

기든스는 현대인들을 밀폐된 최소 자아(minimal self)라 명명한 다. 폐쇄된 그들만의 공간에서 집중적으로 표출되는 자아는 세계로 의 확장을 포기한 채 스스로의 고립을 택한다. 세계나 타자와 관계 맺기를 포기한 자아, 스스로의 내부로만 밀폐된 후기 현대인들의 전 형적 자아로서의 최소 자아를 극명하게 보여주는 인물들이 바로 김 영하의 소설집『오빠가 돌아왔다』에 등장하는 주인공들이다. 그들은 보편과 전통과 권위를 부정한다. 모든 가치와 의미를 해체하고 타자 들과의 소통을 긍정하지 않는다.

「오빠가 돌아왔다」에서는 아버지에 대한 부정이 극에 다다른다. 그간의 한국 소설사에서 드러났던 아버지 부정이 더욱 강화된 방향 으로 극명하게 형상화된다. 한국적 근대화가 고아의식으로부터 출 발한 것이 사실이며, 근대 소설사의 가장 지배적인 모티프가 아버지 부정이라는 전제를 긍정한다 하더라도 이 작품에서의 아버지 부정은 극단을 치닫는다. 아버지에 대한 절대 부정을 드러낸 바 있었던 김소진의 「자전거 도둑」에서 '죽는 한이 있어도 애비라는 존재는 되지 말자'던 작중 인물 '승호'의 독백과는 비교를 허락하지 않을 정도로 강력하다. 「오빠가 돌아왔다」에서의 '오빠'는 '아버지'에게 폭행을 가하고 '아버지'라는 존재 자체를 인정하지 않는다. 더구나 초점화자인 14살 어린 딸의 시각에 의해 서술되는 '아버지'는 좀처럼 구제불능의 무능하고 부도덕하고 비양심적인 인물이다. 여기서 작가는 아버지로 표상되는 가부장제의 권위, 근대 자본주의 사회를 이끌어왔던 다양한 제도, 관습, 권위, 법 자체를 부정하는 것이다.

이러한 권위의 해체는 기존의 전통적인 가치와 의미의 상실로 표출되기도 한다. 「그림자를 판 사나이」에서의 '그림자', '허깨비'의 반복적 패턴은 가치와 의미의 해체와 상실을 함의한다. 그 누구에게도 실체적 의미가 될 수 없는 그림자 같은 존재로서의 정체성, 미끄러지는 욕망의 대상으로서의 흔적으로 남게 되는 존재의 의미가 이 작품에서는 반복적으로 제시된다. 하여 화자는 작품의 결말에서 '데자뷰, 똑같은 일이 그 옛날에도 있었다는 생각'에 도달한다. 같으면서도 다른, 다르면서도 같지 않은 흔적들의 반복, 이것이야말로 데리다가 제시한 에크리튀르의 또 다른 흔적들인 셈이다.

이처럼 부유하는 흔적들의 반복은 인간관계에 있어서도, 지극한 소통을 이루어야 할 사랑에 있어서도 소통의 부재를 가져온다. 서로의 의미를 온전히 공유하지 못한 채 본질의 겉만을 맴도는 소통 구조를 가진 현대인들의 고단한 모습, 밀폐된 자아의 존재 양상이 「너의 의미」 혹은 「너를 사랑하고도」에서 제시된다. 사랑이 아닌 유희의 대상으로만 존재해야 하는 '윤숙'에게 사랑 고백을 받고서 곤혹스러워하는 「너의 의미」에서의 주인공 '나', '의원 보좌관'을 사랑하다 차이게 된 '중학 동창생'을 짝사랑하는 「너를 사랑하고도」에서의 주인공 '나'는 극단적인 소통부재의 상황에 내밀려 있다. 한 인간에 대한 타자의 진정성은 어떤 상황에서도 수용되고 소통되지 않는다.

때문에 후기 현대인들은 사용가치보다 교환가치에만 몰입하는 물신화의 노예가 되고 마는데, 「보물선」은 그러한 현대인들의 건조한 삶의 단면을 적확하게 그려낸다. 군산 앞바다에 빠진 금괴 실은 보물선에 집착하는 수많은 물신화의 노예들, 그리고 그들을 역이용하는 자본주의 사회의 보이지 않는 지배자들. 그들은 서로가 서로를 불신하며 서로를 증오하는 불신의 시대를 창출해낸다.

그래서인지 김영하 소설의 기저에는 깊은 절망과 회의주의가 똬리 틀고 있다. 죄의식과 양심의 부재, 부조리한 세상과 폭력에 대해 저항할 수 없는 무기력한 존재들, 그들이 바로 우리들의 자화상임을 반추하게 한다. 깊은 절망 가운데 추락하는 우리들의 자의식을 발견하게 된다. 그러면서도 김영하는 그러한 우리들까지도 풍자와 냉소의 대상으로 삼는다. 대상과 거리를 유지하면서도 그 대상을 철저히 희화화해내는 그의 서사 전략은 1930년대의 채만식이나 1950년대 김성한의 풍자 문학을 넘어선다. 차가운 이성으로 무장한 채 대상과 철저하게 거리를 형성하는 그의 자의식이 작품들을 한 차원 높은 세태 풍자의 전범으로 형상화해내고 있는 것이다.

3. 경계인의 쓸쓸한 초상 – 윤대녕의 소설집 『누가 걸어간다』

윤대녕은 길 위에 서 있다. 그의 소설 속의 주인공도 지금 길 위를 걸어가고 있는 중이다. 하지만 그 길은 끝이 없다. 길의 끝에 도달했다고 생각하는 순간 또 다른 길이 그 앞에 놓여져 있다. 길의 무한한 반복, 끝이 끝이 되지 못하는 우리의 존재론적 모순과 자동화된 반복 속에 인간은 위기를 감지한다. 그래서 윤대녕의 소설은 위기에 놓여 있다. 그것은 한편으로 그의 소설의 서사적 힘을 견인해내는 동력이 되기도 한다. 이를테면 윤대녕 소설에서 계속 반복되는 동일한 모티프들 가운데 여로 위에서 여성과의 만남의 모티프는 그의 대부분의 소설에서 반복됨에도 불구하고 그의 소설을 읽을 수밖에 없는 이유를 생성해내는데, 그것은 바로 그의 소설에 근원적으로 자리하는 주인공과 여성인물이 공유하는 존재론적 위기감 때문이다. 작가와 주인공의 존재론적 위기가 감지되는 순간, 그것은 바로 우리 모두의 것으로 공감되기도 한다.

길 위에 선 자들은 집이 없다. 그들의 집은 깨뜨려지고 부서지고 해체되어 버린 지 오래이다. 엄청난 태풍이 휩쓸려 오지도 않았는데, 그 집들은 사라지고 없다. 그것은 바로 시간의 풍화작용 때문이다. 그리고 작가 혹은 주인공들의 망각 때문이기도 하다. 잃어버린 집은 곧 목표의 상실이다. 때문에 주인공들은 자신의 길을 찾아 나설 수밖에 없다. 새로운 정체성 찾기가 바로 여기에서 출발한다. 그리고 그 정체성과 존재 형식의 탐색은 엄청난 고통을 수반하게 된다.

오 년 만에 발간된 윤대녕의 창작집 『누가 걸어간다』에 실려 있는 작품들 대부분의 주인공들은 바로 이러한 정체성 상실의 심각한 위기에 처해 있다. 「누가 걸어간다」의 주인공 또한 길 위에 서서 심각한 정체성의 위기에 놓여 있다. '활주로처럼 곧게 뻗어 있는 그 길로 저녁마다' 주인공 '내'가 걸어간다. 서울에서 한강을 따라 북쪽으로 약 육십 킬로미터 떨어진 곳으로 도망치듯 떠나온 '나'는 암 진단을 받은 상태이고, 그전에 이미 가족과도 헤어져 그 사실을 누구에게 알릴 수도 없는 처지이다. 그는 보습학원에서 수학을 가르치는 '그녀', 실은 '나'의 또 다른 분신이기도 한 '그녀'를 만나게 된다. 그리고 그의 젊은 날의 영혼과 닮은 탈영병을 먼발치에서 바라보기도 한다. 하지만 그는 이곳과 저곳 혹은 여기와 저기에도 내려서지 못한 채 길 위에만 서 있다, 어디에도 안주하지 못한 채…. 그의 이러한 모습이야말로 현대인들의 유목민적 상황, 경계인으로서의 존재의 위기를 전형적으로 보여주고 있다.

「흑백텔레비전 꺼짐」은 윤대녕 소설의 또 다른 전형을 보여준다. 「은어낚시통신」, 『옛날 영화를 보러 갔다』, 『미란』, 『사슴벌레 여자』 등 그의 대부분의 소설에서 볼 수 있는 잃어버린 사랑을 통한 자신의 정체성 탐색의 모티프를 이 작품 또한 반복하고 있다. 욕망의 삼각구도를 심층의 구조로 삼는 연애소설의 전형적 양상이 이 작품에서도 작품 전체의 구조를 견인하는 서사의 핵으로 기능하고 있다. 권력자에게서 버려진 두 딸, 근친상간의 모티프를 통해 우리 현대사의 도덕적 붕괴, 혹은 그로 인해 가장 나약한 존재들이 무너지고 사멸되어가는 삶의 양상이 존재의 위기와 연관지어 형상화되고 있는 것이다.

이러한 존재의 위기는 윤대녕 소설의 또 다른 모티프 중의 하나인 실종의 모티프로 치환되기도 한다. 「흑백텔레비전 꺼짐」에서 '하원'

의 실종, 「무더운 밤의 사라짐」에서 어느 무더운 여름밤 동안의 '아내'의 사라짐, 「낯선 이와 거리에서 서로 고함」에서 갑자기 나타난 '사내'의 '아내'의 실종이 바로 그러한 예들이다. 어쩌면 현대인들은 모두 자동화된 일상으로부터 도피와 황홀한 실종을 꿈꾸기도 할 터이다. 더구나 삶의 의미와 가치가 상실된 이들이라면 그러한 욕구는 더욱 강한 의지로 실현되기도 한다. 그러한 실종의 강한 욕망을 추동하는 것이 바로 정체성의 상실, 혹은 존재의 위기 때문일 것이다.

　더구나 이 소설집에서 반복되는 윤대녕 소설의 큰 특징 중의 하나가 바로 실종 모티프와 결합된 환상성이다. 특히 「올빼미와의 대화」에서의 독특한 환상성은 현실을 초월한 경이, 즉 현실적 삶의 원리로는 도저히 설명할 수 없는 사태를 구현해낸다는 점에서 대단히 문제적이다. '아내'가 '장모'의 입원실을 지키기 위해 서울로 간 깊은 밤 걸려온 '올빼미'의 전화, '올빼미'는 '나'의 치명적이거나 혹은 아주 사소한 기억마저도 알고 있다. 뿐만 아니라 '올빼미'는 지금 이 순간 '내'가 하고 있는 일을 속속들이 들여다보고 있는 듯하다. 때문에 '올빼미'는 '나'의 과거의 자아이거나 '나'의 초자아가 끊임없이 간섭하고 억압해 놓았던 '무의식'인지도 모른다. '사람이란 모든 사소한 기억의 집합에 불과'하다는 '올빼미'의 주장 속에서 우리는 '올빼미'가 바로 잃어버린 '나' 자신임을 감지하게 된다. 하지만 '나'와 '나'의 초자아와의 대화 혹은 소통이 과학문명의 소산인 휴대전화라는 도구로 진정 가능한 것인가. 여기에 초월적 경이가 아니고서는 설명해낼 수 없는 윤대녕 소설의 환상성이 존재한다.

4. 존재의 이상화, 훼손된 이상
— 방현석의 소설집 『랍스터를 먹는 시간』

우리 모두는 길 위에 서 있고 그 길에는 안개가 아직도 가득하다. 안개로 길이 보이지 않는다고 하여 길이 내 발길 위에서 사라진 것인가. 김영하와 윤대녕의 소설들은 안개로 길이 보이지 않는 국면만을 강조하여 제시한다. 분명 길이 보이지 않는 것이 사실이기에, 그리고 그 원인은 안개 탓이기에, 그들의 소설적 작업은 분명 후기 산업사회의 병폐와 질곡을 이야기해내는 데 전혀 부족함이 없다. 하지만 자칫 길이 보이지 않는다고 하여 길이 없음을 강변하는 기득권 지배이데올로기의 생산자 내지 소비자들에게 그들의 소설은 훌륭한 경전의 역할을 할 수 있을 것이란 생각 앞에서 괜한 우울이 앞선다.

그리고 그들이 이 시대 문화의 지배적 경향을 이끌어가고 있다는 데 동의한다면 그들의 문제는 간단치 않다. 그람시의 지적대로 당대의 지배 문화는 결국 당대의 지배자들의 문화와 같기 때문이다. 그러므로 이 시대 문화를 선도해가는 이들은 어떤 측면에서는 이 시대의 지배자이거나 이 시대의 기득권을 형성해나가는 이데올로그들과 적어도 타협하고 있다는 혐의로부터 자유로울 수 없다. 안개로 인해 길을 잃고 가족을 잃고 넘어지고 다치는 많은 사람들 사이에서 그것들을 잠시 가리고 있는 안개로 인해 어느 순간 나 홀로 평안하다고 자족한다면 그것이 진정한 실존일 수 있을까?

이러한 안개 속에서의 비현실적인 실존과 자존, 훼손된 폐허의 내면을 넘어서는 작가가 바로 방현석이다. '함께 가자 우리'가 아직도 유효한 과제이자 명제임을 그는 소설집 『랍스터를 먹는 시간』에서 강조한다. 「존재의 형식」, 「랍스터를 먹는 시간」, 「겨우살이」, 「겨울 미포만」 등 총 4편의 중편 소설로 이루어진 이 작품집에서 작가는 안개 가득한 속에서도 인간다움이, 인간답게 살 수 있는 세상을 만들어 가는 것이 지상의 남은 유일한 가치임을 이야기한다.

「존재의 형식」과 「랍스터를 먹는 시간」은 우리 현대사의 우울한 지형을 형성해왔던 '베트남 전쟁'의 문제를 제재로 삼고 있다. 과거 우리의 부끄러운 역사의 한 장이자 한편으로는 인간다움의 당위를 실현해내었던 '베트남'의 치열했던 역사 속에서 작가는 우리 후기 산업사회의 모순을 병치시켜 비판해내고 있다. 그는 결국 역사적 정체성의 환기를 통해 새로운 세기를 맞이한 후기 현대인들의 정체성을 새롭게 모색한다.

그리고 그는 이 작품들에서 후기 산업사회의 여러 모순과 질곡에도 불구하고 인간다움을 지향하는 이상적 존재를 제시하고자 한다. 그가 추구하는 이상적 존재는 지금 이곳의 폐허화된 현실 속에서는 존재하지 않는다. 훼손된 이상, 파괴된 가치와 현실 속에서 어떤 이상도 현실화될 수 없다. 그럼에도 그는 현실적으로 불가능한 이상적 존재를 역사 속에서 부활시켜냄으로써 인간이 가장 인간다울 수 있었던 시대, 그 역사의 황홀함을 환기해내고 있다. 하지만 그 환기가 아름답고 황홀할수록 우리들의 무기력과 비겁함은 극에 도달한다.

「겨우살이」에서는 '법대로'라는 상식의 허상과 폭력성을 통해 가치 상실의 시대의 한 단면을 극명하게 제시한다. 교통사고로 사람을 죽이고서도 보험 처리로 모든 것을 끝냈다는 보통 사람들의 인식에 대해 그 어떤 대응도 할 수 없는 우리 사회의 도덕적 불감증을 그는 비판한다.

「겨울 미포만」은 방현석이라는 작가가 1988년 「내딛는 첫발은」을 발표한 이래 줄곧 추구해온 문학적 아우라를 가장 잘 형상화해내고 있는 작품이다. 그가 이 작품에서 가장 강조하는 것은 개인의 존재론적 위기가 아니다. 개인의 패배와 상처와 절망, 피폐한 내면보다도 그에게 중요한 것은 조직적 실천을 근거로 한 연대의 문제이다. '나 혼자 결심하고 나 혼자 실천하는 산중의 도사'와 같은 개인보다도 '집단적인 실천'과 연대의 필요성을 그는 강조하고 있는 셈이다.

상실과 절망의 시대, 방현석의 소설은 시대의 어둠을 거두어낼 총총하게 빛나는 향도가 되어줄 것이다. 넘어지고 깨어지고서도 일어나는, 같이 함께 일어나는 존재들의 연대, 후기 현대 고립화된 최소 자아들의 삶 가운데 그들의 연대는 더욱 아름다운 모습으로 우리에게 다가설 것이다.

5. 새로운 존재의 형식을 찾아

정체성을 상실한 채 절망의 시간을 견디는 후기 현대인들의 새로운 존재의 형식은 무엇일까? 오랜만에 작품집을 상재한 윤대녕, 김영하, 방현석은 이 시대를 고통스럽게 살아가는 우리들의 존재의 위기를 형상화하고 있다. 절망과 좌절 가운데 상처를 치유하기, 후기 현대인들의 가장 큰 화두일 터이다. 그리고 그 치유의 과정 속에서 새로운 존재의 형식과 존립의 가능성은 모색 가능할 것이다.

김영하의 소설이 그런 상처의 환부를 세밀하게 보여주고 있다면, 윤대녕은 상처의 힘겨운 치유 과정을 제시한다. 그리고 방현석은 상처를 치유한 후 어떻게 살아야 할 것인가에 대한 새로운 존재의 형식에 대해 전망하고 있다.

살인적인 무더위가 연일 계속되고 있다. 열대야로 인한 불면의 밤은 생체의 리듬을 완벽하게 붕괴시켜가고 있다. 하지만 후기 현대인의 생존의 지형은 그 어떤 열대야와 불면의 밤보다 더욱 공포스러울 뿐이다. 이역만리 이라크 땅에서 제국주의 침략의 희생양이 되었던 김선일 씨의 죽음, 서울 한복판에서 벌어졌던 끔찍한 연쇄살인사건, 이는 이 시대가 치명적 죽음의 시대임을 표상하는 상징적 코드이다.

과연 죽음을 넘어서는 존재의 형식은 존재하는 것일까? 윤대녕, 김영하, 방현석의 소설 속에서 그 흔적의 흔적이라도 찾아볼 일이다.

계몽의 아이러니와 악마주의

정말로 미친 상태는 자신은 절대로 미칠 리가 없다고 주장하는 데에 있을 것이다. 다시 말해 진정한 광기는 사유가 그러한 '부정성'을 가질 수 없는 무능에 빠질 때 초래되는 것으로, 확고부동한 판단과는 전적으로 구별되는 사유란 그러한 부정성 속에서 비로소 성립되는 것이다. 편집증적인 초일관성, 즉 항상 동일한 판단이 갖는 '악(惡) 무한'은 사유의 일관성이 결여된 사유다.

― 아도르노·호르크하이머, 『계몽의 변증법』

1. 악마주의, 혹은 악마성에 대하여

아도르노는 그의 고전적 명저인 『계몽의 변증법』에서 계몽의 개념 안에는 오늘날 도처에서 일어나고 있는 퇴보의 싹이 함유되어 있다고 설파한다. 계몽 스스로가 자신의 운명 속에 돌이킬 수 없는 퇴행적 계기, 자기 파괴의 징후를 자각하지 못했음을 아도르노는 날카롭게 통찰해낸 것이다. '아우슈비츠'로 상징되는 집단적 편집증과 파괴적 속성이야말로 계몽의 자기 파괴이며, 그로 인해 인류는 또 다른 야만 상태에 도달하고 말았다는 아도르노의 선언은 우리의 현대성에 대한 반성을 촉발시킨다.

때문일까? 새천년을 맞이한 우리 인류가 맞이한 사태는 바로 테러리즘, 폭력의, 폭력에 의한, 폭력을 위한 폭력의 범람이다. 선과 악, 문명과 야만, 진실과 거짓, 우월과 열등의 가치는 전도되거나 상실된 채 후기 자본주의 사회는 폭력만을 전경화할 뿐이다. 진정한 휴머니즘의 가치나 절대 다수를 위한 이념의 효율성은 사멸되어가면서 부정의 부정, 혹은 끝없는 혼돈으로 빠르게, 아주 빠른 속도로 회귀하고 있는 형국이다. 거기에 폭력과 죽음과 퇴폐와 절망, 그리고 악마주의가 도사리고 있다.

이처럼 인간다움의 시대와 철저히 괴리되는 듯한 악마주의의 범람은 한편으로는 또 다른 인간다움, 혹은 새로운 세계의 이데올로기를 형성하는 토대로 작동한다. 더구나 악마성은 지배와 피지배를 배치해 온 상징권력의 지배이데올로기를 해체하는 긍정적인 효과를 창출해내기도 한다. 즉 그동안 선/악의 가치판단의 주요한 근간이 되어왔던 이성/감성, 인간/자연, 남성/여성, 제국/식민지의 이분법적 대립이나 인식틀을 해체하거나 변혁시켜내는 새로운 시각의 가능성을 악마주의는 제공한다.

악이 인간다움에 대한 부정이나 선의 극단적 대립으로서 존재하는 것이 아니라 진정한 인간다움과 참된 선을 창출하기 위한 의지로부터 발생하고 있다는 역설적 의미를 반추해 볼 만한 이유가 바로 여기에 있다. 라이프니츠는 『변신론』에서 악은 선을 불러일으키거나 아니면 더욱더 큰 악을 막는 데 기여하는 것이라고 주장하지 않았던가?

또한 폴 리쾨르는 『악의 상징』에서 인간이 가지고 있는 지적 능력, 노동력, 성적 욕망을 악의 꽃이라고 간파한 바 있다. 기독교의 창세기 신화에 내재해 있는 화소들 속에 창조와 타락의 설화가 공존하고 있으며, 그러한 선과 악의 두 가지 가능성이 인간의 모든 영역－언어·노동·제도·성－에 깔려 있다는 그의 통찰은 그간의 선악판단이 지나치게 도식적인 것임을 깨닫게 해준다. 동시에 그는 악은 뿌리 깊지만 본래적인 것은 아니며, 가장 오래된 죄보다 순결이 더 오래 되었다는 것이 인간론의 깊이를 이룬다고 단언하였다. 그렇다면 악마주의는 반인간주의로 위장한 인간다움에 대한 지향이 아닐까.

따라서 이 글은 박상우의 『가시면류관 초상』, 안광의 『유령 사냥꾼』, 김경욱의 『누가 커트 코베인을 죽였는가』를 중심으로 이 시기 범람하는 악마주의의 실체와 본질, 그리고 그것들의 시대적 함의와 역설적 가치를 재조명하고자 한다.

2. 종말론적 묵시록의 역설 – 박상우 『가시면류관 초상』

태초에 아담과 이브가 선악과를 따 먹게 되면서부터 인간은 악마의 속삭임으로부터 자유롭지 못했다. 그리고 그런 인간의 근원적인 어둠과 절망, 죄와 구원의 문제는 아담과 이브의 아들들인 카인과 아벨로 인해 더욱 극단화된 양상으로 드러나면서 오늘날의 현대인들에게까지 계속된 천형으로 반복되고 있다.

이처럼 우리들의 어둡고 추악한 악마적인 삶의 단면을 박상우의 장편소설 『가시면류관 초상』은 잘 보여주고 있다. 이 책은 김동리의

『사반의 십자가』로부터 이문열의 『사람의 아들』, 조성기의 『라하트 하헤렙』, 이승우의 『생의 이면』과 같은 소설들이 보여준 인간의 죄와 구원의 문제를 새롭게 제시한다. 특히 이 작품은 1990년대 말의 세기말적 종말론의 사유의 흔적을 보여주고 있을 뿐만 아니라 종말을 눈앞에 둔 정당방위로서의 위악의 소산이나 종말론적 구원의 묵시록이라는 평가를 받고 있기도 하다.

질 들뢰즈는 그의 마지막 유작 『비평과 진단 - 문학, 삶, 그리고 철학』에서 묵시록과 복음서의 차이를 강조한다. 그에 의하면 묵시록은 집단적·대중적이고 증오 가득하고 야만적인 반면, 복음서는 귀족적이고 개인적이며 부드럽고 사랑이 가득하다. 그러면서 그는 복음주의자와 묵시록주의자는 결코 동일인이 될 수 없다고 주장한다. 그런 측면에서 보면 박상우는 묵시록주의자에 가깝다고 하겠다.

이 작품은 '정하'와 '인하'라는 두 형제를 둘러싼 가족사의 문제를 배경으로 한다. 스무 살에 미혼모가 되었던 어머니와 가정 파괴적 행위를 서슴지 않는 아버지 사이에서 자라난 두 형제, 군대에 간 동생 '정하'의 애인인 '모란'과 근친적 사랑에 빠진 '인하', 그로 인해 상처입은 '정하'의 자살, 그리고 일시적 기억상실의 상황에서 아버지를 살해한 '인하', 그들은 아벨과 카인의 후예이다.

하지만 이 작품은 죄악과 절망을 전경화시키려는 데에 목적이 있는 것이 아니다. 이러한 절망과 카오스의 세계를 구원해낼 묵시적 예언을 찾아내려는 것이 작가의 궁극적 의도이다. 어둠 속에서 한 줄기 빛을 찾아나서는 구원의 가능성을 작가는 모색하고 있는 셈이다.

"악마가 불쌍하다는 생각을 해요. 어쩌면 악마보다 더 무서운

게 인간일지도 모른다는 생각 … 멀쩡한 양을 속죄의 희생물로 삼고, 그것도 모자라 나중에는 양에게 악마의 허울을 씌어버리는 게 인간이잖아요. 〈중략〉 … 어쩌면 우리가 알고 있는 악마는 인간들이 자신들의 사악함을 위장하기 위해 만들어낸 숨수의 산물이 아닐까, 하는 생각이 들어요."

인간의 내면에 존재하는 악마성에 대한 작가의 새로운 인식이 투영된 부분이다. 우리 주위에 실재하는 것으로 추론되는 악마성이 사실은 인간들의 사악함을 위장하고 은폐하기 위해 인간 스스로 만들어낸 것일지도 모른다는 작가의 발상이 낯설면서도 공감이 되기도 한다.

더불어 작가 후기에서 작가가 강조하고 있는 것처럼 죄악을 통해 스스로 진화를 추구해왔던 인간사의 이면까지도 깊이 반추해볼 일이다. 마치 어린 시절 깊은 우물 속을 들여다보곤 했던 것처럼 말이다.

이 작품은 우리들의 내면과 일상에 내재한 죄의 기원과 더불어 종말에 도달했다고 하는 절망적 세계관을 형상화해냄으로써 우리 문학의 소재를 확장함과 동시에 새로운 지평을 열어주고 있다.

3. 절대악의 현현, 리얼리즘의 확장 – 안광『유령사냥꾼』

이 세상에 존재하는 모든 것들은 인간들에 의해 지각되고 인식될 수 있을까? 존재하지만 보이지 않는 것도 있고, 존재하지 않지만 보이는 것들도 있다. 그럼에도 우리는 눈에 보이는 것은 보고, 보이지 않는 것은 보지 않는 경우가 대부분이다. 특히 현대에 들어 이성과 과학이 더욱 발달하면서 인간들은 더더욱 볼 수 있는 것과 볼 수 없는 것을 분할하고 볼 수 있는 것만을 믿고 신뢰해왔다.

간혹 볼 수 없는 것을 보거나 말하는 사람은 비정상적인 존재로 현실 생활에서 격리되거나 소외당했다. 이러한 가시성의 배치를 통해 현대사회는 정상과 비정상, 현실과 환상, 우월과 열등을 구분하고 단절하면서 현대사회 체계를 지탱하고 유지해나가게 되었던 것이다.

이러한 가시성의 배치의 모순과 불합리를 되돌아보게 하는 소설이 바로 최근 발간된 안광의 장편소설 『유령사냥꾼』이다. 소설가 안광은 1987년 『소설문학』으로 등단한 이래 『쥐와 그의 부하들』, 『개와 쥐 사이 우리는 존재해 있다』 등의 작품들을 창작하고 발간해오면서 꾸준하게 문학적 성과를 온축시켜 왔다. 특히 이 작품은 세기말이던 1990년대 후반부터 새로운 세기가 시작된 최근까지의 많은 시간 동안 작가의 열정과 노고가 결집되고 응축된 노작이다.

이 작품에서는 주인공이 유령으로 설정되어 있고 그 유령과 인간들의 교섭과정이 반복적으로 제시된다. 여기서의 주인공 유령은 악마 중의 악마, 마왕의 이미지로 형상화되어 있다. 어둡고 추악한 인간 세계의 절대악을 장악하고, 자신의 방식으로 타자와 사물들을 배치하고자 하는 주인공 유령에게 인간다움의 살아 있는 자질을 부여하여 작가는 새로운 악마의 모습을 창조해내고 있는 것이다. 또한 이 작품에서의 유령은 우리 현대인의 정체성 상실의 징후를 상징적으로 함의하고 있는 상관물이다. 자기 정체성의 연속성과 통일성에 대한 회의로부터 유령의 존재에 대한 믿음이 파생되기 때문이다.

여기서 우리가 주목해야 할 부분은 작품의 심층에 흐르는 악마주의적 요소이다. 주인공이자 1인칭 화자인 주인공 유령의 직설적 화법이 제시되거나 자신의 유년체험이 그대로 묘사되면서 작품 곳곳에 악마적 체취와 심리가 포착된다.

하지만 한편으로 작가는 내포작가와 주인공 유령 간의 서사적 거리 조절을 통해 반어와 역설의 담론을 구현해내고 있다. 그러한 역설과 반어가 유령의 자기 풍자 혹은 자기 비판으로 이어지게 하면서 인간다움이라고 하는 작품의 긍정적 주제를 환기해내고 있는 것이다. 따라서 작품은 부정한 세계(후기 자본주의 사회)에 대한 수사적 부정(반어와 역설, 환상성)을 통해 악마적 세상에서도 인간다움을 잃지 않는다는 주제적 긍정에 도달하고 있는 셈이다.

한편 이 작품에서의 환상성은 현실과 단절되고 폐쇄된 환상성과는 거리가 멀다. 왜냐하면 후기 자본주의 사회의 폐해와 그러한 말세적 상황 가운데 일그러지고 피폐해진 인간 군상의 모습들이 작품 속에 손에 잡힐 듯 생생하게 묘사되고 있기 때문이다.

또한 작가는 우리 전통의 환상적 기법이라고 할 수 있는 몽유(夢遊)적 모티프를 차용하면서 현실과 비현실의 경계를 넘나들고 있다. 비현실적인 유령의 세계와 인간의 현실 세계가 상호 습합하고 교섭하는 가운데 현존재의 부조리와 가치의 전도 상황을 드러내고 있는 것이다.

따라서 이 작품에서는 환상성이 리얼리티를 고양해내면서 이 시대의 절망과 황폐함을 더욱 밀도 있게 형상화해낸다. 이를테면 박태원의 『천변풍경』처럼 환상적 리얼리즘이라고 하는 새로운 기법의 활용을 통해 후기 자본주의 시대의 사회적 총체성을 전형적으로 형상화해냄으로써 새로운 리얼리즘의 확장을 이루어내고 있다고 하겠다.

4. 절망적 현실, 죽음의 전경화
– 김경욱 『누가 커트 코베인을 죽였는가』

우리는 간혹 스스로 도저히 해결할 수 없는 상황에 부딪쳤을 때 운명을 떠올리곤 한다. 이미 누군가에 의해서 예정된 것이었으므로 스스로 어떻게 할 수 없는 것이라고. 때문에 그것은 운명적인 것이라고?

작가 김경욱은 그런 운명은 존재하지 않는다고 주장한다. 그런 운명은 이미 그것을 이해하고 인식하는 각자의 태도에 달려 있다고 강조한다. 있거나 없거나 하는 것이 운명이 아니고 그것은 이미 각자의 자기 삶에 대한 열정과 통찰의 소산일 뿐임을 작가는 『누가 커트 코베인을 죽였는가』에서 이야기한다.

1993년 『작가 세계』 신인상에 「아웃사이더」가 당선되며 문단에 나온 이후 소설집 『바그다드 카페에는 커피가 없다』, 장편소설 『아크로폴리스』, 『모리슨 호텔』 등을 펴낸 바 있는 김경욱은 신세대 작가로서 우리 시대, 서구적 감수성에 매몰된 이들, 특히 황량한 세계 속을 살고 있는 인터넷 세대들의 쓸쓸한 내면 풍경을 주로 그려내고 있는 작가이다.

이 책에 수록되어 있는 「고양이의 사생활」, 「누가 커트 코베인을 죽였는가」, 「거미의 계략」 등 12편의 소설들은 죽음의 심연을 가로지르는 가혹한 허무의 시선, 존재의 허구를 추동하는 운명의 아이러니를 담아내고 있다.

특히 그가 그려내고 있는 죽음에 대한 이미지는 대부분의 작품들에서 강력한 흡입력을 견인해내면서 변주되고 있다. '너바나'라는 밴드의 리드 보컬인 '커트 코베인'의 죽음, 중국집 '만리장성' 너머 붉은 여인숙에서의 엽기적인 죽음, 결혼을 며칠 앞둔 어느 소설가의 불가사의한 아사(餓死), '토니'와 '사이다'라고 불리는 이들의 자살 등. 이 작품들에서 변주되는 죽음은 대부분 의문의 죽음이며, 우리의 일상에 짙게 드리워진 종말론적 세계관의 어두운 그림자이다.

> 토니의 계획은 이런 것이었습니다. 수면제를 먹은 토니는 차 안에서 잠이 듭니다. 그가 잠든 것을 확인한 후 호스를 배기통에 연결합니다. 이제는 결코 잊어버릴 수 없는 그 재즈 넘버가 채 끝나기 전에 토니는 잠들었습니다. 저는 호스를 한 손에 들고 은빛 재규어에서 내렸습니다. 타이어 자국이 지문처럼 눈밭에 깊이 각인되어 있었습니다. 세상의 끝을 향해서 말입니다.

「토니와 사이다」라는 작품의 결말 부분이다. 호스를 배기통에 연결하여 토니의 자살 계획을 완성시키는 주인공은 김영하의 『나는 나를 파괴할 권리가 있다』의 주인공처럼 자살 안내자이다. 이유도 목적도 없이 자살을 꿈꾸는 이들에게 인위적인 죽음에 다가설 기회를 제공하는 주인공은 삶보다 죽음에 가까운 존재이다. 죽음이야말로 운명의 또 다른 모습이라는 점에서 김경욱의 소설들은 운명에 대한 작가의 독특한 통찰들을 보여주고 있다고 하겠다.

이처럼 김경욱 소설 속의 주인공들이 죽음에 집착하는 이유는 스스로의 정체성이나 존재의 이유에 대한 회의 때문일 것이다. 그리하여 그들은 아도르노의 지적처럼 살아 있는 순간들의 당면한 문제에는 외면하거나 절망하면서 결국은 죽은 사람들에게 현실 문제의 원인을 전가시키려 시도하고 있는 것처럼 보인다. 때문에 그 죽음들은 언뜻 현실 도피의 또 다른 방식처럼 읽혀지기도 한다는 점에서 그의 소설들은 현실에 대한 회의와 절망에서 새로운 대안이나 전망의 제시로 나아가지 못하는 한계를 노출하고 있는 듯하다.

5. 중심의 이동, 낯설음과 전망

지금까지 박상우, 안광, 김경욱의 소설에 드러나는 악마주의 혹은 악마성에 대해 살펴보았다. 이들의 작품들에서 발견되는 악마와 사탄의 실체는 후기 자본주의 사회를 살아가는 무기력한 자아가 만들어낸 집단적 투사의 결과물이다. 현대인들이 도달한 모순과 부조리의 극점, 도저히 상상할 수 없었던 야만적인 끔찍한 상황의 대항적 가치로써 사탄과 유령, 반복되는 죽음이 등장한 셈이다. 그러므로 지배 권력의 해체와 획일화된 우리들의 일상, 현대인들의 진보와 계몽에 대한 회의로 인해 지금 우리 시대에 이르러서는 혼돈과 절망, 그리고 폭력성에 의한 세계 지배를 촉발하게 되었다고 할 수 있을 터이다.

이미 세기말을 넘어선 지금 지난 시대와 다름없이 폭력과 죽음과 죄악이 전경화되는 종말론적 구원이나 묵시록이 유포되는 이유는 무엇일까? 그것은 현실적 제문제에 대한 무관심 혹은 무기력의 표현일 수 있다.

하지만 한편으로는 이성 중심의 이분법적 사유에 대한 회의, 즉 사유와 인식의 중심축을 이동하려는 기획의 소산일 수도 있다. 남성, 인간, 제국의 주변부에 존재하면서 극단적인 경우에는 절대악으로 인식되는 여성, 자연, 식민지의 복원에 대한 열망, 즉 전자의 중심축을 후자로 이동하려는 사유의 산물이 어쩌면 악마주의, 혹은 악마성으로 드러나는 것일 터이다.

이처럼 이 시대의 악마성은 시대적 쇄신을 위한 필요악일 터이다. 타락하고 부패한 인간중심주의에 대한 환멸이 결국은 악마주의를 파생해낸 셈이다. 어쩌면 인간 혹은 세계에 내재하는 근원적인 선과 악은 존재하지 않는지도 모른다. 그것들의 실체적 근원은 종교적이거나 심리적인 접근 방식, 혹은 유전자에 근거한 생물학적인 접근방식들 너머에 존재하는지도 모른다.

따라서 악마주의 혹은 악마성은 진정한 궁극의 선을 구현하기 위해서 존재한다고 할 수 있다. 절대악의 구체적 현존을 통해 진정한 선이 창출될 수 있을 것이기 때문이다. 그러므로 이 시기 악마성의 범람은 새로운 선의 이데올로기의 정립을 요구하는 문학계의 또 다른 노력들 중의 하나라고 해석될 수 있을 것이다. 그런 점에서 더욱 더 깊고 어두운 악마주의가 내면화된 소설들이 계속해서 많이 창작되기를 기대해본다.

문학계 쇄신의 요구와 당위

1. 서론

황석영의 『삼국지』가 나왔다. 그간 『삼국지』계를 평정하고 있었던 이문열의 『삼국지』는 위기를 맞은 셈이다. 원본에 충실하지 못한 채 작가의 편향된 의식의 가감이 심했던 이문열의 것에 비하면 황석영의 『삼국지』는 원본에 충실할 뿐 아니라 균형된 역사의식을 확보해 내고 있다는 긍정적 평가가 많은 것이 사실이다. 하여 이 땅의 서점가는 또 다른 삼국지의 대결을 펼쳐 보이고 있는 듯하다. 진정 『삼국지』의 춘추전국시대인 것인가.

그러나 문제는 새롭게 시작되고 있는 『삼국지』들의 전쟁이 경박해 져가는 문학들의 대중적 타협으로 비쳐진다는 점이다. 영상이나 게임 등에 독서 인구를 빼앗기지 않으려는 자구적인 노력의 일환으로 해석할 수도 있으나 거기서 대중의 문화를 선도하려는 의도는 좀처럼 찾아볼 수 없다. 따라서 『삼국지』의 출간은 상업적 출판 자본과의 결탁 혹은 타협의 혐의로부터 쉽게 벗어나기 어려울 듯 싶다.

그러한 추론은 새로운 세기를 맞이한 지금 이 땅의 시대적 필요와 『삼국지』라고 하는 고전 중의 고전(?)이 서로 너무 멀리 떨어져 있기 때문이다. 기실은 그것이 지나친 영웅 중심적 사관으로부터 근원하는 것이기도 하지만 철저히 제국주의적 세계를 합리화하는 데 일정 부분 기여하고 있기 때문이기도 하다. 특히 최근 발생한 미군과 미국의 여러 문제들로 인해 탈식민주의적 시각의 필요성이 더욱 요구되고 있다. 그럼에도 그리스 로마 신화에 대한 신드롬을 형성해가고 있는 어느 유명 번역가이자 소설가의 그리스 로마 문화에 대한 추종은 맹목에 가깝다. 그는 심지어 이미 2,500여 년 전 서구의 그리스에서는 지금과 같은 수준의 높은 문화적 경지를 이루고 있었는데, 이 땅에는 아직 국가조차 형성되지 않았다는 무지를 드러내놓기도 한 바 있다. 그런 그의 편향된 시각이야말로 철저히 제국주의의 문화와 관습에 침윤된 것과 다를 바 없다. 그런 까닭에 그리스 로마 신화 열풍과 『삼국지』의 경쟁 또한 분명 다르면서 같은 문제를 내포하고 있다고 할 수 있을 것이다.

더구나 새천년을 맞이한 우리 문학계는 새로운 쇄신을 일구어내야 한다. 1990년대 이후 지향해야 할 가치와 방향의 상실로 인한 절망과 비탄, 내면과 혼돈에의 침잠으로부터 우리 문학은 벗어나야 하는 것이다. 그런 점에서 모든 문학인들의 각고의 노력이 경주되어야 할 터이다. 그런데 황석영의 『삼국지』는 현단계 우리 사회의 당면 과제를 총체적으로 형상화해내지 못할 뿐만 아니라 그동안 『삼포 가는 길』, 『객지』, 『장길산』, 『오래된 정원』, 『손님』 등 황석영 문학이 보여주었던 황홀한 아우라를 각인해내지 못하고 있다는 심각한 문제를 노출하고 있다.

그런 가운데 30여 년 이상 우리 문단을 지켜내며 문학적 진정성을 견인해 온 송기숙, 이청준, 박범신의 문학적 정진은 눈여겨볼 만하다. 특히 송기숙의 단편집 『들국화 송이송이』, 이청준의 장편소설 『신화를 삼킨 섬』, 박범신의 『더러운 책상』은 이 시대 문학의 새로운 지형과 지향을 함의해내고 있다.

2. 송기숙 단편집 『들국화 송이송이』

지난 근·현대사 100여 년 동안 우리 민족 최대의 화두는 반제국주의였다. 일본과 미국의 제국주의적 침략과 간섭으로 인해 민족의 삶은 굴절되고 현대사는 파행을 거듭할 수밖에 없었다. 그리고 가혹했던 제국주의의 영향력은 6·25라고 하는 동족상잔과 민족 분단의 비극을 재생산해냈다.

그럼에도 해방 이후 많은 민족구성원들은 민족적 모순의 근원인 제국주의에 대한 인식에 철저하지 못했던 것이 사실이다. 적어도 2002년 월드컵과 촛불 시위 이전까지는, 즉 지난 20세기에는 제국주의의 침략과 억압에 대해 제대로 인식하지 못했던 것이 사실이고, 알면서도 그것에 대해 온몸으로 저항하지 못했던 것이다. 문제는 제국주의에 야합하는 매판적 권력과 재벌들이 민족과 민중들의 맑고 투명한 시각을 끊임없이 흐리고 흐려왔던 것이었으니….

그런 열악한 상황에서도 제국주의의 지배 이데올로기와 민족분단의 비극성에 대해 끝없는 문제제기를 계속해왔던 작가가 바로 송기숙이다. 그는 박정희의 유신 독재와 전두환·노태우로 이어지는 군부 독재 기간 동안 계속해서 반독재 투쟁의 전위에 앞장서 있었는데, 그것은 반제국주의와 민족분단의 모순을 해결하기 위한 의기(義氣)의 소산이었던 것이다. 그런 그의 남다른 투쟁의 문학적 소산이 바로 『백의민족』, 『개는 왜 짖는가』, 『테러리스트』, 『암태도』, 『오월의 미소』, 『녹두장군』 등이었다.

최근 송기숙은 자신의 문학세계를 아우르는 작품집 『들국화 송이송이』를 출간하였다. 민족문학 작가회의 의장을 그만두고, 전남대학교 국문과 교수를 정년퇴임한 후 화순에 창작을 위한 작업실을 마련한 그가 그동안 『창작과비평』, 『실천문학』 등에 발표한 단편 소설들을 엄선하여 발간한 작품집이 바로 『들국화 송이송이』이다.

여기에는 「길 아래서」, 「북소리 둥둥」, 「가라앉는 땅」 등 총 9편의 중·단편소설이 수록되어 있다. 이 작품집의 제일 큰 모티프 또한 6·25전쟁과 민족분단의 문제이다. 그가 줄곧 추구한 분단으로 인한 민족의 상처와 아픔이 이 작품들에 치밀하게 형상화되고 있는 것이다.

「길 아래서」라는 단편에서는 빨치산 토벌 기간 중 벌어졌던 사건으로 인해 평생의 업보를 짊어지고 살아야 하는 이들의 삶의 궤적이, 「들국화 송이송이」에서는 6·25를 시간적 배경으로, 지리산을 공간적 배경으로 하고 있는데 전쟁으로 헤어져 50여 년을 이별하고 살아야 했던 사랑하는 남녀의 뼈아픈 사랑이 제시되고 있다.

「성묘」와 「보리피리」 등에서도 이러한 민족 분단의 상처가 동일하게 반복되고 있으며, 「북소리 둥둥」에서는 한국 현대사의 어두운 질곡과 반제·반봉건이라는 민족적 과제를 가장 극명하게 보여주는 광주민중항쟁을 소설의 역사적 배경으로 설정하고 있다.

한편 「꿈의 궁전」, 「고향 사람들」, 「가라앉는 땅」에서는 그의 소설세계의 주요한 모티프인 힘겨운 민초들의 삶과 굳건한 생명력이 민중들의 질박한 언어로 형상화되고 있다. 「꿈의 궁전」, 「고향 사람들」에서 작가는 저곡가 정책으로 표상되는 농촌 죽이기의 실상과 그로 인해 피폐해진 농민들의 삶을 사실적으로 묘사해내고 있다. 뿐만 아니라 「가라앉는 땅」에서는 무분별한 댐 공사로 인한 수몰 농민들의 피해가 후기 자본주의 사회의 물질적 불평등의 문제와 함께 표출된다.

작가의 이 소설집은 단명하기 쉬운 우리 문단에서 작가의 생명력이 얼마나 무궁무진한가를 보여주고 있을 뿐만 아니라 자칫 타협하기 쉬운 현실로부터 철저하게 거리를 유지하는 작가의식을 올곧게 함축해내고 있다. 더불어 지금 우리가 당면한 민족의 문제와 미래의 가능성에 대한 건강한 전망을 일구어내고 있다는 점에서 이 작품집은 21세기 민족문학의 새로운 가능성을 보여준다고 하겠다.

3. 이청준 장편소설 『신화를 삼킨 섬』

한(恨)은 우리 민족만의 고유한 역사적 상처(트라우마)의 소산이자, 우리 민족 누구나가 공유하는 집단 무의식의 소산이기도 하다. 상처이자 아픔이면서, 절망을 넘어서려는 존재론적 생명력이 혼효되고 있는 이 한의 실체는 우리 민족 공동체를 넘어서 다른 민족들에게는 도저히 인식되거나 설명될 수 없다.

이청준 문학의 아우라 속에는 남도, 혹은 한국인의 한(恨)이 응결되어 있다. 이러한 한의 모티프는 이청준의 초기 작품들인 「병신과 머저리」, 「씌어지지 않는 자서전」, 『당신들의 천국』을 거쳐 「서편제」에 이르기까지 한의 맺힘의 과정으로 형상화되고 있으며, 임권택 감독에 의해 영화화되기도 하였던 『축제』에 이르러서는 한의 풀림이 주요한 화두로 제시되고 있다.

이 같은 한의 맺힘과 풀림은 작가 이청준의 전기적 사실에서도 추론해 볼 수 있을 듯하다. 즉 청년기와 중년의 시절, 고향을 쫓기듯 떠나 도시를 떠돌면서 정체성을 상실하거나 세계의 폭력성에 무기력했던 작가의 자의식 속에 한은 응어리진 채 맺힐 수밖에 없었을 것이다. 그러나 「눈길」, 「서편제」 이후 그는 고향으로 회귀하고 세계에 대한 일정한 관조의 시각을 획득하게 되면서 자신의 가슴에 응어리진 한을 풀어내는 방향으로 전환하게 된다.

그런 한의 풀림의 의지를 새롭게 드러내고 있는 작품이 이청준의 장편소설 『신화를 삼킨 섬 1·2』이다. 작가로서의 생명력을 10여 년 이상 지켜내기가 어려운 우리 문단의 현실에서 37여 년의 긴 세월을 충일한 밀도로 자신의 작품세계를 일관되게 유지해온 투철한 작가 정신은 이 작품에서도 여일하다. 2권으로 이루어진 장편임에도 구성의 긴장과 문체의 힘은 탄탄하게 견지된다.

이 작품은 제주4·3항쟁을 배경으로 하지만 그렇다고 당대의 상황을 상동하게 재현하고자 하는 역사소설은 아니다. 작가의 초점은 그 당시의 역사적 사건의 원인과 실체에 대한 규명보다는 지배 권력의 폭력으로 인한 제주도 민중들의 상처를 어떻게 풀어내고 해소할 수 있을 것인가에 있다. 가해자도 피해자도 결국은 당시 부조리한 지배 이데올로기의 피해자이며 그로 인해 동시에 한 맺힌 존재들일 뿐이라는 것을 작가는 강조하고 싶었던 것이리라. 하여 문제는 그 당시 죽어간 혼령들의 원한을 씻어내고, 아직도 가슴에 응어리진 한을 보듬고 살아가는 민중들이 어떻게 서로를 이해하고 용서하면서 화해에 도달할 수 있을 것인가라는 점이다.

여기에 이청준은 신화적 상상력을 도입한다. 당시 4·3항쟁의 참혹했던 상황을 현실의 언어나 이성으로는 도저히 설명하거나 해석해낼 수 없으리라는 작가의 판단이 바로 신화적 모티프의 차용으로 드러난 셈이다. 제주도라는 섬의 수많은 혼백들, 임자 없는 유골들이나 유골 없는 죽음의 이름들, 죽임을 당하거나 매장된 장소조차 아무것도 알 수 없어 사망자의 숫자에조차 끼일 수 없는 원혼들, 그런 무주고혼들의 왕생극락을 위해 작품 속의 주인공들은 씻김굿판을 벌이게 된다. 우리 고유의 굿판을 통해 죽은 자와 살아 있는 자, 가해자와 피해자의 화해와 합일을 일구어내고 있는 것이다.

그런데 문제는 작가가 원용하고 있는 신화적 모티프가 자칫 현실의 중층적 문제를 단순화시켜 버릴 수 있다는 점이다. 특히 역사적 문제에 대한 깊이 있는 추적과 그것의 대안 제시가 전제되지 않는 해결과 화해는 쉽게 납득하기 어려운 것이 사실이다. 제주4·3항쟁에 대한 정치한 역사적·정치적 해석과 평가가 선행되어야 억울한 원혼들과의 진정한 화해가 가능할 것이다. 그것이 전제되지 않는 상태에서 원혼들과의 화해를 일구어내기 위해 작가가 채택할 수밖에 없었던 것이 신화적 상상력이었다는 의심을 떨쳐버리기 힘들다고 하겠다.

그럼에도 굿판의 전개 과정과 절차, 무당들의 서사무가와 사설들이 세밀하게 묘사되는 것을 보면서 한 노작가의 문학에 대한 열정과 투철한 작가의식에 다시 한 번 더 놀랄 수밖에 없다. 더불어 그동안 그의 작품에서 그러한 한의 맺힘과 풀림이 한 개인의 차원에서만 제시된 것과는 다르게 이 작품에서는 우리 현대사 전체의 지배와 피지배, 억압과 쫓김의 시각에서 한의 문제를 조망해냈다는 점에서 이청준 문학의 새로운 가능성을 발견할 수 있다고 할 것이다.

4. 박범신 장편소설 『더러운 책상』

그의 내면엔 분노하는, 절망하는, 슬픈, 연민의 수많은 다른 젊은 그가 함께 있다. 내적 분열은 열일곱 살의 그에게 하나의 천형이다. 분열된 수많은 그들은, 그의 웅크린 내부에서 서로 격렬히 충돌하고 황홀하게 교접하고, 그리고 피에 젖는다. 카오스다. 그 자신이 날아다니는 유리 파편의 우박에 싸인 도시처럼 보인다. 나는 차마 갈가리 찢어지는 그의 생살을 바로 보지 못하고 고개를 돌리다가 천 개가 넘은 눈동자와 극적으로 마주친다.

박범신의 장편소설 『더러운 책상』의 한 부분이다. 소설인데도 너무나도 시적인 아름다운 수사와 상징들로 가득한 문장들이다. 나도 시처럼 아름다운 글을 써보고 싶었다. 어쩌면 그것은 글을 쓰는 모든 이들의 소망이기도 할 터이다. 그럼에도 글은 써지지 않고 머리만 하얗게 비어 가는 나날들이 반복된다. 그러면서 천재를 떠올린다. 정말 타고나는 무엇인가가 존재하는 것인지도 모른다는 절망의 늪에서 허우적거린다. 그러면서 책읽기와 글쓰기를 포기하지 않는 것은 또 하나의 천형(天刑)인 것인가.

최근 이런 절망에 다시금 빠져들고 말았다. 박범신의 장편소설 『더러운 책상』을 읽으면서 글을 쓰는 것은 천재적인 무엇인가가 있어야 하는지도 모르겠다는 절망감에 빠져들지 않을 수 없었다.

이 작품은 작가 박범신의 자전적 성장소설이다. 열여섯부터 스물에 이르는 청년기의 방황과 위악(僞惡)과 자살 체험을 통해 한 영혼의 예술적 성장과정을 그려내고 있다.

이제 열여섯의 순수한 영혼은 세상의 부조리와 폭력성 앞에 알몸으로 노출되어 있다. 가정은 궁핍과 불화를 면치 못하고 세상은 속악할 뿐만 아니라 폭력적이어서 어린 영혼은 그로 인한 상처 때문에 고통스러워한다. 그가 처음으로 발견한 핏덩이 어린애가 고아원에서 젖을 빨지 못해 죽어 간 후 그는 장주네를 떠올리며 살인에의 황홀한 음모를 꿈꾸기 시작한다. 하지만 열일곱 살의 그는 스스로의 살인 충동을 이겨내지 못하고 이리역 광장에서 수면제 육십 알을 물도 없이 씹어서 삼킨 후 기차에 오른다. 그리고 "영원으로 가려고 나는 한때 화류항으로 흘렀네"라고 쓴다. 자살을 예찬한 쇼펜하우어 때문이었다.

그런데 그는 바람에 실려 온 라일락 향기를 맡으며 병원에서 다시 깨어난다. 그리고 그는 자신이 엄청난 실수를 저질렀음을 깨닫는다. 그토록 많은 청년들을 자살로 몰아간 쇼펜하우어가 너무도 오래 살았음을 확인했기 때문이다. 그는 학교에서 요주의 인물이 된다. 선량한 담임은 그를 위해 모범생들인 K, C, M, G의 그룹으로 편입시켜 준다. 하지만 오히려 그는 그들을 위악의 구렁텅이로 몰아넣는다. 그들이 절망과 위선과 분열, 그리고 혼돈의 세계에서 황홀한 추락을 시도하도록 용의주도한 음모를 감행한다.

그리고 대학을 포기하려다 교대에 입학한 그는 첫사랑의 실연 때문에 가출을 시도하고야 만다. 그에게는 길이 놓여 있을 뿐이었다. 그는 전라선 밤열차를 타고 여수로 가서 어인숙의 심부름꾼으로 기생하는 삶을 살다 거제도로 서울로, 그리고 부산으로 흘러다닌다. 주인공은 그 아름다운 청년기를 강렬한 살인과 황홀한 자살에의 충동을 마주한 채로 혼돈과 절망의 세계를 배회하고 다녔던 것이다.

누구나 경험하는 일들일지도 모른다. 세계의 부조리와 폭력성으로 인해 상처 입은 어린 영혼들의 충동 속에는 살인과 자살과 분열과 추락에의 열정이 깃들어 있을 것이다. 문제는 그 열정이 어떤 방식으로 표출되거나 승화될 수 있느냐는 것이다. 그리고 그 답은 그 충동과 열정들 사이에서 아름다운 영혼으로 귀환한 박범신의 이 소설이 보여주고 있다.

하지만 이 작품이 보여주고 있는 섬세한 내면은 역설적이게도 내면의 깊이에 상응하는 시대의식이나 역사의식을 견인해내지 못하고 있다. 인간의 진정한 성장은 내면과 외면, 자신의 삶에 대한 내적 인식과 더불어 그것의 배경이 되는 역사와 현실에 대한 균형 잡힌 인식으로부터 가능하다는 점에서 박범신의 『더러운 책상』은 지나치게 개인적 문제에 매몰되어 있는 느낌이다. 좌우의 균형 잡힌 날갯짓으로만 하늘을 날 수 있다는 점에서 박범신의 작품뿐만 아니라 최근 유행하고 있는 많은 성장소설들이 갖추어야 할 것은 내면과 역사 현실에 대한 균형감각을 확보해내는 일이 될 듯싶다.

5. 결론

야단스럽게 맞이했던 새천년의 태양도 어느덧 지난 혼돈과 절망의 세기의 그것과 다를 바 없음이 확인되었다. 그럼에도 인간의 분별적 이성은 대상을 쪼개고 나누면서 새롭게 구획하고 배치해낸다. 하여 많은 이들은 이 시대를 탈근대 사회라 명명하는 데 주저하지 않는다. 즉 그들은 세계화와 신자유주의, 인터넷과 생명복제 기술이 앞으로 새로운 세기의 인간을 새로운 세계로 이끌어낼 것이라고 전망하고 진단해내고 있는 것이다.

하지만 포스트모더니즘 혹은 탈근대론의 근간이 되는 페미니즘, 해체주의, 생태주의 등의 이중성에 대해 우리는 철저히 경계해야 할 것이다. 그러한 담론들이야말로 철저하게 후기 자본주의 이데올로기와 타협하거나 결합되어 있기 때문이다. 이를테면 페미니즘은 소비의 주체인 여성의 권리를 강화하여 소비의 자유를 촉진하려는 것이며, 해체주의 또한 감성의 날렵함을 이용하여 빠른 문화적 수용과 물질적 소비를 촉발하려는 기획의 소산일 터이다. 더불어 생태주의는 이미 산업화 근대화를 경험한 제국주의 국가들이 생태보호라는 핑계로 저개발국의 개발을 견제하기 위해 형성된 담론일지도 모른다.

그런 점에서 적어도 이 땅에서는 탈근대를 논하기 전에 온전한 근대를 논해야 한다. 아직 경험하지 못한 주체를 완성해내야 함에도 아직 형성하지도 않은 주체의 해체를 논하는 것은 분명 앞뒤가 바뀐 모습이다. 따라서 정치적으로 완전한 통일 민족국가의 형성과 자본주의 경제 체제의 완성을 이룬 후에야 우리 사회의 탈근대 논의가 온당한 의의를 담보하게 될 것이다.

그렇다면 작금의 가벼워진 감성과 위태로운 심리 묘사, 비판력을 상실한 웃음이 반복되는 젊은 문학들은 스스로 되돌아보아야 한다. 새로운 세계관에 합당한 새로운 창작 방법의 탐색이라는 논리가 나름의 정당성을 확보하는 것이 사실이지만 여전히 그러한 시각과 방법은 위태롭기만 하다. 즉 스스로의 내면에 자폐되어 있거나 무분별한 형식실험으로 일관하는 젊은 문학들은 세계와 인간에 대한 깊이 있는 통찰과 인식, 그리고 그것들을 따뜻하게 껴안는 시각이 결핍되어 있는 것으로 판단되기 때문이다.

　하여 최근 송기숙, 이청준, 박범신의 새로운 작품들은 주목을 필요로 한다. 문학적 쇄신을 바라는 많은 이들에게 문학에 임하는 태도의 진정성과 열정을 몸으로, 뛰어난 작품의 밀도로 보여주고 있기 때문이다. 30년 이상의 작품 활동에도 불구하고 그들의 변함없는 작가의식의 투철함과 창작 의욕이 위의 작품들의 성과로 귀결되면서 이 시대의 가벼워져가는 문단에 새로운 활력을 불어넣어 주고 있는 것이다. 특히 물신화된 후기 자본주의 시대의 이데올로기에 침윤되거나 타협하지 않는 그들의 모습은 쉽게 지워지지 않을 아름다운 흔적으로 우리 문학계에 각인될 터이다.

삶과 예술의 교섭과 소통을 위하여

1. 무한 복제의 문학들

아도르노는 후기 산업화 시대에 새로운 것은 예술이 아니라 작품을 무한 복제하는 기술이라고 지적하면서 이로 인한 이 시대 예술의 불모성을 비판한 바 있다. 무한 복제와 대량의 재생산을 가능하게 하는 기계문명의 혁명적 발전 때문일까? 아니면 획일화되어 가는 대중문화의 가벼움과 폭발적 전파력 때문일까? 최근의 많은 문학 작품들과 작가들에게서 차별화된 감성과 예술혼을 찾아보기가 어려운 것 같다. 유사한 시각과 감성으로 세계를 인식하고 표현해내는 유사 작품들의 무한 복제와 증식만이 문학판을 휩쓸고 있는 형국이다.

최근 성장소설 유형의 작품들이 독서계의 판도를 평정한다거나 과거의 역사적 사실을 소재로 한 역사소설 유형의 작품들이 재생산된다는 점 또한 이러한 형국과 무관하지는 않을 듯싶다. 즉 문제작이 없는 문단, 어쩌면 그것은 세계를 문제적으로 바라보는 이들의 부재 때문일 것이며, 보다 근본적으로 그것은 이 시대와 세계를 바라보는 우리들의 부박함 때문일 듯도 하다.

하지만 삶과 유리된 전문화된 예술 영역이나 삶으로부터 도피한 대중예술과 무관하지 않는 이 시대 문학계의 흐름과 문제점을 비판적으로 환기해내는 작품들이 있다. 최윤의 『마네킹』, 양원옥의 『박쥐』, 김현주의 『물속의 정원사』 등이 바로 그것들이다. 이 작품들은 불모화된 이 시대 문학의 진정성을 환기시켜 주는 데 일조하고 있다. 또한 진정 예술이란 무엇이고, 아름다움은 무엇인가에 대한 답변을 이 작품들은 작품의 치밀한 예술적 형상화의 과정을 통해 얻어내고 있다. 그리고 최근 삶으로부터 분리된 예술이 어떤 과정을 통해 본래적인 삶의 세계로 복귀할 수 있을 것인가에 대해서도 추론해내게 한다.

2. 아름다움의 본질에 대한 탐색 – 최윤 『마네킹』

그간의 많은 미학과 철학, 문학사의 논의 가운데 아름다움에 대한 정의는 그 논의만큼 다양하고 다른 개념들로 설명되어 왔다. 때문에 그것의 단일한 정의는 결코 있을 수 없었다. 그것은 인류가 존재하는 한 계속 반복되는 미해결의 화두일 수밖에 없을 터이다.

그런 화두를 소설의 모티프로 삼는 작품이 바로 최윤의 『마네킹』이다. 그런데 가벼운 문제부터 한번 살펴보자. 인류의 문학사 가운데 구현된 가장 아름다운 여인은 누구일까?

많은 사람들은 서양의 그리스 신화에 나오는 아프로디테(비너스)를 이야기한다. 하지만 시각의 경계를 좁혀 보면 이 땅에서 가장 아름다운 여인은 수로부인(水路婦人)이라고 할 수 있다. 서양의 그리스 신화에 맞먹는 우리의 고전인 『삼국유사』에 따르면 수로부인의 미모가 매우 출중하여 남편 순정공이 강릉태수로 부임해가는 도중 동해의 용왕이 부인을 납치하였다고 전한다. 더더욱 부인을 우리의 고전에서 가장 아름다운 존재로 규정하는 것은 『삼국유사』 기록에 전하는 '헌화가(獻花歌)'에 대한 일화 때문이다. 남편을 따라 강릉으로 올라가는 도중 부인은 깎아지른 듯한 절벽에 피어 있는 아름다운 꽃을 발견하고 갖기를 원하지만 따르는 대부분의 이들은 죽음이 두려워 그 꽃을 꺾어오지 못하는데 한 촌로(村老)가 그것을 꺾어다 바치며 헌화가를 불렀다는 것이다. 여기서 부인을 아름답다고 하는 것은 그녀가 아름다움을 발견할 줄 아는 존재이기 때문이다. 즉 내면에 아름다움에 대한 인식의 시선을 가진 존재만이 아름다움을 발견할 수 있고 아름다워질 수 있다는 뜻일 터이다.

최윤의 장편소설 『마네킹』은 그런 아름다움에 대한 작품이다. 아름다움은 이성적 인식으로 판단 가능한가? 혹은 자신이 인식한 아름다움을 다른 존재에게 설명하고 더불어 공감할 수 있을까? 최윤의 이 소설은 이 같은 아름다움의 화두를 반복해서 추체험하게 만든다.

이 작품에는 수로부인이나 아프로디테 같은 아름다움의 표상을 간직한 존재로 '지니'가 등장한다. 그녀는 후기 자본주의 사회 가운데 수많은 대중들에 의해 요구된 인공적인 아름다움을 지닌 존재이다. 즉 그녀는 요즘 우리가 수없이 접하는 대중매체에 얼굴을 보여주는 아름다운 존재들, 특히 물신화된 사회에서 상품을 광고하는 데

등장하는 광고모델이다. 초등학교에 입학하기 전부터 광고계에 데
뷔한 그녀는 가난한 집안을 일으켜 세우기 위해 열일곱의 나이까지
감독과 광고주와 대중이 요구하는 대로 자신의 아름다움을 치장하
고 과시해왔던 셈이다. 그리고 이제 그녀의 주위에는 지난 시절의
혹독했던 가난은 다 잊어버리고 편안한 일상에 찌들어가는 엄마와
매니저 역할을 하는 오빠와 언니, 그리고 전속 코디네이터가 있다.
그들에 휩싸여 그녀는 마네킹과 같은 삶을 영위할 뿐이다.

　여기서 이야기의 발단은 그녀의 가출로부터 비롯된다. 그 누구에
게서도 요구될 수 없는 자신만의 실존과 아름다움을 위해 그녀는 어
느 날 불현듯 가출을 감행한다. 타자에 의해서 규정되는 인공적 아
름다움을 부정하고 자신의 내면에서 우러나오는 아름다움을 찾고자
가출을 시도하게 된 것이다.

　그런데 아름다움에 대한 작가의 관심과 태도가 드러나는 것은 '쏠
베감펭'이란 남자의 의식과 발화를 통해서이다. 스쿠버 다이빙 도중
바다 속에서 그는 우연히 광고 촬영 중인 '지니'를 짧은 순간 바라보
게 된다. 그는 '지니'를 보자마자 마음속의 아름다움의 여신으로 각
인하게 된다. 그는 채 1분도 되지 않는 찰나에 만나게 된 그 아름다
움의 실체에 매혹하게 되고, 다시 한 번 더 '지니'를 만나고 싶어 한
다. 하지만 그는 그 아름다웠던 순간의 실체를 그 누구에게도 설명
하지 못하고, 또한 그 누구에게도 그 아름다움에 대해 이해받지 못
한다. 진정한 아름다움은 현실의 어떤 언어나 매체로도 드러낼 수
없다는 작가의 인식이 엿보이는 부분이다. 현실 저 너머 물자체의
아름다움을 강조한 칸트 미학의 징후가 엿보이기도 한다.

　현실을 초월한 극단의 아름다움이 존재할 수 있는 것일까? 주인

공 '지니'는 자신의 현실적 제약들을 떨쳐 버리고 스스로의 아름다움을 추구하기 위해 가출하게 되고, '지니'의 아름다움에 매혹당한 '쏠베감펭'이라는 인물 또한 직장을 미련없이 버리고 아름다움의 여신 '지니'를 찾아 떠난다.

어쩌면 진정한 아름다움은 물신화된 일상의 제약으로부터 벗어나는 순간 찾을 수 있는 것인지도 모른다. 그럼에도 문제는 우리의 현실적 삶의 조건이 되는 민족과 계급과 성을 초극한 아름다움의 추구가 자칫 극단적 예술지상주의로 폄하될 수 있다는 점이다. 하여 최윤의『마네킹』또한 이러한 우려로부터 과연 자유로운가 하는 점을 곰곰 되새겨 볼 일이다.

3. 현대인들의 정체성의 현현 – 김현주『물속의 정원사』

많은 이들은 우리가 사는 21세기를 상실과 망각의 시대라 이름하기도 한다. 물신화된 이데올로기가 범람하는 자동화된 일상의 수레바퀴 속에서 우리들은 스스로의 정체성을 상실해가고 있다. 더구나 가속화되고 있는 현대 문명의 속도에의 경쟁과 몰입은 과거의 아름다운 추억과 소중한 기억들을 망각으로 몰아간다.

따라서 지난 시간의 삶을 망각한 현대인들이 자신의 정체성을 상실해가는 것은 당연한 귀결이다. 정체성이야말로 아주 오래된 과거로부터 지금에 이르기까지, 그리고 먼 훗날에도 변하지 않을 자기 동일성의 확인이기에 현대사회를 살아가는 우리의 정체성 상실은 당연한 것으로 인식된다.

이러한 우리 현대인들의 정체성 상실을 극명하게 보여주는 작가가 바로 김현주이다. 그의 첫 번째 단편집 『물속의 정원사』에는 과거의 소중했던 기억을 상실하거나 길 위에서 길을 잃어버린 자들이 주로 등장한다. 이 작품집에 수록된 총 13편의 작품들 속의 모든 인물들은 상실과 망각으로부터 자유롭지 못한 이들이다. 그리하여 그들은 과거의 기억을 잃어버리고 자신의 정체성을 온전하게 인식하지 못한다.

「32일」에서의 주인공 '나'는 뒤죽박죽된 자신의 실체를 이룬 과거의 어떤 시절, 기억을 상기시킬 만한 것을 찾아 나서기도 하고 한편으로 자신의 기억을 빼앗아간 도끼날 같은 것의 실체를 탐색하기도 한다. 하지만 결국 '나'는 과거에도 없었고 미래에도 없는 인간으로 판명되고, '나'는 결국 망각의 늪에서 허우적댔으며 분명 망각이 자신의 삶을 계속해서 위협했음을 깨닫게 된다.

또한 「숨은 길」에서도 주인공 '나'는 책상 위에서 발견한 사진 속의 여인을 기억하지 못하고 있다는 사실에 절망한다. 그즈음 그의 기억은 최악의 상태로 망각에 가까워지고 있음을 인정할 수밖에 없게 된다. 그리고 그는 기억의 희미한 한끝, 무의식의 한 끝에서 의식의 표면으로 슬며시 떠오르는 가족들에 대한 단상, 사소하게 스쳤던 느낌과 미세한 촉감들, 그 아주 작은 실마리를 붙잡다가 놓쳐버리고, 그러한 반복되는 망각의 상황 앞에 절망하고 만다.

이처럼 그의 대부분의 소설 속 등장인물은 서술자 혼자인 경우가 많다. 그리고 다른 등장인물들이 있다고 해도 등장인물들끼리의 대화는 극히 제한되거나 거의 이루어지지 않는다. 망각과 상실의 절망에 침잠하는 존재들은 그래서 데드마스크 같은 얼굴들을 한 채 외부와의 소통을 거부한다. 모든 이들과의 의사소통의 단절은 홀로 삶을 영위해가는 현대인들의 극단화된 일상의 징표로 그의 소설에서 반복적으로 변주된다.

작품에서 반복되는 의사소통의 부재 혹은 단절의 징후는 그의 소설을 관념적이고 난해하게 만들어내기도 한다. 서술자의 심리만이 자동 기술되고 있는 것과 같은 착각에 빠져들게 할 만큼 그의 소설에는 작가 자신의 아주 깊고 깊은 영혼의 샘, 내면의 심연만이 제시되고 있다.

하지만 소설에서 반복되는 이미지들, 이를테면 물이나 길의 이미지는 난해한 소설의 형상을 조금이나마 이해할 수 있는 단초를 제공한다. 「32일」, 「물속의 정원사」, 「그물 던지는 남자」 등에서 반복되는 물의 이미지는 불의 이미지와 대립하면서 모성성에 대한 강박으로 표출된다. 또한 「숨은 길」, 「안개·맑음」, 「영각 27Km」에서의 잃어버린 길의 이미지는 항상 대안과 전망이 부재하는 현대인의 일상의 혼돈과 고뇌를 표상하기도 한다.

그의 소설은 답답한 일상의 부조리함을 떨쳐내지 못하는 현대인들의 삶을 형상화해내는 데 성공하고 있다. 하지만 그것을 알면서도 답답하다. 스스로의 내면에 침잠해 있는 소설 속의 인물들이 힘겨운 일상을 반복하는 현실 속의 우리 자신들의 모습과 전혀 다르지 않기 때문이다.

4. 삶과 세계와의 교섭 – 양원옥 『박쥐』

글쓰기란 어쩌면 상처 내기, 혹은 상처 덧내기인지도 모른다. 적어도 소설가들에게 있어서는 그렇다. 저 아득한 무의식 속에 감추어져 있는 유년 시절의 상처나 아픔들을 기억해내야만 깊은 아우라를 형성하는 작품을 잉태해낼 수 있기 때문이다. 요절한 김소진의 소설들이 바로 그런 양상을 보여준다. 「자전거 도둑」이라는 작품에서 "죽는 한이 있어도 애비는 되지 않겠다"던 주인공 승호의 상처야말로 김소진 스스로의 유년의 원체험을 기억해낸 것으로부터 발원한 것일 터이다. 그런 점에서 소설은 철저하게 기억에 의존하는 장르인 것이다.

이러한 소설이라는 장르의 본질에 충실한 글쓰기를 보여주는 작가가 바로 양원옥이다. 그의 작품집 『박쥐』에 실린 작품들에는 대부분 기억이 서사 전개의 핵으로 기능하고 있다. 그의 소설에서는 현재 시간의 주인공이 현실의 문제에 당면하면서 그것의 해법과 대안을 과거의 기억 속에서 탐색하려는 양상이 두드러지게 전경화된다.

그것은 대체로 유년 시절의 아버지나 형, 누나 혹은 어머니에 대한 기억들이다. 파괴된 가족, 훼손된 삶을 살아가는 형제의 상처나 아픔을 기억해내는 과정이 현재와 과거시간의 병치 가운데 서술되고 있다. 1994년 〈문화일보〉 신춘문예 당선작인 「산불」에서 작가는 우리 소설사에서 반복적으로 등장하는 아버지 콤플렉스를 훌륭하게 형상화해 낸다. 중공군 대장을 생포할 뻔하다가 오히려 쫓기는 신세가 되었던 아버지, 그리고 10여 년을 치매의 고통에 시달리다 돌아가신 아버지, 주인공은 그런 아버지를 미워했고 빨리 돌아가시기를 원했다. 하지만 아버지가 돌아가신 후 주인공은 자신이 아버지를 죽이고 말았다는 혹독한 죄책감에 시달린다. 아버지 죽이기와 아버지 그리워하기가 반복적으로 교차하는 아버지 콤플렉스를 작가는 '산불'이라는 상징을 통해 효과적으로 그려내고 있다.

또한 「바다로 떠난 용사」에서의 아버지는 6·25때 많은 동네 사람들을 보도연맹에 억지로 가입시켜 떼죽음을 당하게 만들었던 악의 편에 속했던 인물이었으며, 「대숲에 부는 바람」에서의 아버지는 당시 월북하거나 빨치산이 되었던 이들과 같은 진짜 사회주의자는 못되었지만 그럼에도 5·16 때 뒤늦은 옥고를 치르기도 한 무기력한 존재이다.

한편 그의 소설에서 형의 존재 또한 대단히 문제적이다. 가족 내에서 형의 문제가 이렇게 구체적으로 형상화되고 있는 것은 우리 소설사 속에서 대단히 특이한 부분이다. 「대숲에 부는 바람」에서 형은 아버지의 사회주의 전력 때문에 육사에 들어가지 못하고 사병으로 군복무를 하던 중 죽게 되고, 「생일파티」에서 형은 축사 냄새가 나는 방에서 인간 이하의 삶을 연명해가다 어느 날 실종된다. 또한 「바다로 떠난 용사」에서도 형은 아버지의 삶의 질곡을 운명처럼 반복해나가다 실종되어 해변에서 죽은 시체로 발견되기도 한다.

때문에 그의 소설은 가족소설 혹은 가족사소설로 분류될 수 있을 듯하다. 현대사회에 이르러 파괴된 가족의 문제를 충실하게 형상화해내고 있다는 점에서 식민지 시대나 1970년대의 가족사소설의 계보를 이어가고 있다고 할 수 있다.

더불어 그의 소설 속에서 시간적 배경으로 6·25나 5·18이 제시되는 것은 눈여겨 살펴볼 만하다. 우리 사회의 구조적 모순과 피폐한 상황이 바로 구성원 개개인의 삶을 일그러뜨렸음을 그는 제시하려고 했던 것이다. 하여 그의 소설은 우리 현대사의 굴절 가운데 발생할 수밖에 없는 파행적 성장과 실존의 아픔을 여실하게 그려내고 있다.

특히 그의 소설은 추락이 이미지, 실종의 이미지, 투신, 혹은 사태에 몸을 던지는 실존적 자아의 몸부림이 제시되면서 행동소설의 단초를 보여주기도 한다. 이는 서양의 초기 소설(novel)의 형태, 즉 상황의 부조리에 좌절할 수밖에 없는 삶을 살지만 그것에 타협하지 않는 인물 유형을 양원옥의 소설에서 찾아볼 수 있기 때문이다. 때문에 우리는 양원옥의 『박쥐』란 작품집을 읽으면서 오랜만에 소설의 장르적 본질과 문법에 합당한 작품의 아우라를 발견하게 된다.

5. 문학적 담론과 일상적 담론의 소통

하버마스는 현대 예술이 너무 전문화된 나머지 고급예술과 대중예술의 간격이 지나치게 넓어지는 현상에 대하여 부정적으로 비판한다. 그리고 그것을 극복하기 위한 대안은 계몽의 기획 속에서 서로 분리된 채 전문화된 과학, 도덕, 예술이라는 지식의 세 가지 영역이 강제 없이 서로 상호소통하는 것으로부터 마련될 수 있다고 강조한 바 있다. 이는 각 영역의 자율성을 포기하지 않으면서 동시에 각 영역 간의 자유로운 교류가 보장되고, 나아가 생활 세계와 매개될 수 있는 과제를 현대 예술가들에게 부과하는 의미를 갖고 있다.

때문에 그는 생활 세계 내부의 일상적 의사소통 과정에서 예술진리를 찾아내야 한다고 주장한다. 그것은 바로 시적 담론과 일상적 담론의 양극적 긴장 관계를 해소시키고 양자의 소통 가능성을 보장하는 것을 의미한다. 이처럼 하버마스의 미학적 의의는 예술 진리를 찾아가는 모든 과정을 의사소통의 일상적 실천 속에서 찾는다는 점이다.

최윤의 『마네킹』은 진정한 아름다움의 실체를 탐색하고 있다는 미학적 의의를 선점하고 있는 좋은 작품이다. 진정한 아름다움은 현실의 어떤 언어나 매체로도 드러낼 수 없다는 작가의 인식은 그만의 독특한 미적 인식이다. 진정한 아름다움은 물신화된 일상의 제약으로부터 벗어나는 순간 찾을 수 있는 것이라는 그의 소설의 깊은 함의는 매우 진지하다. 그럼에도 문제는 우리의 현실적 삶의 조건이 되는 민족과 계급과 성을 초극한 아름다움의 추구가 자칫 극단적 예술지상주의로 폄하될 수 있다는 점이다. 그런 점에서 그의 작품이 우리가 발을 딛고 있는 일상으로부터 지나치게 동떨어져 있다는 우려로부터 자유롭지 못한 점이 문제가 될 것이다.

한편 김현주의 『물속의 정원사』는 물신화된 현대를 살아가는 이들의 정체성 상실을 제대로 형상화해내고 있다. 세련된 문체와 사물에 대한 인식의 깊이가 오롯하게 잘 결합되어 있다고 하겠다. 그런데 문제는 최윤의 소설에서 발견될 수 있는 것처럼 그의 작품 속의 세계가 현실의 세계로부터 멀어져 있다는 점이다. 작중인물의 세계가 일상의 구체적 생활인들의 모습과 지나치게 괴리된다는 점이 작품의 사실성이나 작가만의 독특한 주제의식을 오히려 흐리게 하고 있는 듯하다.

그리고 양원옥의 『박쥐』는 일상의 세계와 허구적 세계가 효율적으로 교섭하면서 작품의 주제의식을 형상화해내는 데 성공하고 있다.

특히 현대인들의 파괴된 가정의 문제나 한국 현대사의 문제들을 개인 주인공의 문제로 수렴해내는 능란한 작가적 기교와 의식은 매우 인상적이다. 즉 작가의 사적인 원체험이 동시대의 역사와 사회로 연결되는 균형의식은 이 시대 문학이 지향해야 할 분학적 진정성의 단초라는 점에서 더욱 그렇다.

제2부

진리와 마주한 사건으로서의 여순10·19

1. 역사의 평행이론: 광주5·18과 여수·순천10·19

역사는 유사한 방식으로 반복된다. 사회구성체의 구조적 모순이 완벽하게 해소되지 않는 한 그 모순은 스스로 매개가 되어 동일한 사건을 반복적으로 발생시킨다. 적어도 한반도의 근현대사의 전개 과정에서 이러한 역사의 평행이론은 매번 발생하는 사건들에 동일한 방식으로 적용된다. 동학혁명으로부터 1차 의병, 2차 의병, 소작쟁의 투쟁, 광주학생의거, 여순사건, 그리고 5·18광주민주화운동에 이르기까지 호남을 역사적 공간으로 삼은 사건들은 동일한 양상으로 반복을 거듭해왔다. 이러한 사건들은 모두 우리 사회구성체의 가장 근본적인 모순들을 매개로 하여 연이어 발생했던 것이다.

주지하다시피 우리 사회구성체의 기본모순은 이미 1894년 갑오년 고부에서부터 시작된 동학혁명에서 의제화되었다. 척양척왜(斥洋斥倭)·제폭구민(除暴求民)이 바로 그러한 의제를 압축적으로 보여주고 있다. 당시 전봉준을 비롯한 동학군에 주도적으로 참여한 민중들은 조선 후기 사회의 근본적 모순을 외세의 침탈과 봉건적인 지배계급의 억압과 수탈로 보았던 것이다. 당대 깨우친 민중들이 목숨을 바쳐 부르짖은 의제가 바로 지금도 강조되어야 할 반제·반봉건이었다. 그리고 그러한 반제·반봉건의 의제는 의병투쟁, 광주학생의거를 거쳐 1948년의 여순사건, 1980년의 광주5·18로 반복되었다.

여순사건을 일으킨 주체들의 구호가 다름 아닌 '동족상잔 결사반대·미군 즉시 철퇴'였다는 점에서 무섭도록 놀라운 한국 근현대사의 평행이론을 확인할 수 있다. 이는 여순사건이 단지 몇몇 선동적인 군인들의 즉흥적인 봉기가 아니었음을 증명하는 것이기도 하다. 14연대 군인들의 봉기는 반제·반봉건을 원하는 각성한 민중들의 염원이 도화선으로 작동한 것이었다. 당시의 민중들이 원하는 것은 분단 없는 민족국가 건설이었다. 그럼에도 국토는 남북으로 분단되었고 남한의 정권은 미국의 제국주의적인 세계 전략의 첨병 역할에 한정되었다. 때문에 미국은 일제의 식민잔재를 청산하기는커녕 일제의 하수인들을 다시 공무원과 경찰·군인으로 우대하였다. 뿐만 아니라 이승만 정권은 친일파 지주들의 이익을 보장하는 방향의 토지개혁을 실시함으로써 해방된 조국의 국민이라는 민중들의 자부심과 요구를 철저히 짓밟고 말았던 것이다. 여순사건의 발생이 바로 제국주의와 봉건주의에 대한 민중의 저항, 즉 반제·반봉건으로부터 구조적으로 기원하였음을 여기서 확인할 수 있다.

5·18광주민주화운동도 마찬가지였다. 어떤 이유로 1980년 광주에서 그러한 항쟁이 발생하였는가를 되짚어보면 바로 친미를 기반으로 정권을 운영한 박정희 체제의 반민족적이고 반민중적 통치 때

문이었다. 그리고 그러한 박정희 정권의 모순이 가장 극명하게 표출된 사건이 1980년의 광주5·18이었던 것이다. 박정희의 지역차별적인 산업화정책 때문에 호남지역의 삶은 그 이전 세대에 비해 더욱 힘들어지게 되었는데 이를 반증하는 것이 호남 인구의 감소이다. 해방 전후 전남의 인구는 경남이나 경북의 인구와 비슷한 수준이었지만 1980년에 이르면서 엄청나게 감소하게 된다. 농업 중심에서 공업 중심으로 산업체계가 변화하면서 호남은 생존이 힘든 공간이 되었다. 그래서 1980년 광주가 그러한 구조적 모순에 대한 민중들의 저항의 거점이 될 수밖에 없었던 것이다. 그런데 더욱 문제가 되는 것은 광주 민중들의 평화적인 저항을 폭력적으로 진압하려는 전두환 체제에 대해 미국이 동의를 해주었다는 데 있다. 미국은 백악관에서 '고위백악관정책검토위원회'를 열고 즉각적인 광주 문제 해결을 결정하였는데, 이는 군사력의 개입을 통한 빠른 진압을 의미하는 것이었다.[1] 그래서 1980년 광주 이후로 반미 운동이 시작되었던 것이다. 이처럼 광주항쟁 또한 민중들의 열악해진 생활고의 문제와 더불어 외세의 개입 등의 구조적 모순이 작동했던 사건으로, 동학혁명의 의제였던 '척양척왜·제폭구민', '반제·반봉건'을 반복적으로 환기시켜 주고 있다.

---

[1] 미국 정부는 신군부가 조기에 강경하게 시위를 진압하는 데 동의하였다. 그렇지만, 시위는 수그러들지 않고 오히려 악화되어 갔다. 외국의 언론들은 광주에서 벌어진 비참한 상황을 전 세계에 타전하기 시작하였다. 백악관 정책검토위원회는 대규모의 인명이 살상되는 최악의 상황을 검토한 뒤, 광주를 완전히 제압할 것을 결정하였다. 그리고 5월 26일 광주에 거주하고 있던 미국인을 비롯한 외국인이 소거되고, 미 항공모함이 한반도 해역에 배치되었다. (박만규, 「신군부의 광주항쟁 진압과 미국문제」『민주주의와 인권』3권 1호, 2003. 239쪽.)

이처럼 여순사건과 광주5·18항쟁은 발생의 구조적 원인과 민중들의 의제가 닮아 있다. 뿐만 아니라 사건의 진행과정도 유사하다. 광주5·18은 1980년 5월 18일부터 5월 27일까지 진행되었고, 여순사건은 적어도 여수 순천지역으로만 한정하면 1948년 10월 19일부터 10월 27일까지라고 할 수 있다. 사건이 발생한 후 10여 일 만에 군대의 진압과 점령이 이루어졌다는 공통점이 있을 뿐만 아니라 마지막 진압이 시작되었을 때 전남도청을 지킨 것은 민중들로 구성된 시민군이었고 여수를 마지막까지 지켜낸 이들은 여수의 민중들이었다. 10월 24일부터 27일까지 진압과정에서 14연대 주력병력은 이미 구례, 광양을 거쳐 지리산으로 향하고 있었고 진압군에 마지막 항쟁을 벌인 이들은 여수의 학생과 청년들이 중심이 된 여수의 시민군들이었던 것이다.

그리고 군대의 진압과 점령과정 중에 엄청난 국가폭력이 자행되었고 무고한 민간인 희생자가 발생하였다는 점에서도 공통점이 있다. 또한 국민에게 엄청난 폭력을 자행함으로써 정통성을 상실한 권력집단은 이러한 사건들을 빌미로 삼아 새로운 권력 체계와 지배 체제를 형성해 나갔다. 여순사건 이후 이승만은 국가보안법과 계엄법 등 지금까지도 우리 사회를 열린사회로 나아가게 하는 데 제약으로 작동하는 법과 사회체제, 이데올로기를 형성하여 장기집권과 영구적인 민족분단의 토대를 마련하였다. 5·18 이후 전두환은 모순에 가득 찬 박정희 정권의 체계와 이념을 그대로 계승한 채 대통령이 되어 지금까지도 우리 사회구성체의 모순을 증폭시키는 국가 사회체제를 만들어내었다.

하지만 광주5·18과 여순10·19는 현재 평행을 달리고 있지는 않다. 정통성을 상실한 국가권력에 의해 자행된 국가폭력의 희생자들에 대해 국가는 다른 태도를 보이고 있는 것이다. 광주5·18과 비교하여 여순사건은 아직도 진상규명과 명예회복을 위한 특별법이 제정되지 않고 있을 뿐만 아니라 국가가 나서 공식적인 사과조차도 하지 않고 있다. 이러한 모순을 어떻게 설명할 수 있을까? 이것이 단지 당시의 희생자들이나 유족의 문제인가, 아니면 여수 순천에 살고 있는 사람들의 문제인가? 이는 한국 사회 민주화의 정도의 문제이자 국가권력의 민족사적 정통성의 문제이기도 하다. 그리고 전 지구적 세계 체제 가운데 한반도의 미래와 연관된 문제이기도 하다.

2. 하위주체, 말하지 못한 자들의 귀환

맹자는 성선설을 주장하면서 물에 빠진 아이를 보고 구하려는 측은지심(惻隱之心)을 갖는 것이 인간의 본성이라고 하였다. 어떤 불의의 사태를 보고 거기에 뛰어들어 인간을 구하고 세상을 편하게 하려는 마음은 인간다움의 본질일 것이다. 이러한 불의한 사태에 몸을 던지는 것을 두고 사르트르는 기투(projection)라고 하였다. 자신의 몸을 돌보지 않고 올바른 세계를 위해 희생하고 헌신하는 이들의 기투가 있었기에 인류의 역사발전이 이루어졌다고 보는 것이 사르트르의 생각이었다.

지금부터 70년 전 여수와 순천의 민중은 지극히 인간적인 존재들이었다. 사회의 구조적 부조리로 인해 억압당하고 수탈당하는 존재들, 생존의 절대적 위협을 받는 이들이었다. 때문에 그들은 모순으로 가득 찬 사회현실에 몸을 던졌다. 그로 인해 많은 이들이 사라져 갔다. 사라져간 이들은 좌익으로, 빨갱이로, 건강한 사회를 해치는 절대악으로 규정되어 이 땅에서의 존재의의를 부정당했고 지금까지도 용서받지 못하고 있다. 그리고 국가라는 물리적 권력집단은 누구도 그들을 기억하거나 말할 수 없도록 주홍글씨라는 낙인을 박아놓았다.

하여 그들은 우리 시대의 호모 사케르(Homo Sacer)[2]이다. 『호모 사케르』란 책을 쓴 조르조 아감벤은 호모 사케르의 유래로 고대 로마사회에서 육체적으로 살아 있지만 법적으로 존재를 인정받지 못한 자들을 예시로 끌어온다. 그들은 시민사회의 구성원으로 인정받지 못하였고, 극단적인 경우 누군가가 그들을 살해할지라도 그 살인자는 처벌받지 않았다고 한다. 이러한 존재들을 우리는 호모 사케르, 희생양이라고 부른다. 이러한 희생양들을 분리하고 구별 짓는 것과 동시에 그들에 대한 희생을 요구하고 실행하는 과정을 통해 권력집단은 자신들의 권력을 보호하고 재생산해왔던 것이다.

실제로 여순사건 이후 이승만 권력은 국가보안법과 계엄법을 제정하여 자신의 정치적 반대파들을 좌익, 공산주의자로 몰아 억압하거나 처단하였다. 뿐만 아니라 좌익의 경향이 있는 이들을 전향시킨다는 이유로 보도연맹을 조직하여 6·25전쟁 직후 엄청난 학살을 자

---

2 호모 사케르란 사람들이 범죄자로 판정한 자를 말한다. 그를 희생물로 바치는 것은 허용되지 않지만 그를 죽이더라도 살인죄로 처벌받지 않는다. 사실 최초의 호민관법은 "만약 누군가 평민 의결을 통해 신성한 자로 공표된 사람을 죽여도 이는 살인이 되지 않는다"는 점을 명기하고 있다. 이로부터 나쁘거나 불량한 자를 신성한 자(호모사케르)라 부르는 풍습이 유래한다. (조르조 아감벤, 『호모 사케르-주권 권력과 벌거벗은 생명』, 새물결, 2008, 156쪽.)

행하였다. 이처럼 여순사건과 그 희생자들을 정치적으로 악용한 이승만과 그 이후의 보수 권력집단은 이러한 장치들을 통하여 사회를 통제하고 자신의 정치적 반대파들을 희생양으로 삼아 왔던 것이다.

때문에 여순사건의 희생자들은 호모 사케르이자 말할 수 없는 자들인 하위주체들이었다. 푸코라는 철학자는 권력자를 '말할 수 있는 자'라고 규정한 바 있다. 푸코에 의하면 우리가 판단의 대상으로 삼는 진리나 선악 혹은 미추에 대해 말할 수 있는 자들이 권력자라는 것이다. 누구나 옳은 것을 옳다고, 그른 것을 그르다고 말할 수 있는 것처럼 생각되지만 현실은 그렇지 않다. 권력을 가진 자들에 의해 옳다고 발화된 것이 옳은 것이고, 선하다고 발화된 것이 선한 것일 뿐이다. 소수자들, 하위주체들에 의해 발화된 것은 결코 기득권 사회에 수용되지 않을 뿐만 아니라 광기나 이단으로 치부되기 쉽다. 권력자들의 발화가 아닌 것들은 진리치에서 멀어져 있는 것이거나 시끄러운 소음이거나 말도 안 되는 헛소리로 치부되어 왔던 것이다. 그래서 하위주체들은 말할 수 없는 자들이다. 자신들의 삶을 자신들의 언어로 말할 수 없는 하위주체들은 그러므로 망각되었거나 망각을 강요당한 존재들이다.

여순사건의 하위주체들 또한 마찬가지이다. 그들의 아름다운 목소리는 어디에서도 들을 수 없다. 그들은 말하고 싶어도 말할 수 없었다. 말하고 싶어도 말하지 못한 채 침묵을 강요당할 뿐이었다.

양민들의 손발은 좌우도 없이
철삿줄 동앗줄에 단단히 묶이고
죄명도 알 수 없는 바윗돌까지 채워져

한 가닥의 흔적조차도 남기지 말라는 듯

뱃전을 뚫고 가는 총소리 한방 한방

수많은 가슴에서 솟구치는 선혈을

여기 깊은 바다 속에 빨갱이로 수장시켰다.

물길의 행로를 이미 잘 알고 기획한 자들의

무지막지한 흉계와 총칼 앞에서

힘없이 죽은 자는 죄인이 되고

죽인 자는 어처구니없는 정의가 되었다.

수천 수만 명의 손톱이 빠지고 발가락도 찢겨나갔다.

검푸른 파도가 아가리를 벌리고 오직 침묵만을 강요했다.

－「애기섬 수장터」 일부3

    위의 시는 여수와 남해 사이에 위치하는 애기섬에서 발생한 민간인 학살을 형상화하고 있다. 죄없는 선량한 양민을 죄인으로 만들어 학살하고, 학살한 자는 정의가 되는 역설적 상황, 그런 불의한 상황에도 결국은 침묵을 강요당하고 침묵해야만 하는 하위주체들, 여순사건 희생자들의 아픔을 노래한 시이다.

    이처럼 정의롭지 못한 권력집단은 철저히 침묵을 강요하였고, 혹시라도 이러한 상황에 대한 진실의 말들을 광기 어린 외침이나 시끄러운 잡담으로 치부하였다. 하여 여순사건과 관련된 많은 이들은 침묵을 택하였다. 말할 수 없었고 말하지 않았다. 그런 이유로 말하지

---

3   김진수, 『좌광우도』, 실천문학사, 2018. 28~29쪽.

못한 채 하위주체들은 잊혀갔다. 우리들의 기억에서 사라져갔던 것이다.

하지만 그들이 귀환하고 있다. 그들의 침묵이 커다란 울림으로 우리에게 다가서고 있다. 죽음으로 살아나는 이들이 우리에게 큰 울림이 되고 있다. 한반도의 냉전이 끝나야 함을 우리들에게 커다란 목소리로 외치고 있다. 여순사건이 새로운 시대적 전환의 커다란 계기점이 되어야 함을 알려주고 있는 것이다.

예수는 죽음으로 이스라엘 사회에, 로마사회에, 그리고 인류사회에 새로운 패러다임의 전환을 알려주었다. 예수는 제국 로마의 호모 사케르였다. 하지만 그는 스스로 호모 사케르가 됨으로써 새로운 세계사적 전환을 이루어냈다. 이스라엘사회는 구약시대에서 신약시대로, 로마제국은 다신교의 사회에서 일신교의 사회로 변화되었고, 인류사회에 있어서는 보다 많은 이들을 위한 개인의 헌신과 기투로써 역사의 발전을 앞당기는 전범을 보여주었다.

여순사건에 몸을 던졌던 이들 또한 예수와 같은 시대와 역사적 전환을 이루는 호모 사케르들이다. 그들의 목소리에 귀를 기울일 때가 되었다. 그들이 이제 마음 놓고 말할 수 있어야 한다. 그동안 말할 수 없는 것들을 말하게 해야 한다. 그들의 뜻을 온전히 받아들여야 할 때이다. 그들의 울림이 온 사위를 가득 채우는 시대가 우리 앞에 다가선 것이다.

3. 언어로 표현할 수 없는 사건에서 마주한 진리

1948년 10월 19일 여수 앞바다에 첫 총소리가 울리면서 시작된 사건을 마주한 대부분의 이들은 공포에 휩싸였다. 살기 위해서, 죽음으로부터 벗어나기 위해서, 총부리를 겨누고, 누군가의 총부리에 겨누어지면서 극단의 공포가 여수와 순천, 전남 동부를 휩쓸었다. 어쩌면 그것은 사건의 폭력성 혹은 혁명의 열기 때문이었을지도 모르고, 죽이고 죽는 광기의 상황 때문이었을지도 모른다. 하지만 그 사건의 공포로 인해 누구도 말할 수 없었다.

> 이대로 죽는 거다. 별수 없다. 펄쩍펄쩍 뛰고 몸부림쳐봐야 아까 모두가 그랬듯이 그런대로 죽어지는 것이다. 기왕이면 단정히 죽어주자. 죽은 뒤 저 많은 시민들이 증언해주겠지. 억울하게 쓰러진 청춘이었다고. 거연히 어머니가 거기서 달려오신다. 양팔을 벌리시고 뭐라 하시는지 들리지 않는구나. 하마터면 벌떡 일어날 뻔했다.
>
> 너무도 허망한 일생. 아무것도 해보지 못한 채 아무도 사랑해보지 못하고 이대로 죽어버리다니. 불끈 일어나 저쪽 실습지 쪽으로 도망칠까? 어차피 죽는다. 일어서서 다시 한번 억울하다고 외쳐볼까? 반항하는 줄 알고 더 빨리 쏘아버리겠지.[4]

위의 문면은 진압군의 총부리 앞에서 죽음을 마주한 여수여중 교

---

4 전병순, 『절망 뒤에 오는 것』, 일신서적, 1994. 27~28쪽.

사, 주인공 서경의 심리를 드러내고 있다. 서경은 아무 죄도 없이 죽음 앞에 놓인 자신의 처지에 경악하고 절망하고 있다. 말로 표현할 수 없는 절대적 공포 앞에서 서경은 아무 말도 할 수 없었다. 이처럼 당시의 많은 이들은 죽음의 이유도 알지 못한 채 죽음을 맞이해야만 했다. 많은 이들이 이유 없이 죽었고 누군가는 운 좋게 살아남았다. 하지만 지금도 누구도 말할 수 없다. 말하지 못하고 있다.

그런데 바디우란 철학자는 진리를 경험하기 위해서는 사건에 마주해야 한다고 주장한다. 그리고 그 사건이란 지금껏 알고 있는 언어로는 표현할 수 없는 경험을 동반해야 한다고 한다. 바디우에 의하면 모든 진리의 체제는 현실 속에서 그 진리 고유의 명명할 수 없는 것 위에 토대를 세운다.5 현실의 언어로 표현하거나 말할 수 없는 사건을 마주침으로써 과거의 지나간 진리는 무의미해지고 새로운 진리가 떠오른다는 바디우의 언명을 전제한다면 여순사건이야말로 1948년 한반도나 한민족이 지향해야 할 진리에 마주한 사건이라 이름할 수 있을 것이다. 여순사건으로 인해 그동안 진리라고 여겨졌던 수많은 개념들, 이를테면 민족주의, 사회주의, 국가, 국토, 애국심 등의 개념들은 폐기되거나 전유되고 새로운 개념과 가치들이 모색되어야만 했다.

당시 여수·순천의 민중들이 겪은 공포와 광기는 그 누구도 기존의

---

5 보다 일반적으로 하나의 진리는 언제나 자신이 둘러싸고 있는 것 안의 한 지점에서 한계와 맞닥뜨리며, 이 한계에서 그 진리가 바로 이 독특한 진리이다. 하나의 진리는 자신의 독특함이라는 바위에 부딪치며, 바로 여기에서만 하나의 진리가 무력함으로서 실존한다고 말할 수 있다. (바디우, 『비미학』 이학사, 2011, 50쪽.)

알고 있는 언어로는 표현할 수 없는 것이었다. 바디우의 표현대로 사건 그 자체였다. 당대의 민중들이 가지고 있던 조국, 민족, 국가라는 개념을 전제로 한 진리치로는 여수·순천에서 발생한 미증유의 폭력적인 사태에 대해 설명하거나 표현할 수 없었던 것이다. 여수와 순천의 민중들이 자신이 가지고 있던 참과 거짓, 옳음과 그름, 선과 악의 개념들로는 당시 발생한 수많은 사태들을 이해하거나 설명할 수 없었다. 민중들이 경험한 폭력과 절망과 공포를 설명하기 위해서는 새로운 언어와 새로운 진리치가 필요했던 것이며, 그런 점에서 여순사건은 한반도와 한민족에게 새로운 시대를 열어나가야 할 진리를 탐색하고 규정하는 계기점이 되었다고 할 수 있다.

특히 당시의 사태를 설명했던 지배담론들, 권력자의 발화들의 토대가 되었던 민족주의, 공산주의, 사회주의 등의 이데올로기는 삶과 죽음의 경계에 선 여수·순천의 하위주체들에게는 무의미한 것이었다. 그럼에도 당대의 권력자들은 허망한 이데올로기를 끌어와 사태를 설명하고 여순·순천의 민중들을 반도로 폭도로 빨갱이로 규정하였고, 여수와 순천 등의 남도에 반란의 땅이라는 낙인을 씌웠다. 그런데 바디우는 진리를 이데올로기에 대립된 것으로 본다. 그는 진리 자체가 허구의 구조 안에 포함되어 있으며 진리의 과정은 새로운 허구의 과정이라고 주장하면서 새롭고 위대한 허구를 찾는 것은 궁극적인 정치적 믿음을 갖는 가능성[6]이라고 주장한다.

바로 이 지점이 여순사건을 새롭게 조망할 수 있는 준거점이 될 수 있다. 당대의 현실이나 실체와 동떨어진 이데올로기가 아닌 민중

---

6 알랭 바디우, 『투사를 위한 철학 – 정치와 철학의 관계』, 오월의 봄, 2013, 112쪽.

의 현실적 삶의 실체에 다가선 지점에서 여순사건의 제대로 된 진상을 규명하고 재해석해야 하는 것이다. 그리고 불의한 권력자나 정통성을 상실한 지배자들의 이데올로기나 진리치, 그들의 불의한 언어가 아니라 민중들의 살아 있는 삶을 담보로 한 민중들의 실체에 가까운 언어로 여순사건을 다시 설명하고 새로운 역사적 의의를 제시해내야 한다.

여순사건은 기존에 알고 있는 언어로는 환원 불가능한 사건이었다. 그동안의 세계와 민족과 역사를 새롭게 정의하고 재해석할 수 있는 계기가 되는 진리와 마주한 사건이었다. 한반도에서 살아나가야 할 우리들의 삶의 진리치를 기존의 방식과는 전혀 다른 방식으로 모색할 수 있는 사건이었던 셈이다. 기존의 가치를 전복하고 새로운 개념과 가치를 바탕으로 열리게 되는 한반도의 역사적 지평을 제시한 사건으로서의 여순사건은 앞으로 우리 모두가 지향해야 할 통일 운동의 기점이자 이 땅의 진정한 민주화의 정도를 측정할 가늠점이다. 이 땅에서 여순사건의 진리를 찾아내고 현실화하는 날이야말로 진정한 민주화가 이루어지고 제대로 된 한반도의 통일이 시작될 것이다.

4. 애도와 용서의 공동체를 위하여

아리스토텔레스의 『수사학』에서는 사람을 설득하기 위한 방법으로 진(眞)·선(善)·미(美)를 제시하였다. 진은 진리에 대한 옳고 그름, 선은 도덕과 윤리, 미는 아름다움과 추함과 연관이 있는데, 이는 지정의(知·情·意)로 설명되기도 한다. 그런 바탕 위에서 칸트는 세 권의 책을 저술하였는데, 진리와 관련된 『순수이성비판』, 도덕과 관련된 『실천이성비판』, 아름다움과 관련된 『판단력비판』이 그것들이다. 그런데 우리는 살아가면서 대체로 이성에 기반한 진리와 지식을 상위에 두고, 아름다움이나 감정과 연관된 감성을 하위에 둔 채로 모든 사건과 사람들에 대해 판단해왔다. 감성을 억압하고 이성을 우위에 둔 채 유지되고 관리된 사회가 바로 지금 우리가 살아가고 있는 근대 자본주의 사회 체제인 것이다.

그런데 여순사건을 본격적으로 다룬 이태의 『여순병란』의 「작가의 말」에는 이러한 우리의 고정관념을 흔들어놓는 언술이 제시되고 있다.

> – 위 두 가지 사건(4·3과 여순사건)들도 이데올로기의 충돌이라고 해석한다. 나는 거기에 동의하지 않는다.
> – 결국 이념은 극소수의 선동가나 뒷날의 이론가들이 그럴싸하게 포장하는 것일 뿐이다.
> – 너무 이론적이지 말자. 진실은 의외로 하찮은 곳에 있는 것이다.[7]

위에 제시된 이태의 서술은 4·3과 여순사건의 실체를 제대로 보여주는 바가 있다. 사실 우리는 지금까지 여순사건을 진선미나 지정의 중에 이성에 기반한 진리나 지식, 옳고 그름의 차원에서만 보고

---

7 이태, 『여순병란』上, 4~5쪽.

판단해왔다. 즉 극소수의 이론가나 선동가, 정치인, 지배집단들에 의해 설정된 이데올로기의 차원에서만 여순사건을 판단하고 평가해 왔던 것이다.

우리는 여순사건을 이성으로부터 기원하는 옳고 그름, 지식, 이데올로기의 틀이 아닌 당시 해방 전후를 살았던 이들의 삶의 실체를 바탕으로 살펴볼 필요가 있다. 해방된 조국을 맞아 단일민족국가를 꿈꾸던 이들도 많았지만 기실은 해방되어서 식민지 시대의 공출이나 착취, 징용과 징병의 위협으로 벗어난 것에 모두가 반가워했을 것이다. 그리고 지긋지긋한 배고픔과 억압의 공포로부터 벗어나 편안히 발 뻗고 사는 시대가 온 것이라 믿었을 것이다. 하지만 해방된 조국의 현실은 처참했다. 오히려 식민지 시대의 삶보다 나아진 것은 없이 불의가 판을 치고 일상의 삶은 더 열악해져 갔다.

> (가) "그 모진 일제 전시하에서도 조반석죽으로 이어왔던 목숨들인데 해방된 내 나라에서 굶어 죽다니, 왜 우리가 시세의 절반도 안 되는 값으로 피땀 흘려 거둔 양곡을 강제 수매당하고 자신은 굶어 죽어야 하나! 이게 무슨 놈의 해방인가!"
> "그래 진짜 해방은 아직도 멀었어!"[8]
>
> (나) "이게 무슨 해방입니까? 해방이 되고 미군이 들어오고 이승만과 한민당이 설쳐대고 있지만 우리는 달라진 게 없습니다. 배고픈 것도 마찬가지, 공출도 마찬가지, 그들로부터 핍박받는

---

8 『여순병란』上, 75쪽.

것도 마찬가지 아닙니까? 무엇이 해방입니까? 달라진 것은 총독부가 군정청으로, 고등계가 사찰계로 이름이 바뀌었을 뿐입니다. 국토는 오히려 반동강이가 됐지만 분단을 반대하면 죄가 됩니다. 백주 테러가 공공연히 자행되고, 세상은 무경위가 판치고 있습니다. 왜놈들은 천황에게 총질을 해도 형식적인 재판은 했지만 지금은 죄없는 사람이 들개처럼 맞아 죽어도 호소할 곳이 없습니다. 이게 무슨 해방입니까?"[9]

(가)의 문면에서처럼 해방이 되었지만 미군정의 잘못된 정책으로 양곡을 강제 수매당하고 많은 민중들이 굶어 죽는 사태까지 발생하였다. 당시의 현실과 민중의 삶은 오히려 식민지시대보다 더 열악해졌던 것이다. 높은 물가상승, 실업난, 식량문제 등의 민생고로 인해 미군정 기간 동안 민중의 삶은 식민지 시기보다 더 힘들고 배고프고 생존 자체가 문제시되었다.[10] (나)의 문면과 같이 정치 사회적 상황 또한 진정한 해방된 조국의 모습은 아니었다. 총독부가 군정청으로, 고등계가 사찰계로 바뀌었을 뿐 국토는 분단되고 세상은 불의와 무

---

9 『여순병란』下, 67쪽.

10 1948년 1월 현재까지 만 2년 5개월 동안 서울시 생필품 가격은 평균 25.2배나 급등했고, 해방 후 3년도 못 되어서 실질임금 상승률은 물가 상승률에 비해 5분의 1 이하로 떨어지고 있었다. 또한 1947년 현재 남한의 공장 조업률은 최저 4퍼센트에서 최고 40퍼센트 정도였으며 이에 따라 실업률 또한 심각한 상태였다. 뿐만 아니라 미군정의 강압적인 미곡수집으로 인해 엄청난 식량난에 굶어 죽은 이들이 속출하였고 1948년 전남 영암에서는 3월부터 6월 사이에 기아군중이 식량창고를 습격하여 수집미를 탈취하는 사건이 빈발하였다. (황남준, 「전남지방정치와 여순사건」, 『해방전후사의 인식3』, 한길사, 1987, 424~428쪽 참조.)

경위만이 판치고 있었다. 식민지 시대에는 적어도 형식적 재판이라도 있었지만 해방 후에는 백주테러가 자행되고 죄 없는 사람이 맞아 죽어도 호소할 곳이 없었다. 여기서 민중의 불만은 폭발할 수밖에 없었다. 총을 들지 않을 수 없었던 것이다. 그들이 총을 든 것은 이념에 경도됐기 때문이 아니라 배고픔이나 분노에 기반한 생존권의 문제 때문이었다.

그리고 여순사건이 발생하면서 총을 든 사람이든 들지 않았던 사람이든 많은 이들이 처참히 죽어갔다. 죽어가면서도 죽는 이유를 모르는 이들이 대부분이었다. 죽음 이후에 죽음의 이유가 만들어졌을 뿐이다. 그리고 죽은 자는 말이 없고 그 고통과 상처는 살아남은 아들과 딸, 친족들에게 그대로 남겨지고 각인되었다. 죽은 자 대신 살아남은 자들이 자신들의 의도와 상관없이 이데올로기를 만들었던 권력자들에 의해 그 고통을 그대로 물려받았다. 연좌제란 이름으로 그 상처는 평생 각인되었다.

이제는 돌아가신 이들에 대한 애도가 필요한 시점이다. 프로이트에 의하면 애도는 상실로부터 근원하며 그러한 상실이 계속되면 우울증으로 발전해나간다고 한다. 어쩌면 여순사건을 진정으로 애도하고 있지 못하는 여수·순천 사회는 70년이라는 아주 오랜 시간 동안 집단우울증에 걸려 있는지도 모른다. 여전히 아픈 상처이고 아직도 제대로 치유되지 않았지만 그럼에도 그것들을 기억하고 말하는 과정을 통해 진정한 애도를 수행11해나가야 할 것이다. 말할 수 없는 자, 상처받은 자들이 스스로 말할 수 있고 자신의 힘겨웠던 삶이나 가족의 상처에 대해 자유롭게 말하는 것을 통해 진정한 애도가 이루어져야 한다. 그들에게 말할 수 있는 장을 만들어주고 그들의 말을 들어주고 공감하여야 한다. 서로가 서로의 상처에 반응하고 감정적 공유에 도달하는 공감은 극도의 마비를 겪은 타인의 차마 말로 표현할 수 없는 고통에, 다가서려는 진지하고 부단한 노력[12]이기도 하다. 이처럼 서로의 상처를 이해하고 공유하려는 진지한 노력의 과정을 통해 공감과 애도의 공동체를 만들어가야 한다. 그리고 공동체 모두의 진정한 애도가 이루어짐으로써만 정통성을 상실한 국가폭력이 이 땅의 역사에서 더 이상 재발하지 않게 될 것이다.

따라서 진정한 애도가 가능하기 위해서는 우리 모두의 용서의 결단이 요구된다. 가해자도 피해자도 모두가 역사의 굴레, 냉전 이데올로기의 피해자라는 공감 속에서 서로를 이해하고 용서할 필요가 있다. 용서에 대한 다음의 구절은 우리가 이루어내야 할 용서의 문제에 대해 많은 생각을 하게 해준다.

> 어쨌든 인간에 대한 구체적인 폭력행위는 인간성에 대한 침범이기에 신성에 대한 모독이며 따라서 용서는 ─ 바울에게 그런 것이 있다면 ─ 용서할 수 없는 것을 향한다는 문제를 추가적으로 탐색하도록 하는 초청으로 읽힐 수 있을 것이다. 예를 들어 이

---

11 우리를 둘러싼 현실 세계의 질서가 견고하면 할수록 그 세계의 질서에 희생당하고 억압당하는 죽음에 대한 애도는 성급하게 철회해서는 안 된다. 애도의 수행은 상실된 대상의 흔적을 삭제하고 슬픔을 극복하여 종결하는 것이 아니라 죽은 자에 대한 기억을 지속하는 것이라야 한다. 애도의 섣부른 종결은 애도 이전의 사회가 정당한 사회였다는 환상을 조장할 수 있다. 그러므로 끝나지 않는 애도는 불합리하고 부조리한 이전의 세계로 돌아가지 않겠다는 선언인 것이다. (권양현, TV드라마 〈마을─아치아라의 비밀〉에 나타난 애도의 정치적 상상력, 『한국현대문예비평연구』 54집, 2017. 61쪽.)

12 전진성, 「트라우마의 귀환」, 『기억과 전쟁』, 휴머니스트, 2009. 46쪽.

웃에게 가해진 상해는 용서할 수 없거나, 묵과할 수 없는, 또는 무한하게 심각한 죄가 되며, 이것은 동시에 생명의 신성함에 대한, '신의 형상'인 생명의 존엄성에 대한 모독이 아니겠는가?13

위의 문면에서 제시된 바와 같이 여순사건 당시 발생한 민간인 학살과 국가 폭력은 있어서는 안 되는 엄청난 폭력 그 자체였고, 그것은 바로 생명의 존엄성에 대한 모독이었다. 그런데 사도 바울은 이러한 폭력에 직면하여 용서의 문제를 이야기하는데, 진정한 용서는 용서할 수 없는 것을 향해야 한다는 것이다. 누구나 용서할 수 있는 것을 용서하는 것은 용서라고 할 수 없으며, 진정한 용서는 누구도 용서할 수 없는 것을 용서하는 것이라고 바울은 강조한다. 여순사건 70주년을 맞이한 우리는 지금 이러한 용서의 아포리아, 용서의 역설적 상황에 직면해 있다. 우리 모두가 용서할 수 없는 것을 용서하는 진정한 용서를 실행하여야 할 것이다.

이러한 용서는 이유 없는 환대와도 같다. 타자를 향한 이유 없는 환대를 실천하였던 예수의 삶에서 여순사건의 용서의 문제를 추론해볼 필요가 있다. 사실 당시의 피해자나 가해자는 모두 엄혹한 냉전 이데올로기와 체제 대결의 장, 잔혹한 국가폭력의 구조적 희생양들이었다. 문제는 그런 구조를 통해 자신의 이익을 관철하고 재생산하였던 미국과 소련, 이 땅의 매판적이고 외세의존적인 권력자들이었다. 당시에 총을 겨누고 쏘고 맞았던 모든 이들은 가장 기본적인 인권이나 생명권 앞에서 모두 희생자들에 불과할 뿐이었다. 70년이

---

13 테드 W. 제닝스, 『데리다를 읽는다/바울을 생각한다』, 그린비, 2014. 299쪽.

지난 우리는 이제 진리나 선악의 개념에 바탕한 냉전 이데올로기라는 구조의 틀을 깨트리고 서로 용서해야 한다. 제주4·3도 결국에는 재향군인회나 서북청년단과 희생자 유족들이 화해하고 용서함으로써 평화를 지향하는 한국 근대사의 새로운 역사석 모델로 부상할 수 있었다.

이제 우리는 애도와 용서의 공동체를 만들어가야 한다. 가해자와 피해자 모두가 정통성을 상실한 국가폭력의 피해자라는 인식 속에 모두가 용서함으로써 여순 공동체를 만들어가야 한다. 여순사건을 계기로 한 용서와 화해를 통해 평화와 인권, 생명의 공동체를 만들어갈 필요가 있다. 그러한 공동체를 통해서 여순사건은 우리 민족사뿐만 아니라 세계사 속에서의 인권과 평화의 해법을 제시한 역사적 사건으로 나아갈 수 있을 것이다.

여순사건의 현재성에 대한 성찰과 반성
- 『여수역』을 중심으로

이 글을 적는 순간에도 고도로 문명
화된 인간들이 내 머리 위를 날아다니며
나를 죽이려 하고 있다. 그들이나 나나
상대방에게 개인적 적대감은 없다. 그들
은 흔히 말하듯이 단지 '자기 본분을 다
하고 있을' 뿐이다. 그들은 대부분 상냥
하고 법을 준수하는 사람들로 사생활에
서는 감히 사람을 죽인다는 것은 꿈도
꾸지 못할 것이라는 데 의문의 여지가
없다. 하지만 그들 가운데 어떤 이가 정
확히 겨눈 폭탄으로 나를 산산조각 내는
데 성공하더라도 그것 때문에 잠을 설치
지는 않을 것이다. 그는 조국에 봉사하
고 있을 뿐이며, 그러한 봉사의 권능은
그의 악행을 사면한다.

— 조지 오웰, 『영국, 당신의 영국』(1941년)

1. 귀향의 내적 형식과 『여수역』

근대 사회에 이르러 고향은 양가의 가치를 가진 공간이 되었다. 많은 근대인들이 가지고 있는 고향의식의 한편에는 그리움이, 또 다른 한편에는 환멸이라는 모순된 의식이 겹쳐지게 된다. 근대화가 시작될 무렵의 고향은 농촌 혹은 어촌이었으며, 아직 근대적인 문명의 세례를 받지 못한 반문명적이고 봉건적인 야만이나 무지가 횡행하는 고통스러운 생존의 현장이었다. 하여 많은 근대인들은 근대화가 이루어지고 있는 도시를 향해 무지개빛 환상을 안은 채로 환멸스러운 고향을 떠나가야 했다. 하지만 고향을 떠나 도착한 근대적 도시는 중세의 예수나 부처 혹은 공자를 대체한 물신(物神)을 새로운 신으로 모시는 물신화의 세계로, 인간적인 가치는 사라지고 자본과 교환가치만이 판치는 비정한 공간일 뿐이었다. 하여 많은 근대인들은 잊고 싶었던 환멸스러운 고향을 다시 그리워하면서 고향으로의 귀환을 꿈꾸는 역설에 도달할 수밖에 없었다.

이러한 근대인들의 양가적인 고향의식과 귀향의 양상을 보여주는 소설들을 이름하여 귀향소설이라고 한다. 식민지 시기 이러한 귀향소설의 대표적인 작품이 현진건의 「고향」, 염상섭의 「만세전」, 이기영의 장편소설 『고향』이다. 또한 해방 후 귀환 동포들의 삶을 소재로 하고 있는 허준의 「잔등」, 계용묵의 「별을 헨다」, 김동리의 「혈거부족」, 1960년대 이후의 김승옥의 「무진기행」, 이청준의 「눈길」 또한 귀향소설의 대표작이라 할 수 있다. 이 같은 귀향소설들은 대부분 고향을 떠날 수밖에 없었던 상황, 도시나 타향에서의 힘겨운 고난과 고향에 대한 그리움, 그리고 귀향의 과정에서의 자기반성과 고향의 상실감 등을 형상화하였다.

귀향을 다룬 많은 소설들 가운데 백미는 이청준의 「눈길」이다. 단편이면서도 이청준이 가지고 있었던 고향에 대한 양가적 의식, 그중에서도 고향과 등가의 의미를 갖는 어머니에 대한 그리움이 절절하게 형상화되어 있는 작품이 바로 「눈길」인 셈이다. 이 작품이야말로 이청준의 작가의식의 변모를 확인할 수 있게 해주는 대표작이라 할 것이다. 사실 이청준은 근대인들이 가지고 있는 고향에 대한 양가의식을 그 어떤 작가보다도 원체험으로 체화하고 있는 작가였다. 그는 성장기의 원체험과 깊은 관련이 있는 '전짓불 공포'와 '게자루 체험'의 소설적 형상화를 통해 고향에 대한 환멸을 자주 드러내곤 하였다.

'전짓불 공포'는 여순사건 이후 6·25전쟁 과정에서 그가 어린 시절 겪었던 이념의 대립 혹은 국가 폭력으로부터 비롯된 것이었다. 그가 살았던 남도의 끝자락 장흥 회진 바닷가에서도 이념의 참화가 발생하였는데, 낮에는 군인과 경찰, 밤에는 '밤사람'으로 지칭되는 좌익계열의 사람들이 자주 출몰하였다. 그러던 어느 날 밤 어머니와 그, 단둘이 자는 방 안에 들이닥친 사람들에 의해 비쳐졌던 전짓불은 당장 그 자리에서의 삶과 죽음의 선택을 강요한 공포의 원형으로 이청준의 삶에 각인되었다.

또 다른 원체험으로서의 '게자루 체험'은 그의 성장기의 가난과 허기를 환기하고 있다. 광주의 명문 중학교에 어렵게 진학한 이청준을 위해 아무것도 해줄 수 없었던 어머니는 새벽부터 갯벌에 나가 게를 잡아 광주로 떠나는 이청준이 탄 버스에 게자루를 실어준다. 하지만 무더운 여름날 하루 종일 걸려 장흥 회진에서 광주에 도착하여 사촌 누나 손에 건네진 게자루는 이미 썩은 냄새가 가득하였고, 이에 사촌누나는 그것을 골목 끝의 쓰레기더미에 갖다 버리고 만다. 그 순간 이청준은 쓰레기더미에 던져진 그 게자루를 도시에 버려진 자기자신으로 동일시하게 되었고, 이러한 '게자루 체험'은 자신의 가난과 고향에 대한 부끄러움과 더불어 도시로 상징되는 자본주의 체제에 대한 환멸로 이행해나간다.

이와 같은 '전짓불 공포'와 '게자루 체험'은 유년의 이청준으로 하여금 국가폭력과 자본주의 체제의 모순에 대한 비판적 시각을 갖게 한 것이면서 한편으로는 자신의 가난과 무력함에 대한 고달픈 인식을 동반한 것이었다. 그리고 그러한 빈곤과 궁기에 대한 자각은 그 근원이라 생각되었던 고향에 대한 반감, 혹은 환멸로 연결되었다. 때문에 그는 고등학교 졸업 후 작가가 되어 1970년대에 이르기까지 고향을 의도적으로 회피한 채 찾아가지 않았다. 그리고 1977년 『문예중앙』 겨울호에 「눈길」을 게재하면서 그는 귀향을 떠올리게 되고, 그 후 「서편제」로 대표되는 남도소리 연작들을 통해 고향에 대한 그리움을 이야기하게 되면서 진정한 귀향을 이루게 된다. 고향으로 인해 얻은 상처를 중년에 이르러서야 그는 어느 정도 치유하게 되고, 이러한 과정을 통해 고향에서의 추억과 그리움을 매개로 하는 귀향 모티프의 소설을 창작하게 된 셈이다.

양영제의 『여수역』 또한 이러한 귀향소설의 계보를 잇고 있다고 할 수 있다. 작가는 1994년 「아버지의 무덤」으로 등단한 이래 고향을 소재로 한 작품을 쓰고 어쩌면 가끔 고향인 여수를 찾았을 수도 있다. 하지만 그는 고향으로서의 여수의 의미를 제대로 반추하고 재확인하는 의의를 갖는 장편소설 『여수역』을 창작함으로써 제대로 된 의미의 귀향소설을 완성하게 된 것이다. 그에게 고향 여수는 그의 성장기에는 반란의 땅이란 오명으로부터 자유롭지 못했고, 환멸까지는 아니지만 사회적으로 강요된 부끄러움의 진원지였을지도 모른다. 이제 오십을 넘어 육십을 앞둔 그이기에 고향을 그저 회피하거나 가슴속에만 묻어둘 수만은 없었을 것이다. '반란의 땅'이라는 오명을 벗고 누구에게나 떳떳할 수 있는 고향의 가치를 재정립하고자 하는 생각이 작가라는 직업을 가진 그의 책무를 자극했을 터이다. 하여 작가의 이와 같은 개인사적 삶의 배경을 바탕으로 귀향소설 『여수역』이 창작되었던 것이리라.

또한 『여수역』이 귀향소설인 이유는 소설의 전개가 고향으로 돌아옴 - 여러 가지 사건들을 겪음 - 다시 고향을 떠남이라고 하는 귀향소설의 전형적인 서사연쇄로 구조화되어 있기 때문이다. 소설의 첫 장은 주인공 '윤훈주'가 서울을 출발하여 순천을 거쳐 KTX고속열차를 타고 전라선 마지막 종착역인 여수를 향해 출발하는 장면부터 시작되고, 소설의 마지막 장에서는 주인공이 기차를 타고 여수엑스포역을 출발하여 마래터널을 지나 학살의 현장인 형제묘를 지나면서 끝맺는다. 그리고 2장 〈귀환정〉에서부터 18장 〈국가와 개인〉에 이르기까지는 여수에서의 다양한 사건들과 더불어 유년의 체험을 환기하면서 여순사건의 실체와 의미를 서술해나가고 있다. 이처럼 이 작품이 갖는 귀향소설로서의 장르적 정체성은 고향인 여수의 다양한 공간을 서사 전개의 주요한 단초로 하여 여수라는 장소성의 가치를 소설 구조 혹은 미학적 가치로 환원해가고 있다는 점에서 찾아볼 수 있다.

그런데 정작 『여수역』이 귀향의 내적 형식을 빌려온 심층의 이유는 바로 여순사건이라는 엄청난 국가폭력의 역사를 온전히 드러내려는 것에 있다. 여수라는 공간을 미적으로 구조화하면서 동시에 그러한 공간의 이동에 따른 여순사건에 대한 개인사적 체험과 기억을 환기함으로써 여순사건을 입체적으로 제시하려는 작가의 창작 의도가 귀향소설의 내적 형식을 차용해 온 것이다. 그린 점에서 『여수역』은 귀향소설이면서도 사실은 여순사건의 실체적 사실을 밝히고 그 역사적 의의를 재조명하려는 역사소설로서의 가치에 그 무게중심이 있다고 하겠다.

2. 여순사건, 국가폭력의 문학적 형상화

양영제의 『여수역』은 귀향의 내적 형식을 빌려 1948년, 지금으로부터 정확히 70년 전 발생한 여순사건의 실체, 특히 정통성을 상실한 국가권력이 무고한 민간인들에게 폭력을 행사한 비극적 양상을 형상화해내고 있다. 1948년 부당한 미국의 개입과 압력으로 민중의 의사와는 상관없이 남한만의 단독정부가 성립되었고, 대다수의 민중들은 단독정부 수립을 반대하면서 남과 북의 단일민족정부 수립을 기대하였다. 하지만 1948년 8월 국가의 근간이 국민이고 국가의 권력이 국민으로부터 나온다는 근대국가의 기본적 토대를 저버린 채 남한만의 단독정부가 수립되었다. 이는 통일된 민족국가 건설을 바라던 대다수 민중들의 열망을 철저히 무시한 미국의 세계체제 전략 때문이었다.

근대국가에 이르러 시민 혹은 인민은 민족 혹은 국가 구성의 기초이자 국가권력의 기원이었다. 국가는 국토, 주권과 더불어 국민을 국가성립의 가장 주요한 요소로 삼았고, 국가권력은 국민으로부터 발원한다고 근대국가의 헌법에 명문화되어 있다. 하지만 불행하게도 이는 국민과 인민을 기만하기 위한 정치공학적 혹은 문학적 수사에 불과하였다. 적어도 식민지를 경험한 후발 민족국가의 성립과정에서 이와 같이 공허한 정치적 수사는 단지 수사 그 자체이자 허구였음이 많은 역사적 사건으로 증명되기도 하였다. 정통성을 상실한 국가권력이 국가 성립의 근원이자 국가권력의 발원이라 할 수 있는 인민이나 국민을 무자비하게 짓밟거나 생존의 토대를 짓밟는 과정을 통해 부당한 권력의 정립과 재생산을 기도하였던 것이다. 우리는 이 같은 불의한 국가폭력의 실제를 해방 이후 근현대사의 전개과정에서 쉽게 찾아볼 수 있다. 제주4·3, 여순10·19, 광주5·18 등이 바로 적나라하게 드러난 국가폭력의 사건들이었다.

한국 현대사에 있어서 이와 같은 국가폭력은 한국 사회구성체의 근본적인 모순으로 인해 발생하였으며, 그러한 국가폭력들은 항상 반제와 반봉건이라는 의제와 연동되었다. 사실 부당한 국가폭력을 행사한 권력집단들은 언제나 제국주의자들(이들은 항상 반민족적 이념에 경도되어 외세와 결탁한 자들)이었고, 한편으로 봉건주의자들(이들은 기존의 물질적 토대를 세습한 경제적 기득권자들이었다)에 포획되어 그들의 생존과 이익을 확대재생산하는 데에만 매몰되어 절대 다수의 인민과 민중의 생존권에는 아무런 관심을 갖지 않았다. 오히려 부당한 국가권력집단은 반민족적이고 봉건적인 세력들과 결탁하여 민중들의 삶을 압살함으로써 자신들의 권력체제를 확립하고 재생산하는 데에만 몰두하였다. 그 결과 국가폭력의 희생자가 되었던 민중들은 당연히 반제·반봉건을 의제화하여 대항담론을 기획하고 대항적인 폭력을 행사하지 않을 수 없었다.

반민족적이고 봉건적인 세력으로 인해 발생한 국가폭력에 대항하는 담론을 형성하는 데 중추적인 기여를 한 것이 바로 실천적인 의식들을 자각한 시인·소설가들에 의해 이루어진 문학적 형상화 작업들이다. 국가폭력의 실체와 양상을 논증적이고 직접적으로 규명하려는 역사적 연구와는 다르게 국가폭력에 대한 문학적 형상화 작업은 직접적 사실의 제시보다는 언어적 형상이라는 간접화의 방식을 통해 이루어져 왔다. 특히 국가폭력을 형상화한 소설의 경우 사실의 규명에 초점을 맞추면서도 상상력이나 허구화의 과정을 통해 사실의 전달과 함께 감동의 확장이라는 측면에 무게중심을 두었고, 이러한 방식을 통해 대중들이 국가폭력이라는 역사적 실체를 좀 더 쉽게 이해하고 가슴으로 받아들일 수 있도록 창작되었다. 광주5·18과 제주4·3을 대중들에게 쉽게 알리고 공감하게 하였던 것들이 바로 김준태 시인의 「아 광주여! 우리나라의 십자가여!」로부터 촉발된 오월시 동인들의 시와 송기숙의 『오월의 미소』, 임철우의 『봄날』과 같은 오월문학들이었으며, 현기영의 「순이삼촌」과 현길언의 「불과 재」 같은 4·3문학들이었다. 이런 문학작품들을 통해 대다수의 민중들이 국가폭력의 문제를 새롭게 인식하고 공감함으로써 사건의 의의를 재해석하는 계기가 되었던 것이다.

그런데 문제는 여순사건의 문학적 형상화가 광주5·18과 제주4·3의 문학적 형상화에 비해 현저하게 이루어지지 못했다는 점이다. 50여 년 이전에 발표되었던 이태의 『여순병란』, 전병순의 『절망 뒤에 오는 것』 등이 여순사건을 소재로 하였지만 광주문학과 4·3문학의 양과 질에는 압도적으로 미미한 것이 사실이다. 그러한 원인은 광주와 제주의 사건들이 국가차원의 진상규명과 반성이 이루어짐으로써 국민적 공감대와 더불어 사건들을 문학적으로 소재화하는 데 제약이 많이 줄어들었기 때문이라고 할 수 있다. 사실 여수와 순천지역에서는 여순사건을 말하는 것에 대한 두려움 혹은 금기 같은 것이 아직도 자리 잡고 있어서 이를 문학적으로 형상화하는 것이 쉽지 않다는 것을 부인하기는 어렵다.

> 그리고 한 마디 항변도 없었다. 옷이 벗겨진 채 채찍으로 두들겨 맞는 광경을 보고도, 총살되기 위해 끌려가면서도 여수시민은 한 마디 항변도 없이 침묵으로 차례를 기다리고 있었다. 살려 달라는 울부짖음도 없고 슬프고 애처로운 애원의 소리도 없었다. 신의 구원을 비는 어떤 중얼거림도, 다음 생을 바라는 호소조차 없었다. 수세기가 그들에게 주어진다 해도 이런 상황에서 그들은 어떻게 울 수조차 있었겠는가—
>
> – 『여수역』, 142~143쪽

위의 문면에서처럼 무자비한 국가폭력에 압도되어 여수 시민들은 침묵할 수밖에 없었다. 이는 국가 형성의 초창기에 부당한 권력에 의해 엄청난 국가 폭력이 행사됨으로써 사건을 말하는 것에 대한 절대적 공포가 여수·순천 지역민들을 압도하여 오직 침묵만을 선택하도록 강요해왔다고 볼 수 있다.

그런 점에서 양영제의 『여수역』은 여순사건에 대한 그동안의 침묵을 깨뜨리고 여순사건과 국가폭력의 문제를 문학적 형상화해냈다는 점에 큰 의의를 갖는다. 특히 여순사건의 문학적 형상화에서 가장 중요한 것은 여순사건이 여전히 여수라는 지역과 지역민들이 해결해야 할 현재진행형의 과업이자 당면 현안임을 밝히는 것이며, 이러한 과제를 작가는 여수라는 구체적인 공간과 장소성을 매개로 하여 이 작품에서 치밀하게 형상화해내고 있다. 소설에서 제시되고 있는 여수의 많은 공간들이 여순사건의 실체를 드러내주는 구체적 장소성을 획득하고 있다. 여수역 광장 – 귀환정 – 새마을 동네 – 번영상회 – 신월동 – 형제묘 – 여수 엑스포역 등의 공간의 명칭이 장의 제목으로 제시되면서 각각의 공간에 새겨져 있는 여순사건의 비극성이 효과적으로 드러나고 있는 것이다.

소설의 시작 부분에서 주인공 '훈주'가 여수라는 공간에 들어서면서 떠올린 것은 바로 여수에 산재해 있는 죽음의 이미지이다.

> 여수는 죽음이 산재해 있는 거대한 공동묘지 같은 곳이라, 기차바퀴에 엄마와 애기가 깔려 죽었던들, 물에 빠져 죽었던들, 그저 무수한 죽음이라는 연속된 띠에 찍는 점 하나에 불과했다. 어른들이야 그런다치더라도 아이들조차 죽음에 대해 타성이 붙어 있는 것은 죽음의 화석을 너무 쉽게 보는 탓도 있었다.
>
> – 『여수역』, 28쪽

위의 문면에서와 같이 '훈주'는 몇십 년 만에 당도한 여수라는 공간에서 제일 먼저 죽음을 떠올린다. '훈주'는 어린 시절 소풍을 가거나 심지어 학교 운동장에서조자 짐승의 뼈인지 사람의 뼈인지 알 수 없는 뼈들을 쉽게 발견한 기억들, 여수역 광장을 내려다보면서 상여가 종소리를 울리며 저승길로 떠나는 모습에 대한 기억들을 떠올리며 "여수는 삶과 죽음이라는 것이 따로 분리되어 있는 것이 아니라, 한 공간에 뒤섞여 있는 것 같아 죽음에 대한 만연된 정서가 짙게 배어 있었"음을 고백한다.

소설의 초반부에서는 여수로의 오랜만의 귀향 과정과 1970년대 '훈주'의 어린 시절 여수에 대한 추억들이 서술되지만 소설의 중반에 이르러서는 여순사건의 실체가 그가 다니는 여정의 공간을 배경으로 선명하게 제시된다.

> 여수에 진입한 진압군은 덕충동 마을 사람들을 밭에 모아놓고 호박잎 하나라도 14연대 반란군에게 줬다는 의심이 드는 사람은 '적의 개'라고 하는 적구(敵狗)로 취급하여 가차없이 도살했다. 그리고 나서 불총이라고 하는 화염방사기로 집들을 죄다 불질러 버렸다. 조씨 집성촌 덕충동 마을에서만 도살된 사람이 사십 명 이 넘고 백호가 넘는 집들이 딱 네 채밖에 남지 않았다.
>
> — 『여수역』, 101쪽

위의 문면은 연탄공장이 있었던 수정동의 여자 거지 문제를 상의하는 아버지 '윤호관'과 '조씨 영감'의 대화가 제시되고 있는 〈인민위원회〉라는 장의 일부인데, 덕충동 마을 사람들이 학살되는 장면들에 대한 서술을 통해 진압군의 무자비한 폭력성과 상황의 비극성을 구체적으로 형상화해내고 있다.

또한 이 소설의 비극적 장소성을 도드라지게 드러내는 공간이 소설의 끝부분에 제시되고 있는 '형제묘'이다. 여순사건 때 종산국민학교(현 중앙초등학교)에서 좌익 동조자로 분류되어 수용되었던 125

명이 학살당한 장소가 형제묘라는 공간이었다. 형제묘라는 곳에서의 학살의 참상을 이 작품에서는 다음과 같이 묘사하고 있다.

> 굴을 빠져나오자마자 군용트럭은 깊고 넓은 웅덩이 앞에서 멈췄다. 그리곤 적재함에 실어진 생명들을 끌어내 웅덩이 절벽 위로 끌고 올라갔다. 다섯 명씩 무릎을 꿇게 하고 뒤에서 다섯 발의 총성이 울렸다. 다섯 생명이 절벽 아래 웅덩이로 떨어졌다. 그렇게 떨어진 백이십여 구의 시신 위에는 기름과 장작더미가 쏟아져 쌓였다. 총에 맞아 떨어진 시신을 소각하면서 태우는 연기는 삼일 밤낮 동안 피어올랐고 일대 십 리 밖으로 냄새가 퍼져나갔다.
>
> ─『여수역』, 151쪽

그 어떤 언어로 설명하거나 묘사하기 어려운 국가폭력의 야만성이 표출되고 있는 문면이다. 이 같은 잔인무도한 국가폭력은 단지 형제묘 한 곳만이 아니었음을 이 작품은 강조하고 있다. 애기섬과 금오도, 오동도, 서초등학교, 중앙초등학교, 그리고 수많은 도심과 민가에서 학살이 이루어졌고 그것은 순천과 광양, 구례와 곡성, 벌교와 보성, 고흥 등으로 이어졌던 것이다.

3. 진상규명과 화해의 기원으로서의 기억

창공의 별을 보고 길을 가던 시대는 행복했노라 부르짖던 미학의 마르크스라 불리는 게오르그 루카치는 그럼에도 근대 자본주의 시대에 자기 혼을 찾아 길을 떠나게 하는 장르가 바로 소설임을 설파하였다. 이는 물신화로 인해 모든 가치가 전도된 사회에서 그나마 자기의 정체성을 확인하고 정립하는 과정을 드러내주는 장르가 소설이라는 의미일 터이고, 이러한 소설의 장르적 특성을 가능하게 해주는 것이 바로 기억과 회상의 방식이다. 소설은 작가 혹은 주인공의 과거의 기억을 환기하는 과정에서 서사가 생산되고 그러한 서사의 전개 과정에 핵심적으로 기여하는 기억을 매개로 주체의 정체성과 존재 의의를 재정립하게 된다.

『여수역』 또한 귀향의 여로가 제시되는 과정에서 서사를 추동하는 핵심은 바로 주인공의 어린 시절의 추억과 기억이다. 하지만 주인공 '훈주'의 유년 시절의 추억과 기억은 다른 이들의 그것들처럼 아름다웠던 것만은 아니다.

> 고향에 대한 유년의 추억이 아름답다고들 하나 훈주가 생각하는 기억은 그다지 아름답지 않았다. 중년이 꽉 차도록 살아오면서 수없이 여수를 생각하게 하는 것은 아름다운 추억이 가득해서가 아니었다. 강렬한 여수 이미지가 자극하는 회귀본능이었다. 그러나 고향 여수를 가볼까 싶은 마음이 넘쳐나면 그때마다 끊어지는 퓨즈처럼 차단하는 그 무엇이 있었다. 어쩌면 자기보존을 위한 제어장치일 것이다. 기억의 퓨즈는 그나마 남아 있는 추억을 송두리째 망가뜨려버리는 것을 방지하기 위한 보호장치일 수도 있었다.
>
> — 『여수역』, 172쪽

위의 문면에서와 같이 '훈주'에게 있어서 수많은 학살과 죽음의 이미지로 전경화되어 자신의 내면을 가득 채우고 있는 고향 여수에 대한 기억은 조금이나마 아름다웠던 고향의 추억을 훼손시키는 것이기도 하였다. 여느 귀향소설들의 주인공처럼 '훈주' 또한 강렬하게 자극하는 고향에의 회귀 본능과 더불어 그나마 남아 있는 추억들을 송두리째 망가뜨리는 기억 가운데서 방황하고 있었던 것이다. 특히 그가 가지고 있는 고통스런 기억들이란 바로 초등학교 동창이었던 '홍양숙'의 비극적인 가족사와 인민위원장의 딸이었던 '여자 거지'의 불행한 삶에 관한 것이었다.

그가 귀향하면서 제일 먼저 기억해낸 것은 아버지 '윤호관'이 운영하였던 '번영상회'와 '귀환정'을 배경으로 한 '홍양숙'의 비극적인 가족사이다. 귀환정은 해방 후 귀환동포들이 자리 잡고 살게 된 빈민촌으로, 주인공 '훈주'의 초등학교 동창이었던 '홍양숙'은 홀어머니와 함께 이곳에서 힘겹게 살아간다. 그의 할아버지는 여순사건 때 무고하게 학살당하게 되고, 아버지 '홍의철' 또한 상이용사로 추정되는데 북쪽 사투리를 쓰는 외팔이 '후쿠'와 여수역 광장에서 혈투를 벌인 며칠 후 바닷물에 빠져 죽은 채 발견된다. 그후 더욱 비극적인 사건이 발생하고 마는데 '홍양숙'의 어머니와 어린 동생이 마래터널을 빠져나오는 기차에 치여 죽고 말았던 것이다. 한국 현대사의 비극, 여수에서 살아가는 민중들의 비극적 삶이 그대로 '홍양숙'의 가족사에 투영되어 있었던 것이다.

이러한 여수 민중들의 비극적 삶을 보여주는 것이 여덟 번째 장 〈여자 거지〉이다. 이 장에서는 정신이 온전하지 못한 '여자 거지'가 애를 낳게 되자 동네 사람들이 방을 구해 그녀를 살게 하려고 하지만 빨갱이의 딸이라는 이유로 누구도 그녀에게 방을 빌려주지 않게 된다. 결국 '여자 거지'의 아버지가 율촌의 인민위원장을 지내다 여순사건 때 학살당했던 것이 밝혀진다. 또한 그녀가 정신이 온전하지 못하게 된 비극적 내력이 제시되는데, 그녀는 어린 나이임에도 불구하고 아버지의 목 잘린 시신이 불태워지자 목만 소달구지에 싣고 헤매다 덕충동까지 오게 되어 '훈주'의 아버지 '윤호관'이 매장해주게 되었다는 것이다. 그 어린 나이에 아버지가 비참하게 학살되는 장면을 목격한 소녀가 폭력적이고 비극적인 상황으로 인해 정신을 온전히 보전할 수 없었던 것이다. 이처럼 이 작품은 야만적인 국가폭력이 개개인의 삶에 비극적인 영향을 미치고 있음을 보여주는 전형적인 사례를 사실적으로 형상화해내고 있다.

그러나 정작 그가 귀향해서 다가선 고향의 실체, 고향 사람들의 삶 속에는 여순사건이 잊혀져가고 있었다. 아니 의도적으로 잊고 싶은 것이었을지도 모른다. 그러면서 그들은 소리없이 눈에 보이지 않게 서로가 서로를 미워하면서 분열해가고 있었다. 작가는 이를 작품에서 그림자 분열이라 명명한다. 귀향의 본래 이유였던 초등학교 동창 '고형선'의 장례식장에 조문을 가게 된 '훈주'는 어느 시기 누군가에 의해 이루어진 학살인지 명확하게 알 수 없는 사진으로 인해 친구들이 싸우는 모습을 목격하게 된다. 사진 한 장으로 인해 여순사건 당시 경찰이었다가 돌아가신 큰아버지를 둔 '김동현'과 이승만의 단정 반대운동을 하다 경찰에게 고문당하고 돌아가신 외할아버지를 둔 '문부영' 간의 싸움이 벌어지게 되었던 것이다.

참으로 오랜만에 만난 초등학교 동창들 만남은 사진 한 장 때문에 파국으로 끝나가고 있었다. 훈주로서는 이해할 수 없는 일이 벌어진 것이다. 훈주가 태어나기도 전에 여수에서 있었던 사건 때문에 동창들이 싸움을 하고, 장례식장이 난장판이 되었으며, 망자 한 사람과 연결되어 찾아온 많은 조문객들이 분리되는 현상은 도무지 이해가 되지 않았다.

훈주가 단지 알 수 있는 것은 노인네들이나, 초로 사내나, 동창들에게서 공통적으로 나타난 기억의 고통이었다.

- 『여수역』, 209~210쪽

위의 문면에서 볼 수 있는 바와 같이 여순사건과 관련된 사진 한 장으로 인해 발생한 친구들의 싸움은 장례식장에 조문을 온 다른 노인들의 말싸움으로 확산되고 이어서 옆자리의 초로 노인과의 갈등으로 진행된다. 여순사건이 발생하고 70년에 가까운 시간이 지났음에도 불구하고 많은 사람들이 침묵함으로써 구성원들 간의 갈등이 없는 것처럼 보였지만 사실은 눈에 보이지 않게 갈등하고 분열하고 있었던 셈이다. 작가는 "경험된 기억이든, 유전된 기억이든, 지워지지 않고 가라앉아 있는 기억이 세월 따라 흘러가면 자연 소멸되는 것이 아님"을 강조하면서 이처럼 지워지지 않는 기억들로 인해 여전히 오늘의 많은 이들이 분열되고 갈등하고 있는 실상을 〈그림자분열〉이라 명명하고 한 장의 제목으로 삼고 있다. 작가는 여순사건이 단지 당시의 사건으로 종결된 것이 아니라 여전히 현재성을 가진 채 여수 지역과 지역민들이 해결해야 할 과제임을 강조하고 있는 것이다.

이처럼 고향 사람들의 보이지 않는 분열을 목격하면서 주인공 '훈주'는 더욱더 기억의 중요성을 강조한다. 이러한 '그림자 분열'과 공동체 구성원들의 갈등을 해소하고 화해에 도달하기 위해서라도 모두가 기억해야만 한다는 인식에 도달한다.

> 누구든 사람이 살기 좋고 아름다운 곳이면, 더 아름답게 어울려 살아갈 수 있도록 만들어가면 되었다. 홍양숙은 어제가 비극적이었다고 해서 오늘이 비참해서는 안 되고 내일이 어두워서는 더욱더 안 된다고 말했다. 다만 어제를 잊어서는 안 된다고, 그래서 내일을 또다시 어둡게 만들어서는 안 되는 것이라 했다. 그게 살아 있는 사람들이 해야 할 일이고 자신이 여수에 살면서 해야 할 일이라고 이야기했다.
>
> – 『여수역』, 246쪽

'훈주'는 불행한 가족사의 상처를 가진 친구 '홍양숙'을 통해 아름답게 어울려 살기 위해서는 비극적인 어제를 잊어서는 안 된다고 강조한다. 공동체 구성원의 화해를 위해서 무엇보다도 중요한 것이 비극적 역사를 잊지 않고 기억해야만 한다고 작가는 이 작품에서 반복해서 피력하고 있는 것이다. 또한 작가는 이러한 기억을 통한 구성원 개개인의 반성의 필요성을 이야기하면서 지금 그러한 반성을 통한 구성원들의 화해와 단합이 현재를 살아가는 우리의 책무임을 환기시키고 있다.

> 세월이 흐른 뒤에 재생된 기억은 회상이 아니라 개인의 반성이어야 했다. 반성은 책임이 아니라 책무이기도 했다. 기억의 반성 없이 재생된 기억은 곰팡이 낀 추억에 불과할 뿐이었다. 그 곰

팡이 추억을 자양분 삼아 또다시 악의 꽃이 피는 것을 훈주도 살아오면서 여실히 목격했다. 개인이, 시민이, 국가 안에서 사회와 시대가 주는 숙명적 중립을 지킬 때 또 다른 악의 꽃은 피어났다. 국가폭력이었다.

- 『여수역』, 240쪽

위의 문면에서와 같이 그는 기억의 역할을 무엇보다도 강조한다. 그리고 그 기억이 지난날을 추억하거나 회상하는 것일 경우 악의 꽃, 즉 국가폭력이 다시 발생할 수 있음을 예단한다. 사실 아픈 역사를 기억하는 것이야말로 제2, 제3의 불행한 역사를 되풀이하지 않게 하는 역할을 하는 것이다. 한국 현대사에 있어서도 5·18이나 세월호 참사를 겪은 많은 유족들이 강조하는 것이 잊지 말아달라는 것이었다. 유족들에게는 개인사적인 고통과 아픔이지만 그것은 동시에 국가나 모든 국민이 감당해야 할 아픔이었다. 그리고 그 아픔을 공유하고 치유해나가는 가장 중요한 방식은 잊지 않고 기억하는 것이었다. 뿐만 아니라 그 기억이 계속되는 한 그것은 또 다른 불행한 사건의 재발을 막는 방부제의 기능을 하는 것이기도 하였다. 이 작품의 작가 또한 이러한 기억의 중요성을 강조하고 있다. 여순사건의 실체 규명도 중요하지만 이를 잊지 않고 기억해내는 것이 여순사건의 의의를 새롭게 재조명하고 제2, 제3의 국가폭력을 막아내는 것이라는 사실을 작가는 강조하고 또 강조하고 싶었던 것이리라.

4. 르포소설을 넘어 새로운 역사소설의 성취와 한계

근대 이후 발생한 국가적 폭력하면 떠오르는 사건은 홀로코스트, 유태인 학살이고 연이어 떠오르는 인물이 바로 '예루살렘의 아이히만'이다. 이성적이고 문명화된 계몽의 근대에 이르러 인류사 이래 최악의 야만적인 유태인 학살을 기획하고 주도한 아이히만은 예루살렘에서 열린 재판에서 자신의 범죄사실을 부인하였고, 이에 대해 한나 아렌트는 아이히만의 모습을 악의 평범성으로 개념화하였다. 엄청난 폭력의 주체였던 사람이라면 보통 사람과는 다른 폭력성과 악마성을 가지고 있을 것으로 예상하지만 사실 그들은 아이히만처럼 자신에게 주어진 책임을 다하면서 일상을 성실하게 살아가는 평범한 존재였다는 사실을 한나 아렌트는 발견해냈던 것이다. 하여 자신의 일상을 소중하게 생각하고 자신에게 주어진 책무를 다하는 것을 소명으로 삼고 살아가는 현대인들은 누구나 폭력적 존재가 되어 무의식적으로 혹은 기계적으로 타자에게 폭력을 행사할 수 있다는 것이 아렌트의 견해였다.

그런데 『여수역』의 저자인 소설가 양영제는 「작가 후기」에서 악의 평범성에 대해 아렌트와는 다른 생각을 피력한다.

악의 평범성을 인정한다면 이는 곧 악의 증강을 용인하게 되는 것이다. 이러한 현상은 김종원 대위뿐만 아니라 피치 못하게 계엄군이 되어 여수 순천에 오게 된 사병들에게도 똑같이 나타났다. 여수 부속 섬 안도에서 김종원 대위의 부하들은 섬 주민들 손을 느슨하게 묶어 도망치게 해주고, 명령에 의해 어쩔 수 없이 총을 쏴도 사람의 생명이 절명하지 않을 신체부위를 쐈다. 그러나 점차 금오도 돌산도 그리고 여수에 상륙해서는 상황과 권위에 복종하여 역할을 충실히 수행했다. 자신에게 스스로 부여한 상황복종 면죄부가 자신도 모르게 물리적 악마로 변하게 만든 것이다. 이런 서브리미널(subliminal) 현상을 나는 상황악의 증강성이라 규정한다.

– 『여수역』 「작가 후기」, 255쪽

위의 문면과 같이 양영제는 악의 평범성을 인정하는 순간 여순사건 당시 학살의 주체였던 진압군인들에게 어떤 측면에서 면죄부를 주는 것이 될 수 있음을 경계한다. 악의 평범성을 용인하는 순간 의도치 않은 상황에서 야만적인 폭력을 저지른 것에 대해 인간적인 이해와 용서가 가능해질 수도 있다는 것이 양영제의 생각인 것 같다. 이처럼 폭력이 행사될 수밖에 없는 상황을 용납하기 시작하는 순간 처음에는 폭력을 자제하던 사람들이 점차 폭력성에 무뎌지고 용인하면서 그 강도를 더하게 된다는 것이다. 악의 평범성에서 더 나아가 상황복종 범죄라는 새로운 개념으로 국가폭력을 주도한 이들의 문제를 작가는 이 작품에서 첨예하게 재해석해내고 있는 셈이다.

그런 가운데 작가는 이 작품을 통해 국가폭력의 주체들의 문제를 더욱 철저하게 비판한다. 친일 경찰과 황군 출신의 군인들이 여순사건이라는 상황 논리에 편승하여 자신들의 저열한 존재감을 떨쳐내고 동포의 학살에 앞장섰음을 『여수역』의 저자는 지적하고 있다.

친일 경찰과 황군 출신들은 두려움과 동시에 적개심은 압축되어 갔다. 그러는 중에 미군정으로부터 권력을 위임받은 이승만 정부와 함께 진압군으로 나란히 섰다는 것을 확인받은 그들은 자신들에게 친일이라는 저열한 존재감을 심어준 동포의 목에 일본도 칼날을 들이댔다. 칼날이 지나간 후 떨어진 목에는 자신들의 행위가 나라를 불안하게 만든 요소를 제거하는 구국적 행위였음을 확인받기 위해 빨갱이 딱지를 열심히 붙이기 시작했다. 여수와 순천 시민은 죽음과 동시에 빨갱이로 탄생하고 있었다.

- 『여수역』, 112쪽

위의 문면에서도 알 수 있는 바와 같이 식민 잔재청산의 대상이었던 친일파들은 여순사건을 계기로 자신의 존재론적 위기를 극복하기 위해 동포를 적으로, 빨갱이로 규정함으로써 폭력의 강도를 배가시켰다. 이 대목에서 우리는 양영제의 역사인식의 깊이와 그 진폭을 확인할 수 있다. 또한 그는 여수의 시민들이 빨갱이로 규정되면서 함부로 죽이는 것이 가능한 존재. 즉 호모 사케르가 되었음을 제시한다.

운동장은 죽음의 수용소였다. 수용소에 끌려가서 죽든지, 아니면 집에 남아 불에 타 죽든지, 그도 아니면 이탈하다가 총에 맞아 죽든지, 어떤 식으로 죽느냐만 남게 되었다. 그 죽음의 잔치에 여수 시민들 생명은 사케르에 불과했다. 건드리면 전염되는 전염 보균자 사케르를 방관하면 이승만의 담화문처럼 공멸이 되므로, 모두가 절멸되지 않으려면 사케르 생명체는 소각해야만 하는 대상이었다. 주권자 계엄군에게 여수와 순천 시민들은 바로 사케르였다.

- 『여수역』 139~140쪽

조르조 아감벤에 의하면 호모 사케르라 불리는 존재들은 그리스 시대로부터 근원한다. 당시의 그리스인들에게 있어서 호모 사케르는 희생물로 바쳐질 수는 없지만 죽여도 되는 존재이자, 사케르를 죽인 자는 처벌되지 않았다고 한다. 당시의 여수와 순천 시민들은 '죽음의 잔치에 놓여진 사케르'였고 '모두가 절멸하지 않으려면 소각해야만 하는 대상'이었다는 작가의 비극적 인식이 이 작품에 반복적으로 제시되고 있는 것이다.

이처럼 양영제는 자신만의 철저한 역사의식에 근거하여 『여수역』이라는 작품을 상재하였다. 그는 「작가 후기」에서 오 년간에 걸친 현장조사와 구술취재를 통해 이 소설을 완성할 수 있었노라 하면서 르포소설이라 명명하고 있다. 부조리한 사회현실을 비판적으로 제시하면서 동시에 문학의 예술성을 결합시킨 문학적 형태가 르포소설이라는 점에서 이 작품은 르포소설의 개념에 제대로 값하고 있다. 방현석의 「새벽 출정」이나 박태순의 「밤길의 사람들」로 대표되는 한국 르포소설의 계보를 계승하고 있는 작품이 바로 『여수역』인 셈이다.

뿐만 아니라 이 작품은 한국 근대현사의 가장 비극적 사건 중의 하나였던 여순사건을 제대로 된 역사의식을 바탕으로 당시 민중들의 고통스러운 삶의 마디마디를 사실적으로 형상화하고 있다는 점에 역사소설이라 명명할 수 있겠다. 특히 작가가 여수 출신이기 때문이기도 하겠지만 여수의 장소성을 통해 여순사건의 현장성과 사실성을 획득해내고 있는 점이 역사소설로서의 이 작품의 특장이 되고 있기도 하다.

　더불어 이 작품이 가지고 있는 궁극의 의미는 여순사건이 지나간 과거의 역사가 아니라 현재성 가운데 지금 우리가 해결하고 책임져야 할 사건임을 강조하고 있다는 점이다. 「작가 후기」에서 읽을 수 있듯이 작가는 여순사건의 문제를 단지 미국의 자본주의 세계체제 전략이나 당시 권력집단의 폭력성, 권력욕, 부도덕과 비윤리로만 탓해서는 안 될 것임을 반복해서 주장하고 있다. 지그문트 바우만은 『현대성과 홀로코스트』라는 책에서 홀로코스트(유태인 학살)라는 범죄의 원인을 나치나 독일의 탓에만 초점을 맞추는 것은 동시에 다른 모든 사람들의 혐의를 벗겨주는 것이 된다고 설파한 바 있다. 여순사건의 문제도 마찬가지이다. 여순사건은 1948년 10월 19일부터 10월 27일까지, 혹은 6·25전쟁의 종전으로 종결된 것이 아니다. 작가는 이 작품을 통해 여순사건이 여전히 현재 진행형이고 현재적 의미로 우리 곁에 존재하고 있어야만 한다고 강조한다.

　여순사건으로 인해 권력을 유지하고 강화한 자들, 그로부터 자신들의 존재 기반과 물질적 이익을 추구한 자들만을 탓하고 비난하는 것으로 여순사건의 모든 문제가 종결되어서는 안 될 것이다. 어쩌면 우리는 여순사건의 핵심적인 적들을 규정하는 데만 집중하고, 그러한 과정을 통해서 나는 결백하고 적어도 내가 할 일은 해오고 살아왔다는 스스로의 안식처를 마련해오고 있었던 것은 아닐까? 작가는 이 작품에서 여순사건을 기억하고 규명하려는 모든 이들, 여순사건으로 인해 희생당한 이들을 애도하는 모든 이들, 그리고 2018년 현재를 살아가는 대한민국의 모든 구성원들이 여순사건에 대한 책임과 반성의 의식을 공유해야 한다는 것을 환기시키고 싶었던 것 같다.

그럼에도 이 작품에서 주인공 '훈주'의 아버지인 '윤호관'의 해방 전후의 역할과 나이가 장에 따라 상호 조응하지 못하는 부분에서 약간의 아쉬움이 있다. 더불어 여순사건의 총체성을 제대로 형상화해내기 위해서는 1권 분량보다는 대하장편의 길이를 확보해내는 것도 필요할 것 같다. 이 작품을 노둣돌로 삼아 조정래의 『태백산맥』이나 임철우의 『봄날』과 같은 여순사건 소재 대하장편소설이 나오기를 기대해본다. 그래야만 여순사건의 실체와 더불어 사건의 현재성이 오늘을 사는 많은 대중들에게 인식되고 공감대를 형성할 수 있게 될 것이기 때문이다.

'호모 사케르'들의 바다, 비장의 시학

1. 비극의 바다

2014년 우리의 바다는 비극의 바다였다. 그 어떤 언어로도 환원시킬 수 없는 원색의 고통과 절규가 난무하는 그런 바다였다. 그 이름을 호명하기에도 아깝고 안타까운 수많은 어린 넋들을 수장한 바다, 인간이 만들어놓은 모든 언어와 법과 진리로 설명하거나 이해하기 어려운 공포의 바다였다. 그게 바다고 자연이었다.

그렇다고 바다를 물자체의 자연으로서만, 공포와 경외의 대상으로서만 인식해서는 안 될 일이다. 더구나 2014년 4월 16일 세월호의 참사는 인간의 운명이나 자연의 숭고함으로만 치부해서는 안 될 비극적 사건이다. 분명 세월호 참사는 광대무변한 자연을 쉽게 보고 판단한 어리석은 인간들의 업보의 결과물이다. 이는 모든 것을 자본으로 환원되는 상품으로 보는 물신화된 자본주의 사회의 모순이 극단적으로 표출된 결과이기도 하다. 자본과 권력이 결탁하여 자본이 자본을 재생산해내는 비정한 구조에 함몰되어 자연 본연의 순리나 인간에 대한 참다운 가치를 몰각한 결과가 바로 세월호 참사를 빚고 만 것이다.

한편 2014년 바다의 비극은 한국 사회에 역사적으로 깊이 뿌리박힌 바다에 대한 우리 모두의 무관심 탓이기도 하다. 역사상 고려, 조선 이래로 우리는 지나치게 대륙에 대한 그리움 혹은 사대의식으로 바다를 외면해 온 것이 사실이다. 그 때문에 해양 세력인 일본에 의한 제국주의 침략을 당하기도 하였다. 삼면이 바다로 둘러싸인 반도국가인 우리가 바다를 외면해왔다는 것은 아이러니컬하기도 하다. 반도국가였던 그리스와 이탈리아의 위대했던 역사를 참조한다면 그러한 아이러니는 더욱 배가된다.

그런 점에서 김춘규의 『해적의 바다』의 해적두목인 '복면남자'의 다음의 발화는 많은 함의를 담고 있다.

> 대한민국은 삼면이 바다다. 반도국가에서 바다를 지키고 사는 어부와 그에 관련된 산업은 정책의 최우선이 되어야 한다. 그런데 아무리 정권이 바뀌어도 도시 빈민층이나 농어민에 대한 기본적인 정책을 제시하는 정부는 없었다. 바다가 죽으면 반도국가의 미래는 없다.

위의 문면에서와 같이 "바다가 죽으면 반도국가의 미래는 없다"라는 발화는 큰 함의를 갖는다. 바다에 무관심하고 바다를 삶의 거점으로 살아온 사람들에게 무관심한 우리의 바다에 대한 인식과 태도는 분명 문제적이다.

그런 가운데 2014년 바다를 배경으로 한 영화 〈명량〉이 흥행에 대성공을 거두고 〈해무〉나 〈해적―바다로 간 산적〉 등의 영화들이 나와 국민들로부터 많은 관심을 받게 된 것은 늦게나마 다행한 사건들이다.

그와 더불어 소설가 김춘규의 첫 번째 장편소설 『해적의 바다』가 출간된 것은 의미 있는 일이다. 한국문학사상 바다는 문학작품의 소재가 아니었다. 적어도 근대 이전의 고전 문학들에서 강이나 호수가 소재가 되어 강호문학을 형성하기도 하였지만 바다문학이나 해양문학이란 용어는 낯선 것이었다. 근대에 이르러 최남선의 신체시 「해에게서 소년에게」라는 작품이 바다로 나아가려는 의지를 보여주기는 했지만 그 이후에도 바다는 시나 소설의 소재로 자주 등장하지는 못하였다. 이를 전제로 한다면 이 작품은 문학사적으로 주요한 위치를 점하게 될 것이다. 이는 이 작품의 작가 김춘규가 바닷가인 여수에서 태어나 성장하고 바다를 배경으로 한 소설을 일관되게 창작해왔기 때문에 더욱 큰 의미를 갖는다.

> 글을 쓰는 사람이라면 누구나 공감할 것이다. 진한 놀이 지는 수평선을 배경으로 그물을 던지는 어부의 삶, 뭔가 도전적인 눈빛으로 바다를 응시하는 시선의 깊이, 현실의 일상, 먹고 살기 위해 버둥거리는 삶, 살아 감각하는 사유, 작가의 전략 등등…….
> 난 바다를 배경으로 소설을 창작했고, 지금도 그렇다. 바다에 대한 고찰이 주이므로 일반적으로 익숙한 도시의 삶이나 의미는 되도록 피하고 바다의 감각과 의미를 찾는 데 주목했다. 실제 작품 속에 드러난 양상들은 바다다.
> ― 김춘규, 『두 번째의 달』, 「작가의 말」

바다에서 태어나 바다를 보고 자라고 바다를 소재로 한 작품을 창작해온 작가에게 이 소설『해적의 바다』는 그가 온몸을 내던져 창작한 그의 분신과도 같은 작품이다.

2. 낯선 서사 방식, 낯익은 현실 원리

한국문학사에서 해양 혹은 바다에 관한 문학은 낯설음 그 자체이다. 바다를 소재로 한 문학작품들이 많지 않아서이기 때문이지만 한편으로는 우리 문화가 바다 혹은 해양 문화에 익숙하지 않아서였을 것이다.

『해적의 바다』또한 읽는 내내 낯설었다. 우선은 바다를 배경으로 하는 삶이나 사람들의 삶의 방식이 낯설었기 때문이다. 바다에서 나고 자라지 않은 사람들에게는 익숙하지 않은 용어와 개념들, 이를테면 물때, 이랑, 어장, 쌍끌이 어망, 고물, 이물, 독어 등등의 바다와 관련된 단어들이 나열되면서 서사 진행 과정에 제시되는 서사정보를 쉽게 이해하지 못하게 만들었다. 하지만 이는 표피적인 핑계에 지나지 않는다.

이 작품의 낯설음의 보다 근본적인 원인은 작가가 통어하고 관리하는 서사방식에 있다. 소설의 서사방식을 결정하는 것은 서술자의 위치 혹은 시점이다. 그런데 이 작품은 장편소설임에도 불구하고 일인칭 서술자가 등장한다는 것이 서사적 낯설음의 기원이 된다.

나는 아주 소소한 몇 가지 것들에 의미를 부여하며 살아간다. 첫 번째는 나의 출생에 대한 아련함이고, 두 번째는 미미를 향한 가슴앓이고, 세 번째는 박타 선장을 뛰어넘는 그물질이다.

바다에 대해 낭만적인 해석을 하는 건 어리석은 짓이다. 나는 그때마다 상실감 속에서 쓰디쓴 술잔을 기울이고, 그 혹독한 칼바람 속에서 설익은 밥알을 씹어 삼키고, 그 실망감 속에서 눈물을 쏟는다. 뭍사람들은 모르는, 오로지 뱃사람만이 아는 삶이다. 뱃사람들은 물때 따라 목숨 줄을 걸고 산다.

위의 문면에서 보는 바와 같이 이 작품은 해적이 횡행하는 바다 세계의 무질서, 모순을 제시하면서도 그에 대한 서술자의 내면이 전경화되어 드러난다. 마치 사소설에서 대상에 대한 무절제한 자기 내면을 토로하듯이 서술하는 방식과 닮아 있다.

한편 루카치가 소설을 근대 자본주의사회의 서사시로 명명하고 의미부여한 대로 소설은 단편의 형태가 아닌 장편의 형태를 갖고 있을 때 자본주의사회가 가진 모순의 총체성을 제시할 수 있다. 그러한 총체성의 제시는 복합적인 사건과 그것에 대한 다층적인 시선의 확보를 전제로 하고, 이는 장편소설의 서사형식을 통해서만 가능하다. 따라서 사회적 모순을 총체적으로 제시해야 하는 장편소설은 대체로 다양한 인물들의 시선과 의식을 보여줄 수 있는 전지적 작가 시점을 선택하는 경우가 많다. 그런데 이 작품은 단편적인 사건을 제시하거나 자아의 파편화된 관념을 제시하기 쉬운 일인칭 주인공 시점을 선택하고 있다. 시점 선택의 적절성을 떠나 이 같은 시점의 선택이 궁극적으로는 낯설은 서사를 더욱 낯설게 작동하는 원인이 되고 있다.

이러한 서사원리의 낯설음은 작중인물들의 아펠레이션(명명법)에서도 드러난다. 작중인물들의 이름이 무척 낯선 것이다. 박타선장, 마린 선장, 리우, 마도요, 이안, 미미 등등 주요인물들의 이름이 한국인의 이름들이기보다는 국적을 쉽게 알 수 없게 하는 이름들이다. 하여 이러한 인물들이 등장하는 바다가 과연 현실의 한국 사회를 배경으로 하고 있는가에 대한 의구심을 들게 한다. 이러한 낯선 인물들의 등장으로 인해 사건의 비현실성 혹은 환상적인 요소가 전경화되고 있다.

또한 서사 방식의 낯설음은 한국사나 한국 서사문학의 전개과정에서도 보기 드문 소재인 해적의 등장과도 맞물린다. 고대사에서 해상왕국으로서의 백제의 치세나 해상왕 장보고의 활약 등은 어느 정도 알려진 역사적 사실이지만 우리 역사를 통틀어 해적의 등장은 낯선 것임에 틀림없고, 또한 그것이 서사화된 적도 거의 없다는 점에서 김춘규의『해적의 바다』는 무척 낯설다. 작품을 읽으면서 과연 여수 앞바다 혹은 서해 앞바다에 해적이 존재할까라는 의구심을 떨쳐버리기는 쉽지 않았다.

그런데 이러한 서사 방식의 낯설음에도 작품에 제시되고 있는 인물들의 삶이나 사랑, 혹은 그들의 불행한 결말 등은 자본주의 시대를 살아가는 누구나의 운명과 상동하다는 점에서 낯설지 않았다. 물신화된 후기 자본주의 사회의 속악한 현실원리가 이 작품에서도 여실하게 제시되고 있을 뿐이었다.

정작 내가 세상에 대해 눈을 뜨고 보니 그건 꿈속의 환상에 지나지 않았어. 가진 자들에 비해 가지지 못한 자들이 사는 방식은 하루살이 날벌레나 다름없어. 죽도록 일해 하루 먹고 살면 또 일해서 다음 날을 꾸려야 하는 삶이 하루살이와 뭐가 다른데?

탈북자 '리우'의 위와 같은 고백은 가진 자들과 갖지 못한 자들이 차별화된 자본주의 사회에 대한 통렬한 비판을 담고 있다. 하루살이 날벌레와 다름없는 삶을 살 수밖에 없는 갖지 못한 자들의 극단에 내몰린 삶을 '리우'는 그토록 오고 싶었던 자본주의 나라 한국에 와서 깨닫고 만 것이다. 꿈꾸던 삶은 깨뜨려진 채 삶의 벼랑으로 내몰린 날벌레와 같은 존재인 '리우'의 선택은 결국 자본주의와 극단적 대결을 벌이는 해적의 삶으로 귀결될 수밖에 없었던 셈이다. 우리 사회의 주변부에서 결국은 극단적인 삶을 선택해야 하는 소외된 존재들의 숙명을 '리우'는 그대로 반복하고 있는 것이다.

이는 이 작품의 서술자 주인공인 '이안'의 삶에서도 익숙하게 발견할 수 있다. 어떤 불량 소녀에 의해 항구의 쓰레기통에 버려졌던 존재인 '이안'은 성장하고서도 여전히 항구를 떠나지 못하고 바다에 의지해 버려진 것과 같은 삶을 사는 존재이다. 결코 중심부로 나아갈 수 없었던 그는 지극하게 바라고 바라던 사랑마저도 실패하고 만다. 그는 '리우'의 연인이었던 '미미'를 홀로 사랑하고 '미미'를 위해 모든 것을 걸지만 결국은 사랑의 배신을 당하고 만다. 갖지 못한 자들에게는 익숙한 삶의 행로에서 서술자 '나'는 절망하고 분노한다. 이처럼 이 작품은 낯선 서사의 양상을 보여주지만 궁극으로는 자본주의 시대의 익숙한 현실 원리를 상동하게 구현해내고 있다.

3. 호모 사케르들의 숙명

지그문트 바우만은 『쓰레기가 되는 삶들』에서 "모든 견고한 것이 녹아 사라지는 '유동적 현대' 세계에서 인간이 생산한 모든 것이 곧바로 쓰레기가 될 뿐 아니라 우리 인간이 쓰레기가 되고 있다"고 설파한 바 있다. 사실 요즘 젊은 세대들 중에 삼포세대가 늘어가고 있다는 풍문들을 자주 듣곤 한다. 취업과 결혼과 출산을 포기한 이들은 어쩌면 자본주의 사회의 극단까지 내몰린 존재들인지도 모른다. 그들을 그렇게 내몰리게 한 것은 바로 자본주의 사회의 현실원리이다. 자본주의 사회의 물신화의 원리가 인간의 노동력까지 상품화하고, 그 상품을 고급화한다는 이유로 더욱더 많은 자격(혹은 스펙이라고 명명되기도 한다)을 갖추게 하면서 젊은이들이 기득권의 분배구조에 진입하는 것을 지연시키고 있다. 이 같은 냉엄한 물신화의 현실원리가 그들을 벼랑으로, 극단으로, 쓰레기로 내몰아가고 있는 것이다. 이와 같은 존재들을 조르주 아감벤은 호모 사케르라 명명한다. 벌거벗은 생명이자 나쁘거나 불량한 존재로서의 호모 사케르, 아감벤에 의하면 그들은 희생물로 바치는 것은 허용되지 않지만 그들을 죽이더라도 살인죄로 처벌받지 않는다고 한다.

김춘규의 『해적의 바다』에 나오는 대부분의 인물들은 어쩌면 호모 사케르들이다. 자본주의 사회의 주변부인 바다로 밀려가 끝내는 해적이 되거나 죽음을 선택할 수밖에 없는 쓰레기와 같은 삶을 살아가는 존재들인 이안, 리우, 갑판장 김, 조타수 안, 마도요 등등의 인물들은 모두 호모 사케르인 셈이다.

이같이 현실사회로부터 극단까지 내던져진 호모 사케르를 대표하는 인물이 탈북자 리우이다. 북한에서 출신성분이 좋은 가정에서 태어나 별 어려움 없이 대학을 다니던 그는 아버지가 외화밀반출 혐의로 숙청되자 정치수용소에 갇히게 된다. 고통스러운 수용소를 운좋게 탈출한 그가 자본주의라는 이상향 세계를 좇아 헤매고 헤매다 도달한 곳이 결국은 그 세계의 주변부의 끝인 항구이고 바다였던 것이다. 그럼에도 그는 최선을 다해 뱃일을 하고 비정한 자본주의 세계에 정착하려 했지만 정작 속악한 물신화된 현실원리는 그를 하루살이 날벌레와 같이 매일 죽도록 일만 해야 하는 의미 없는 존재로 배치해내고 있었던 것이다.

> 결국, 그는 바다에 대한 미련을 끊어버렸다. 더 큰 욕심이 생기기 전에, 절대 그럴 일은 없겠지만 자본주에게 대한 미움이 싹트기 전에. 그로 인하여 그 자신이 더 괴로워하기 전에 종적을 감추었다. 리우가 항구를 떠나던 날, 나에게 내뱉던 말이 떠오른다.
> '다 부질없는 짓이야! 정말이지 난 욕심 부린 적이 없어. 바다가 주는 만큼 딱, 그만큼만 바랬어. 그런데 이게 뭐야! 땀 흘린 만큼, 노력해서 살아가는 사람이 바보가 되는 참 괴상한 세상이야! 내가 북쪽을 벗어나서 남쪽으로 온 믿음이 사라졌어!'

위의 문면에서와 같이 '리우'는 노력해서 살아가는 사람이 바보가 되는 괴상한 세상에 환멸을 느끼게 되고 북쪽을 벗어나 남쪽으로 온 믿음이 사라지자 항구를 떠나 종적을 감추고 만다. 그리고 소설의 결말에서 밝혀지지만 그는 복면을 한 해적이 되고 만다.
'리우'처럼 자본주의 주변부 세계에 내던져진 또 다른 존재가 서술

자 주인공인 '나-이안'이다. '리우'가 탈북자로 처음 바닷가에 '미미'
와 함께 나타난 이후로 현실세계에 제대로 적응하지 못하는 '리우'
를 안타까운 시선으로 바라보던 '이안' 또한 태어나자마자 어떤 불량
소녀의 손에 의해 항구의 쓰레기통에 버려진 존재이다. 평생 가족을
갖지 못한 '이안'은 세상의 극단인 바다에 내버려진 존재이지만 이러
한 존재론적 조건을 극복하고 주변에서 중심으로 나아가고자 갖은
애를 쓴다.

> 그런대로 물고기기 잡혀준다면 내가 꿈꾸어왔던 선주의 꿈은
> 반드시 이루어질 것 같다. 나는 닳고 닳아서 지문도 없어져 버린
> 손바닥을 그러쥔다. 선원이 아닌 선주가 되고 싶다. 제 한 몸 뜰
> 어서 철퍼덕 하고 쓰러지는 파도, 온 바다에 퍼지는 생명의 소리
> 가 또렷이 느껴진다. 바닷길을 따라 내달릴 수 있도록 마련해준
> 어부의 꿈. 누군가도 그 꿈을 쫓아 그물을 던졌을 것이다. 바닷길
> 을 따라가면 어디가 나오는지, 북쪽으로 가면 베링 해이고, 남쪽
> 으로 가면 태평양이다. 뱃사람들은 그렇게 가슴에 대못을 박아가
> 며 그물을 푼다. 그것은 등록금, 노트북, 심지어는 자식들의 인생
> 까지도 바꿀 수 있다.

위와 같이 '이안'은 '미미'의 부탁으로 '리우'가 버리고 간 배에서 손
바닥이 닳고 닳아 지문이 없어지도록 고된 노동을 감수하면서 선주
의 꿈을 키운다. 하지만 결국에는 혹독한 노동의 대가도 제대로 받
지 못한 채 '미미'의 배신(?)으로 배에서 쫓겨날 수밖에 없는 처지로
내몰리고 만다. 태어나서 곧 버려졌고 성장 후에도 중심에 편입하지

못하는 버려진 존재로서 호모 사케르의 전형이 바로 '나-이안'인 셈이고, 그런 존재로서의 동질감 때문에 '나'는 끊임없이 탈북자 '리우'의 삶에 공감하고 연대감을 공유하게 되는 것이다.

'이안'과 '리우'와 같은 호모 사케르로서의 삶은 '갑판장 김'과 '조타수 안'의 삶에서도 비슷한 양상으로 반복된다. '갑판장 김'은 1980년대 탈북하여 이 바닷가에 정착한 사람이지만 결혼 후 아내의 가출로 상처뿐인 삶을 연명하다 결국은 자살하는 인물이며, '조타수 안' 또한 물신화된 자본주의 삶에 적응하지 못한 채 결국은 해적이 되어 해경과 싸우다 비참한 죽음을 맞게 된다.

이처럼 바다의 사람들이 호모 사케르가 되어 죽음과 자살로 내몰리게 된 원인을 작가는 '리우'의 입을 빌려 다음과 같이 토로한다.

정부에선 소외된 사람들을 거들떠보지도 않고, 기업은 막무가내로 구조 조정을 하고 있다. 마지막 희망을 찾아 바다로 왔지만 정부에선 아무런 대책도 없이 배를 사들여 어선 수를 감축하고 있다. 더구나 면허갱신을 받지 못한 어민들이 무허가로 그물질을 하다가 상상도 못할 고초를 당하고 벌금형을 받았다. 지금껏 바다에서 살아온 어부들이나 도시 삶을 포기하고 바다에 목숨 줄을 걸고 사는 사람들은 부채와 수산물 가격 폭락으로 스스로 목숨을 끊고 있다. 수자원 보호라는 명분 아래 언제까지 어민들만 봉이 되어야 하는가? 부실한 은행과 기업에는 수백조 원이 넘는 공적 자금을 투입하면서도 가장 소외된 어민에게는 푼돈도 아까워한다. 정부는 그걸 알아야 한다. 마지막 희망을 걸고 살아가는 우린 절대 바다를 떠나 살 수 없으며, 대책 없는 어선 감축과 어업권 통제엔 동조할 수 없다. 어부들은 수입산 생선과 싸우기도 벅차다. 다시 말하지만, 우린 해적이 아니다. 평범한 뱃사람이다. 단지 생존권을 위해 싸우는 거다.

위의 문면에서와 같이 오늘 우리의 평범한 어부들이 생존의 막장 혹은 극단으로 내몰리게 된 원인은 냉혹한 자본주의의 경쟁원리이기도 하지만 이를 그대로 반복하는 정부의 무분별한 정책 때문이다. 이를 작가는 정부의 어업 정책, 특히 대책 없는 어선 감축과 어업권 통제, 외국산 어산물 수입 정책 때문임을 비판한다.

그런 점에서 김춘규의 『해적의 바다』는 표면상으로는 비현실적인 해적의 이야기를 서사화하고 있는 것처럼 보이지만 기실은 물신화된 자본주의 사회와 정부의 반민중적인 정책들에 대해 통렬하게 비판하고 있는 것이다.

4. 비장의 미학과 남성성의 문학

그가 라이터를 조타실로 내던진다. 불과 1초도 되지 않는 짧은 순간, 소름 끼칠 만큼 싸늘한 전율이 내 등줄기를 타고 흘러내린다. 어쩌면 리우가 다시는 뭍으로 돌아오지 않을 것이라는 예감이 든다. 언제나 물수리처럼 훌훌 달아나고 싶어 했으니까. 그는 물수리처럼 훌훌 날아가다가 힘이 파하면 아무 데서나 휴식을 청할 터이다. 바다엔 지난날의 오랜 설움과 눈물, 앞으로 누려야 할 행복과 꿈이 은빛 비늘로 녹아 있다. 리우도 그렇게 믿을 것이다.

난 이상하게만 비쳤던 그의 행동과 그 속내를 조금은 이해할 수
있을 것 같다. 그는 또다시 이곳과 저곳, 현실과 비현실, 삶과 죽
음의 국경을 넘고 있다.

이 소설 결말의 마지막 단락이다. 해경들의 검거 작전에 내몰려
마지막까지 남게 된 복면남자가 '리우'임이 밝혀지고 결국 그는 배에
휘발유를 뿌리고 라이터로 불을 지른다. 비장한 죽음을 선택한 것
이다. 해경에 사로잡히거나 도망가는 욕된 삶이 아닌 스스로 자신의
삶을 마무리짓는 결단으로서의 죽음은 그런 점에서 의미가 크다. 이
러한 결기 있는 인물의 모습은 황석영의 소설 「객지」의 결말 부분에
서나 찾아볼 수 있는 장면이다. 자본의 착취와 억압에 맞서 싸우다
다이나마이트를 입에 물고 자신의 최후를 선택하는 '동혁'의 마지막
모습은 이 작품의 '리우'와 오버랩된다.

그런 점에서 두 작품은 한국 소설사에서 보기 드문 남성성의 문학
을 지향한다. 사실 한국문학은 두 가지 측면에서 남성성의 부재가 드
러난다고 한다. 첫째는 서정문학에서 여성화자 내지는 여성적 정서
의 문제이다. 대표적인 시가 김소월의 「진달래꽃」이나 정철의 「사미
인곡」이다. 두 번째는 서사문학에서 아버지의 부재이다. 이광수의
『무정』에서 시작해서 김소진의 「자전거 도둑」에 이르기까지 아버지의
부재가 한국소설사에 반복된다. 이는 우리 사회의 정치, 문화적 경향
과 상동하는 것이겠지만 특히 문학에서의 남성성의 빈곤은 대단히
문제적이다. 그런 가운데 김춘규의 『해적의 바다』가 지향하는 남성성
의 세계는 중요한 의미를 갖고 있는 것이다. 세속 잡사의 일상과 죽
음을 동반한 감상에 매몰된 무라카미 하루키 류의 미시서사가 각광

을 받고 있는 이즈음의 문학 풍경에서 휘몰아치는 바닷바람과 거친 남자들의 호흡과 원색의 고통으로 점철된 삶이 낯설면서도 반갑다.

더구나 소설 속의 주요인물들이 맞이하는 죽음의 방식, 갑판장 김의 자살, 조타수 안의 비참한 죽음, 탈북자 '리우'의 자살은 비장의 시학을 구현해내고 있다. 있어야 할 혹은 지향해야 할 당위의 없음, 당위의 부재가 전경화되는 것이 비장의 미학이라 할 때 이 작품의 주인공들은 비장한 아름다움을 죽음으로 그려내고 있다. 이 작품은 엄혹한 자본주의 세계의 현실 원리에 대항하여 우리에게 무엇이 있어야 할 당위인가를 웅변하고 있다. 있어야 할 것이 없는 부조리한 사회에 결기 있는 존재들이 지향해야 할 바를 이 작품은 비장하게 보여주고 있는 것이다.

때문에 탈북자인 리우의 다음의 발화는 비장한 긴 여운을 남긴다.

> 난 욕심 부린 적 없어. 배가 고파서 자유가 그리워서 남쪽으로 왔어. 그것뿐이야. 탈북자, 빨갱이 새끼라 욕해도 좋아. 그런데 이게 뭐냐? 자본주의는 참 알다가도 모르겠어. 여기서 내가 가질 수 있는 것은 아무것도 없어. 장밋빛 꿈을 이루어보겠다고 탈북까지 한 나야! 이제 미래도 꿈도 깡그리 사라졌어!

5. 유일무이한 아포리아의 시학을 위하여

최근 이청준의 대표작인 『사회언어학서설』 연작과 『남도사람』 연작을 다시 읽었다. 장편소설 『당신들의 천국』과 더불어 이 연작 소설들이 왜 한국현대소설사의 큰 봉우리를 이루고 있는가를 또 한번 확인할 수 있었다. 이청준, 그는 『사회언어학서설』을 통해 주인을 잃어버린 떠도는 말들, 본질을 상실한 채 범람하는 의미없는 말들의 문제를 제시하고 있으며, 『남도사람』 연작을 통해 사회의 불합리와 부조리를 예술의 힘으로 극복하려 하였다. 그리고 그 종국에는 그의 유년 시절부터 그를 억압하고 상처 입혔던 용서할 수 없는 세상을 용서하는 아포리아를 문학적 지향점으로 삼았다.

『해적의 바다』의 작가 김춘규는 그의 문학청년 시절부터 이청준 선생을 강의실에서 혹은 사적인 자리에서 수없이 사숙에 가까운 가르침을 받은 바 있다. 어쩌면 그의 소설의 출발점이자 최종적인 지향점은 이청준의 우뚝한 산봉우리일 것이다. 이청준의 문학적 자장과 아우라에 김춘규의 문학이, 소설세계가 자리하고 있는 것이다. 그런 점에서 김춘규의 문학적 지향은 아포리아의 시학을 보다 철저하고 치밀하게 구축하는 데 있다. 『해적의 바다』에서 볼 수 있는 바와 같이 그는 해양문학의 새로운 발자취를 만들어가고 있으며, 그 가운데 민중들의 신산한 삶을 총체적으로 형상화해내려는 민중문학의 흐름을 계승하고 있기도 하다. 한편으로 그는 민중들의 당위에 대한 지향이 속악한 현실 자본주의의 물신화논리에 패배하는 비장의 미학과 남성성의 문학세계를 보여주고 있으면서 탈북자들의 문제를 끌어들여 통일문학의 단초를 보여주고 있기도 하다.

그러나 정작 중요한 것은 김춘규라는 개별자, 혹은 김춘규의 문학세계라는 유일무이한 세계를 구축해나가는 것이 될 터이다. 그 어떤 다른 작가의 의식 세계나 문학세계로는 환원할 수 없는 그만의 문학세계를 찾아내고 꾸려 나가는 일이 그에게는 가장 중요한 과업이 될 것이다. 『비미학』과 『사도 바울』의 저자 알랭 바디우는 우리에게 진리란 어떤 기존의 언어로는 환원할 수 없는 사태나 진실이라고 언명한 바 있다. 이미 우리에게 제시된 언어나 관념이란 벌써 고정된 진리가 되어 도그마가 되거나 우리의 내면을 지배하는 고정관념이 되어 있다고 하는 것이 바디우의 생각이다. 문학이나 예술의 세계 또한 이와 다르지 않을 것이다. 그 누구와도 비교할 수 없는 개별자 자체로서 유일무이한 세계가 바로 예술작품 그 자체이지 않을까?

앞으로 김춘규의 유일무이한 문학세계가 넓은 바다와 해양처럼 펼쳐나가기를 기원해본다. 그 어떤 작가나 기존의 문학 관념으로는 환원해낼 수 없는, 기존의 문학 체계로는 드러낼 수 없는 아포리아한 시학을 구축한 작가 김춘규를 기대한다.

생태계의 파괴, 생태 홀로코스트에 대한 묵시록

홀로코스트는 단순히 유대인 문제가
아니었으며 유대인 역사에만 고유한 사
건도 아니었다. 홀로코스트는 우리의 합
리적인 현대사회에서, 우리의 문명이 고
도로 발전한 단계에서, 그리고 인류의
문화적 성취가 최고조에 달했을 때 태동
해 실행되었으며, 바로 이 때문에 홀로
코스트는 그러한 사회와 문명과 문화의
문제이다.

 – 지그문트 바우만, 『현대성과 홀로코스트』

1. 지구의 정복자에 의한 생태 홀로코스트

대재앙이 시작되었다. 그것은 심해, 아주 깊고 깊은 1만미터 해저
로부터 시작된 재앙이었다. 이 재앙의 근원은 원자력 발전소의 방사
능 유출과 그로 인해 유전자 변종을 일으킨 대형 백상아리였다. 미
국과 일본 등 전 세계의 첨단무기들을 장착한 핵잠수함과 항공모함
이 발진하지만 이 재앙의 근원을 막아내지 못한다. 바다의 모든 생
명체는 파괴되어 해양 생명의 홀로코스트가 발생하게 된다. 인간

의 문명과 문화가 최고조에 달한 현대사회, 지금 이 시대에 지구의 70%를 차지하는 바다에서 유태인 학살과는 또 다른 대살육과 학살의 홀로코스트가 재현된 것이다.

김춘규의 소설 『백상아리』에 나오는 묵시록적인 허구이다. 그럼에도 그의 소설적 허구는 허구로 읽히지 않는다. 바다로 방사능이 유출되고 그로 인해 해양 생물체들의 유전자 변이가 발생하여 다양한 변종 생명체가 등장한다는 이 소설의 서사 정보는 상당한 개연성을 갖고 있을 뿐만 아니라 당장이라도 오늘 조간신문에 실릴 만한 기사 내용으로 읽혀지기도 한다. 2016년 12월 현재 전 세계 30개국에서 가동 중인 원전은 450기로 총 발전용량은 약 392GWe이고, 건설 중인 원전이 60기, 향후 건설 계획 중인 원전이 167기라는 정보를 통해 보더라도 소설 『백상아리』의 허구는 그럴 듯한 개연성을 갖는다. 대부분의 원자력 발전소가 바닷가에 위치한다는 점에서 바다로의 핵물질 유출 가능성은 매우 높다. 2011년 일본 대지진으로 인한 후쿠시마 원전 사태가 이를 증명하고도 남는다.

때문에 이 소설에서 제시되는 지구적 대재앙의 근원은 유전자 변종을 일으킨 대형 백상아리가 아니라 합리성으로 위장된 자본주의 사회를 이끌어가고 있는 지구의 정복자로서의 현생 인류일 것이다. 통섭의 과학자인 에드워드 윌슨은 최근 6만 년 전 등장한 현생인류가 고도로 조직화된 사회를 구성하고 언어와 이성을 기반으로 독특한 문화를 발전시킨 대서사를 이룩하면서 지구의 정복자로 등극하게 되었음을 설파한 바 있다. 맘모스나 코끼리, 혹은 같은 유전자종이었던 오랑우탕이나 침팬지보다도 열성적인 유전자를 가지고 있던 현생인류가 눈에 보이지 않는 정보를 전달하고 공유할 수 있는 언어와 이성을 가짐으로써 지구의 정복자로 나설 수 있게 되었다는 것이다. 그 과정에서 인간은 동일 유전자종뿐만 아니라 지구상의 동물과 식물 등의 많은 생명체들을 파괴하고 억압하고 착취함으로써 지구의 정복자로 등장할 수 있었을 터이다. 이처럼 이성과 언어 이외의 별다른 우성적인 유전자 특질을 지니고 있지 못한 인간이 고도로 조직화된 사회와 문명을 이루어내게 된 배경에는 수많은 유전자종들의 희생과 파괴, 생태적 홀로코스트가 있었다. 고도로 발전한 인류의 현대 문명에 내재한 아이러니이다.

그런데 문제는 이러한 생태 홀로코스트를 인간들은 매우 이성적이고 합리적인 방식으로 진행시켜 왔다는 점이다. 『사피엔스』의 저자 유발 하라리에 의하면 현생인류는 대략 2,000여년 전부터 보편적 질서를 창안해내기 시작하였는데, 그것들은 경제적인 것으로서의 화폐질서, 정치적인 것으로서 제국의 질서, 종교적인 것으로서 불교·기독교·이슬람교 같은 종교의 질서 등이었다. 이러한 보편적 질서가 21세기 현대사회에 도달한 인류 문명이 사회를 조직하고 경제를 이끌어가는 근간이 되었던 것인데, 기실은 이 보편적 질서야말로 강자가 약자를 억압하고 착취하는 방식으로 작동하는 것이었다. 그럼에도 인간들은 이를 합리성이란 허구로 포장한 채 현실사회를 작동하는 원리로 활용하면서 작금의 후기 자본주의 사회를 이끌어나가고 있는 것이다.

인간은 거의 모든 순간 거의 모든 상황을 예측하고도 애써 외면해 버렸다. 생태계의 훼손과 파괴는 한 지역이나 국가의 차원을 넘어 세계적인 쟁점이었다. 그럼에도 과학적 합리주의를 전

영역으로 확장시켜 왔다. 문제는 이러한 현상의 이면엔 인간중심적 사고에 기초한 논리가 숨어 있었다. 더욱이 그 논리는 지구공동체를 유지하고 지탱하는 보이지 않는 힘이기도 했다. 그 여파로 변종 백상아리를 탄생시켰다. 불행하게도 변종 백상아리의 등장은 폐해의 일부에 지나지 않았다. 충분히 안전하다는 말, 충분히 괜찮다는 말, 충분히 극복할 수 있다는 말을 더 이상 믿지 못하게 되었다. 어쩌면, 복구될 수 없을 지경으로 완전히 망가져버렸는지도 몰랐다. 인류도 멸종될 수 있다는 깨달음, 대개의 인간들은 그런 것들을 몇 번이나 겪은 뒤에야 진짜 멸종의 심각성을 깨달을 터였다. (27)

위의 문면은 김춘규의 『백상아리』의 한 부분으로 작가는 과학적 합리주의와 인간중심적 사고가 전 지구의 생태계 훼손과 파괴를 가져왔음을 밝히고 있다. 이처럼 인간들은 합리성에 기반한 보편적 질서를 강조하면서 상대적 약자들인 식민지, 여성, 자연 등에 대한 억압과 착취를 통해 고도의 현대과학문명 사회를 이룩해내었다.

『현대성과 홀로코스트』의 저자 지그문트 바우만은 홀로코스트, 즉 유태인 학살이 현대사회에서 발생한 극히 예외적인 사건이라는 평가와 해석들을 부인하고, 현대의 합리적 이성과 시스템으로 인해 발생한 사건이었음을 강조하였다. 홀로코스트가 현대성의 산물로서 합리적, 계획적, 과학적, 전문가적 효율성에 의해 관리되고 조정되었음을 그는 밝혀냈던 것이다. 유태인들에 대한 학살 과정에서의 가스실과 컨베이어 벨트의 시스템으로 상징되는 과학적 시스템, 그에 복무하는 공무원의 자기 역할에 대한 책무성 등이 현대자본주의 시스템의 가장 주요한 운영체계라는 점에서 바우만의 지적은 매우 큰 설득력을 갖는다. 더구나 유태인 학살에 관한 또 다른 연구자인 한나 아렌트가 제시한 '악의 평범성'이라는 개념을 떠올려 보면 학살의 주체들의 자기 역할에 대한 성실성과 책무감 가운데 악마적 요소를 찾아볼 수는 없다. 단지 자본주의 시스템에 충실한 많은 이들은 자기 책무에 대한 성실성과 효율성 증진을 높은 도덕적 자질 가운데 하나로 상정하며 살아가고 있기도 하다. 네이팜탄을 만드는 제국의 공장의 기술자들이 그 파편으로 인해 죽어가는 제3세계 국가의 소년들의 죽음에 대해 도덕적 책임감을 의식하지 않는 것과 같이 현대성에 충실한 많은 이들은 자기가 한 일로 인해 보이지 않는 많은 피해자들이 발생하는 것에 대해서는 관심을 기울일 필요가 없는 셈이다. 단지 그들은 자기 역할에만 충실하기만 하면 될 뿐이다.

때문에 홀로코스트로 명명되는 유태인 학살은 현대자본주의 시스템이 존속되는 한 계속 반복될 가능성이 잔존한다고 할 수 있다. 2차 세계대전 이후 한국전쟁 전후의 민간인 학살을 비롯해 베트남과 이라크, 아프가니스탄, 그리고 많은 저개발 국가들에서 벌어지는 국가 폭력과 인종 청소는 제2, 제3의 홀로코스트에 다름 아니다. 그런 점에서 김춘규의 『백상아리』는 지구상에서 여전히 반복되고 있는 홀로코스트의 단면을 대륙에서 바다와 해양 생태계로, 인간에서 다양한 해양 생명체로 바꾸어 놓았을 뿐이다. 이 작품에서 작가는 해양에서 벌어지는 생태계 홀로코스트가 유태인 학살을 자행했던 것과 같은 현대성의 구조와 메커니즘, 행동규범 등을 통해 효율적으로 이루어고 있는 양상을 치밀하게 형상화해내고 있다.

2. 무한욕망의 환유적 대상으로서의 괴물의 탄생

김춘규의 이 소설에서 독자들을 충격으로 몰아넣는 것은 무엇보다도 일찍이 볼 수 없었던 괴물의 등장이다. 이 소설의 서사에서 핵심적인 기능을 하는 변종 백상아리 '회색 눈'의 몸길이는 900미터에 달하고, 무게는 거의 460톤을 넘는 것으로 묘사되고 있다. 현실 속의 백상아리 크기가 6~11미터, 몸무게가 2~2.5톤인 것을 감안하면 변종 백상아리 '회색 눈'은 상상을 넘어서는 비현실적인 초대형 괴물이다.

> 회색 눈과 점박이 수컷은 방사능폐기물속에서 살아남았다. 다른 변종 백상아리들은 DNA의 변이에 적응하지 못해, 뼈가 돌출되고 기이한 형상으로 허청거리며 죽어갔다. 더러는 지느러미가 몸통의 절반을 넘는 녀석도 있었다. 회색 눈의 꼬리지느러미도 기형적으로 자라 있었다. 회색 눈이 경련을 일으켰다. 형체를 알 수 없는 덩어리가 주둥이에서 뿜어져 나왔다. 입이든 항문이든, 구멍이란 구멍에서 방사능오염수가 뿜어져 나올 것만 같았다. (15)

위에 묘사된 바와 같이 '회색 눈'은 방사능에 오염된 많은 백상아리들 중의 하나이다. 이 변종 백상아리는 기형적 크기와 형상을 가지고 있으며, 방사능폐기물이 담겨 있는 특수강 드럼통을 먹이로 삼아 한입에 찌그러뜨려 먹을 뿐만 아니라 또 다른 변종 백상아리를 공격하여 내장을 통째로 씹어 삼키는 괴물이다. 뿐만 아니라 스스로

고주파 신호를 만들어 동료인 변종 백상아리 '점박이'와 소통을 하면서 일본 핵잠수함을 물어뜯어 심해에 가라앉혀버리기까지 한다. 작품의 후반부에서 두 변종 백상아리들은 미국과 중국 등 세계적인 핵잠수함과 스텔스잠수함, 그리고 항공모함들을 모두 침몰시키는 괴력을 보여주기도 한다.

이 같은 초대형 괴물의 등장은 후기 자본주의 시대를 살아가는 인간들의 무한한 욕망으로부터 촉발되었다고 할 수 있다. 근대에 들어 비약적인 과학의 발전으로 인간은 다양한 영역에서 고도의 물질문명을 일구어내었고, 그로 인해 인간들은 부유하고 안락한 삶을 누리게 되었다. 그리고 과학을 바탕으로 한 엄청난 물질문명의 혜택은 인간들의 욕망을 무한하게 자극하고 촉발시켰다. 이제 인간은 사피엔스로서의 현존재를 넘어서 호모 데우스(신)를 꿈꾸고 욕망하는 지경에 이르렀다고 할 수 있다. 『호모 데우스』의 저자 유발 하라리는 현생인류인 호모 사피엔스가 과학문명의 발전에 힘입어, 특히 유전공학과 생명공학, 인공지능기술, 인간과 기계의 결합(사이보그 기술) 등을 통하여 영생을 꿈꾸는 신이 되려 한다고 지적한 바 있다. 인간의 욕망이 이제 신을 욕망하는 무한 욕망의 시대에 이르게 된 것이다. 하지만 신이 되려는 인간의 무한 욕망으로 인해 지구상의 많은 생명체들이나 생태 자원들은 비정상적으로 착취되고 파괴되어 나가면서 지구의 생태계는 또 다른 홀로코스트의 장이 되고 말았다. 이처럼 지구상의 다양한 생명체들이 공존하거나 공생할 수 없는 불모성이 지배하는 생태계에서 괴물들은 등장하지 않을 수 없게 되었던 것이고, 김춘규의 이 소설 속의 '회색 눈'과 '점박이'라는 변종 백상아리 같은 초대형 괴물들이 출몰할 수밖에 없게 된 것이다.

하지만 인간은 그렇지 않았다. 턱없는 패악을 부렸다. 녀석들이 인간에게 원하는 것은 없었다. 다만 새로운 터전을 잡고 종족을 번식하고 싶을 뿐이었다. 그것 외에는 아무것도 원하지 않았다. 그러나 인간들은 일말의 미안함도 없었다. 놀란 건 오히려 회색 눈과 점박이였다. 어떻게 그렇게 당당할 수 있지. 그것은 인간이 사는 방식이었다. 필요하면 어디든, 무엇이든, 일단 파헤치고 버렸다. 믿어지지 않았다. 인간은 어떤 종족이지. 무슨 짓을 하면서 지구에 살고 있는 거지. 이젠 어떡해야 되는 거지. 그건 이해할 수 없는 행동이었다. 그럼에도 인간들은 그런 일을 곳곳에서 벌였다. 놀라웠다. 적어도 뭔가 용서받지 못할 행동을 하는 재주는 타고난 종족이었다. (79)

위의 문면과 같이 변종 백상아리인 '회색 눈'과 '점박이'의 눈에 비친 인간이 사는 방식이란 필요하면 어디든, 무엇이든, 일단 파헤치고 보는 것이었으며, 인간이란 무슨 짓을 하면서 지구에 살고 있는 것인지 이해할 수 없는 행동을 벌이는 것이었다. 인간들은 유독한 화학물질이나 핵폐기물을 바다에 버리면서 눈에 보이지 않고 당장의 삶에 영향을 미치지 않기 때문에 쓰레기를 제거했다는 환상에 젖어 생태계 파괴뿐만 아니라 스스로의 존립을 훼손하는 문명 파괴를 자초했던 것이다. 때문에 이 소설에서 제시되는 바와 같이 턱없는 패악과 용서받지 못할 행동을 하는 종족들로 변종 백상아리들의 눈에 비친 인간들의 모습에는 현대인들의 무분별한 무한 욕망이 자리하고 있었던 셈이다.

3. 생태에 대한 활유적 상상력과 묵시적 고백

『백상아리』의 작가 김춘규는 본래 바다를 소재와 제재로 삼은 소설가이다. 그가 여수 바다를 바라보며 성장한 내력 때문이기도 하지만 그는 본래 바다의 생리를 소설 창작의 기원으로 삼은 작가이기도 하다. 그의 소설집 『두 번째 달』이나 장편소설 『해적의 바다』 등 그의 많은 소설들이 바다를 배경으로 살아가는 이들의 상처받은 삶과 고통스러운 인생 행로를 형상화하였던 것이다. 이 작품 또한 그간 작가가 추구한 소설 세계의 커다란 궤적을 벗어나지 않고 있다. 다만 바닷가 사람들의 이야기가 아니라 바다 생태계의 문제에 초점을 맞추고 있다는 점이 약간 다를 뿐이다. 이 소설은 생태계의 균형잡힌 조화가 결국에는 바다를 배경으로 살아가는 인류의 안정된 미래와 삶을 제공할 수 있다는 김춘규의 일관된 생태의식을 반영해내고 있다.

특히 이 작품에서 강조되는 종다양성이 보장되는 해양 생태계에 대한 작가 의식의 심층에는 앞에서도 말한 바와 같은 해양 홀로코스트에 대한 비판의식이 내재되어 있다. 그것은 인간의 다른 생명체에 대한 무분별하고 광기 어린 억압과 학살에 대한 반감과 혐오의 감정이 동반되어 있는 것이기도 하다. 지그문트 바우만은 폭력적인 잔악 행위에 대한 도덕적 저항의식이 약화되어가는 이유 중의 하나로 폭력행위의 주체들이 피해자들을 비인간화할 때라고 설파한 바 있는데, 지구의 정복자인 인간이 지구상의 많은 생명체들을 멸종시켜가는 과정에서 인간이 도덕적 무감각에 빠진 이유는 그 대상들을 비인간으로 치부했기 때문일 것이다. 이를테면 인간들은 많은 생명체들을 죽이면서도 그 생명체들이 죽음의 공포나 고통을 느끼지 못한다는 자기합리화를 전제로 하였고, 그런 과정이 반복되면서 영혼이나 내면이 없는 대상에 대한 파괴와 살육의 강도는 강화되었다.

그러나 이 작품에서 작가의 의식을 대변하는 초점 화자는 '회색 눈'과 '점박이'와 같은 해양 생명체에 대한 공감과 연민의 의식을 가지고 있을 뿐만 아니라 더 나아가 괴물에 가까운 변종 백상아리들에게 인간에 가까운 시각을 제공하고 그들의 내면을 있는 그대로 제시해내고 있다.

> 회색 눈이 처음부터 인간에게 증오심을 품었던 건 아니었다. 회색 눈이 태어나기 전부터 협곡에 방사능드럼통이 쌓이기 시작했다. 동족들은 호기심을 보였다. 드럼통에서 눌눌한 물이 새어나왔다. 심해바다엔 뼈가 돌출된 어종이 생겨나기 시작했다. 동족도 예외는 아니었다. 게다가 먹이사슬이 급격히 붕괴되어버렸다. 시푸른 바닷물에 물든 동족들의 몸통엔 파르스름한 물혹이 생겨났다. 눌눌하게 물든 심해바다엔 동족들이 울부짖는 소리만이 외로웠다. (44)

위의 문면에서와 같이 작가는 변종 백상아리인 '회색 눈'과 '점박이'에게 인간과 같은 내면을 부여한다. 백상아리들은 자신들이 처한 죽음과 같은 상황을 인간처럼 사유하고 반성하고 비판한다. 작가는 자연의 모든 생명체들에게 인간적 생명과 사유와 감성이 공유되고 있음을 간파하고 있음이다.

김춘규의 이와 같은 활유적 상상력은 모든 물질은 그 자체 속에 생명(활력, 혼 또는 마음)을 갖고 있어서 생동한다고 하는 물활론적 사유의 연속선상에 있다. 물활론은 불교의 연기론과 흡사하며 '존재의 사슬'이라는 개념에 맞닿아 있다. 데이비드 페퍼에 따르면 "우주를 구성하는 모든 원소는 살아 있거나 죽었거나 정신적이거나 물질적이거나 간에 모두 이 거대한 사슬 속에 서로 맞물려 있다"는 것이다. 이는 생태 공동체주의에서 강조하는 '생태적 영성'과도 깊은 관련을 갖고 있는데, 생태적 영성은 생태적 각성을 촉구하는 것이며, 각성의 핵심은 우주의 모든 것이 연결되어 있어서 우주에 대해 전체론적으로 사고해야 한다는 것이다. 김춘규의 소설 『백상아리』의 생태적 사유의 궁극에 바로 이와 같은 생태적 영성과 같은 성숙한 내면이 깃들어 있는 것이다.

> 굶주림에 지친 회색 눈의 암컷과 점박이 수컷은 탈출을 감행하기로 했다. 두려움이 밀려들었지만 개의치 않았다. 어차피 죽기는 마찬가지였다. 열악한 환경과 굶주림이 녀석들을 대항해의 길로 이끌었다. 상상하기도 싫은 배고픔에 반쯤 미쳐버릴 지경이었다. 지상의 바다를 찾는 일도 녹녹하진 않았다. 그렇다고 심해 바다로 다시 되돌아갈 수는 없었다. 그때마다 꼬리지느러미의 힘이 풀리고 헛구역질이 일었다. 가년스럽게 사는 것도 다 오염된 심해에서 태어난 탓이라고 자책했다. 더러는 알 수 없는 분노가 치밀어 올라 닥치는 대로 물어뜯고 싶은 충동을 참아내곤 했다. 그렇게 지상의 바다로 올라왔다. 비린내가 곳곳에서 진동했다. 정말이지 물고기를 삼킬 때마다 격한 감동에 사로잡혔다. (69)

이처럼 인간과 같은 내면을 갖게 된 변종 백상아리들은 생태계가 파괴되고 자신들마저 죽음의 위기에 내몰리자 인간에 대한 분노와 더불어 엄청난 폭력적 충동을 느끼게 된다. 이 소설의 결말 부분에서는 세기말에 도달하여 지구멸망에 도달한 인류에 대한 묵시록과 같이 폐허와 절망과 폭력과 죽음의 의식들이 변종 백상아리들의 내면을 지배하게 된다. 이는 단지 생태계의 파괴로 인한 다양한 생명체들의 묵시록만이 아니라 그 결과 도래할 인간 세상의 멸망에 대한 묵시록으로서의 모습을 함의해내고 있는 것이기도 하다.

> '변종 백상아리 섬멸작전 성공! 핵공격 취소! 변종 백상아리 섬멸작전 성공! 핵공격 취소!"
>
> 미국, 중국, 러시아의 핵잠수함 발사관의 해치가 일제히 닫혔다. 대원들은 환호성을 지르며 서로를 끌어 안았다. 모듈잠수함은 함수로 달려드는 파도를 깨부수며 타넘었다. 전 세계 주요언론은 변종 백상아리의 섬멸을 속보로 내보냈다. 태평양 바다는 언제 그렇게 미친 듯이 허옇게 뒤집혔었느냐 싶게 조용히 가라앉아 있었다. 이해모수 대위는 김수지 대위를 끌어당겨 꼭, 안아주었다. 그녀는 태평양으로 눈길을 던졌다. 그 순간, 수면 아래서 무언가가 핏물을 헤치고 있었다. (99)

위의 문면은 소설의 마지막 부분이다. 변종 백상아리가 섬멸되면서 서사가 종결되고 있다. 하지만 마지막 문장 "그 순간, 수면 아래서 무언가가 핏물을 헤치고 있었다."를 몇 번이고 다시 읽다 보면 변종 백상아리의 완벽한 섬멸로 읽히지 않는다. '회색 눈'이라는 어미 백상아리는 죽었지만 배 속에 있던 새끼들의 일부, 혹은 한 마리라도 살아남아 어미의 핏물을 헤치고 나오고 있는 장면임을 읽어낼 수 있다. 변종 백상아리 새끼의 엄청난 생명력을 암시하고 있지만 이는 자연의 본성, 자연이 가지고 있는 생명력과 자체의 복원력을 함의해내고 있다. 사실 근현대에 들어서 엄청난 생태계의 파괴가 이루어졌음에도 여전히 현생인류가 지금 여기 지구에서 살아가고 있는 이유는 지구상의 모든 생명체, 물자체의 있는 그대로의 자연 복원력, 기실은 자연의 본성 덕분일 것이다. 그런 점에서 김춘규의 『백상아리』는 인류의 욕망으로 인해 자연 생태계가 파괴되어가면서 지구와 인류의 미래에 대한 절망과 공포가 확산되어가고 있지만 그럼에도 불구하고 자연의 본래적 복원력으로 인해 생태계의 미래가 절망만은 아님을 이야기하고 있다. 이 지점이 자칫 김춘규의 이 작품을 또 다른 생태 홀로코스트를 자행하는 인간들의 폭력성만을 제시하는 소설이라는 오독을 막아내는 근거를 마련해내고 있다. 즉 이 작품이 변종 백상아리들을 통해 환경 오염과 생태계 파괴의 문제점을 지적하고 있지만 소설의 중반부 이후 변종 백상아리들을 섬멸하는 데 서사 초점이 맞추어져 있음으로 인해 자칫 또 다른 변종생명체에 대한 파괴와 섬멸을 서사화하고 있는 것으로 오독할 수 있는 것이다. 그런 점에서 소설의 마지막 부분에서 핏물을 헤치고 나오고 있는 또다른 생명체의 등장은 자연의 본성, 자체 복원력을 가진 생태계의 위대한 본질을 긍정하는 작가의 생태의식의 정수를 보여주고 있다.

4. 문학의 위기를 넘어선 영상문학으로의 전이가능성

해양문학의 개척자 혹은 바다의 소설가라 할 수 있는 김춘규의 소설은 기실 그가 태어나고 자란 바다의 생리를 문학의 기원과 이정표로 삼았다. 하지만 이번 그의 장편소설『백상아리』는 이러한 자연발생적인 그의 창작 욕망 혹은 창작 원리에서 약간 비껴 서 있다. 이번 소설은 그의 생리적인 창작방식과는 다른 노력 혹은 탐구하는 작가의 공력이 투영된 결과물이다. 이 소설 속에서 제시된 생태주의와 관련된 많은 이론들, 바다와 해양에 대한 많은 과학적 지식들, 그리고 잠수함과 항공모함 등의 전쟁무기에 대한 지식들은 그가 많은 공부와 연구를 통해 이 소설을 창작했음을 반증한다.

> 극비백상아리잠수함의 레이더는 탐지능력과 정밀도 면에서 대단히 뛰어났다. 스마트 스킨(Smart Skin)기술을 적용해 선체 표면 자체가 레이더 역할을 수행했다. 게다가 360도 방향에서 탐지가 가능해 적의 기습공격을 피할 수 있게끔 설계되었다. 그 기술은 미국의 최첨단 스텔스폭격기 정도에만 구현되어 있는 최첨단 기술이었다. 프로젝트팀은 거기에 만족하지 않고 엔진과 엔진배기가스 배출 방향을 자유자재로 바꿀 수 있는 추력편향노즐을 탑재한 이온엔진을 개발했다. 많은 예산과 인력을 투입해 극비리에 제작한 백상아리잠수함은 그 어떤 해상전력도 범접할 수 없는 최강의 전천후 전투체계를 자랑했다. (30)

위의 문면에서와 같이 작가는 잠수함이나 첨단무기에 대한 다양한 지식을 섭렵하고 공부한 후 이 소설을 창작해낸 것으로 추론된다. 바다가 본래 지닌 생리로만 훈련된 작가가 아니라 공부하고 지식을 수렴해내면서 나름의 논리를 획득해낸 작가로 그는 거듭난 것이다. 더구나 소설 속에서 제시된 해양 생태에 대한 문제의식을 소설 속에 형상화해냄으로써 그는 단지 즉자적인 문제 인식을 넘어서 대자적인 문제 인식과 대안 제시까지를 아우르고 있다.

이제 그의 소설에서 작금의 문학의 위기를 극복해낼 수 있는 단초를 발견할 수 있을 것 같다. 현재 문학의 위기는 무엇보다 영상세대의 도래 때문이라 할 수 있는데 이는 결국 대중들이 문학작품을 읽지 않은 것이 근본적 문제일 터이다. 인터넷과 IT 매체, 그리고 영상매체의 부상으로 문학적 상상력과 감수성보다 영상이나 사이버적 감수성이 대중들에게 각광을 받고 있는 현상을 누구도 간과할 수는 없다고 할 것이다.

그런데 김춘규의 이 작품은 적어도 영상에 대한 민감한 감수성을 가진 이들에게 쉽게 읽힐 수 있는 작품인 것 같다. 영상적 감수성을 촉발하는 다양한 요소들이 작품 곳곳에 내재되어 있는데, 특히 초대형 괴물이 등장하고 동시에 SF적 요소들이 변주되면서 서사적 긴장을 조성하고 있다.

극비백상아리잠수함의 통신대원은 중국 잠수함함대와 교신을 시도해보았다. 잡음만 일뿐 교신은 이루어지지 않았다. 수중레이더엔 중국 잠수함함대는 더 이상 잡히지 않았다. 다만, 태평양 심해엔 스텔스잠수함과 이지스전투함의 잔해만 쌓이고 있었다. 머지않아 그악스런 회색 눈의 공격이 재차 벌어질 터였다. 대원들은 눈을 부릅뜨고 멀티스크린을 터치하며 무기체계를 총동원했다.

　김수지 대위는 이해모수 대위와 눈을 맞추었다. 그가 고개를 힘주어 끄덕였다. 그녀는 곧바로 극초음속미사일의 발사를 명령했다. 발사관이 열리고 다섯 발의 미사일이 해류를 갈랐다. 김수지 대위는 회색 눈이 튀쳐나오리라고 예상했다. 그녀의 판단은 적중했다. 폭발음과 함께 심해에서 희끗한 것이 튀어나왔다. 대원들은 회색 눈의 이동경로를 따라 주중어뢰를 연속으로 날려 보냈다. 그러나 회색 눈은 어뢰의 반대 방향으로 달아났다.

　위의 문면은 블록버스터 영화의 한 장면이나 컴퓨터 게임을 보고 있는 착각을 불러일으킨다. 직접 총을 쏘고 죽이는 장면이 아니라 스크린 화면을 통해 미사일을 발사하고 전투를 벌이는 시뮬라크르가 전경화되는 장면이 제시되고 있다. 실재 현실보다 가상의 영상 현실을 더 실감나게 수용하는 영상세대의 감수성에 조응하는 소설의 한 장면인 것이다. 또한 등장하는 초대형 괴물이나 스텔스잠수함과 이지스전투함, 그리고 대중의 흥미를 불러일으키는 서사의 전개 등이 장편영화를 보는 듯한 재미를 안겨주는 것 같다. 어쩌면 이와 같은 요소들 때문에 이 작품에 대한 영화화를 기대해도 좋을 것 같다. 좋은 감독과 제작자를 만나 멋진 영화로의 변신을 기대한다. 하지만 그게 실현되지 않는다 하여도 이 소설이 영상 세대의 감수성을 자극할 만한 작품이라는 점에서 소설문학의 위기를 새롭게 극복할 단초를 확보하고 있다고 높이 평가할 수 있겠다.

파편화된 삶과 사랑에 대한 사실적 재현과 통찰

1. 물신화로 상처 받은 소수자들의 초상

이청준의 데뷔작 「퇴원」에서는 정신병원에 입원과 퇴원을 반복하는 주인공이 등장한다. 주인공의 병증의 근원은 어린 시절 어두운 광에서 어머니나 누나의 속옷을 깔고 자는 습관 때문이었는데 많은 평론가들은 이를 오이디푸스 콤플렉스와 관련지어 설명하였다. 그런데 이러한 증상의 보다 근본적인 원인은 자본주의 사회의 물신주의와 구조적 연관성을 갖고 있기도 하다. 사물이나 상품에 대한 맹목적인 경도 내지는 종교적 맹신현상으로 설명되는 물신주의는 결국 자본주의의 본질이라 할 수 있는 가치전도 현상을 파생해 내었다. 본질적인 사용가치보다 비본질적인 교환가치를 우선시하는 가치전도 현상이야말로 전형적인 물신화의 징후이다.

김용매의 첫 소설집 『푸줏간 남자』에 실린 대부분의 소설들은 자본주의 사회의 물신화의 양상들을 소설의 주요한 모티프로 차용하고 있다. 그의 소설들에 나오는 등장인물들은 하나같이 모두 힘겹고 고달픈 삶을 살아가는 후기 자본주의 사회의 주변부적 존재들로서 물신(物神)이 신이 되어 버린 시대, 부처나 예수와 같은 신에서 모든 사물을 상품화하는 자본의 신을 신으로 숭배하는 사회로부터 버려지고 소외되고 상처받은 자들이다. 물신화로 인해 인간다움의 진정한 가치를 훼손당한 채 삶의 의미나 전망을 상실한 존재들이 그의 소설들에서 반복적으로 재현되고 있다.

「봉이」에서 아버지는 알코올 중독시설로 끌려가고, 그런 아버지의 폭력으로 인해 어머니가 요양원에 수용되자 장애인으로 등록되어 장애인교실에서 하루하루 희망 없는 삶을 살아가는 초등학생 '봉이', 「잠복기」에서 부잣집의 7대 독자로 태어나 과보호와 남성성에 대한 아버지의 지나친 강요로 인해 자신의 여성성을 발견하고 성장하다가 물신화된 사회로부터 휘둘리면서 자신의 여성적 젠더를 확인하려는 성소수자 '민수', 「병리가족」에서 남편의 갑작스런 죽음으로 살기 위해 돈을 벌어야만 하는 '혜숙'과 아버지의 죽음의 충격으로 가출하여 가출한 친구들과 방황하는 그의 딸 '미진', 그 외에도 「환삼덩굴」의 '연암댁', 「라이타돌」의 '철규' 등은 모두 물신화된 자본주의 사회로부터 소외되고 그로 인해 상처받은 소수자들이다. 조르조 아감벤이 『장치란 무엇인가? 장치학을 위한 서론』에서 언명한 바 있는 〈장치〉로 표상되는 권력의 테크놀로지에 의해 사회의 중심으로부터 주변부로 내몰리고 배치된 채로 자신의 정체성이나 주체성 혹은 생존의 가능성을 상실해가는 호모 사케르들이 바로 김용매의 소설 속의 소수자들이다. 그의 소설 속의 중심인물뿐만 아니라 주변 인물들까지 모든 인물들이 소수자들이었고 힘겹고 고통스러운 삶을 견뎌

내고 있었다.

하여 그의 작품들은 소설의 위기, 문학의 위기에 대한 담론이 만연하는 사회에서 소설다움의 가치를 환기시키고 있다. 작금의 문학의 위기는 영상 매체의 부상과 그로 인한 독서인구의 감소 때문이기도 하지만 보다 근본적으로는 모순된 현실에 대한 문학의 응전력이 지난 시대의 그것들에 비해 턱없이 약화되었기 때문이기도 하다. 적어도 한국 소설사에서 송기숙이나 황석영, 이문구가 전성기를 구가하던 시절을 떠올리면서 그때와 지금의 당대 사회에 대한 문학적 응전력을 비교해 보는 것 자체가 무의미한 일일지도 모른다. 그럼에도 김용매의 소설은 잊혀 간 문학적 힘들을 떠올리게 한다.

그러한 이유 중의 하나가 그의 작품의 주요인물로 등장하는 소수자의 발견이다. 들뢰즈에 의하면 소수자는 비록 현실 권력의 장치에 의해 배제되고 소외된 자들이지만 그 때문에 새로운 사회의 진정한 가치를 창출할 수 있는 토대를 마련할 가능성을 가지고 있다고 한다. 기득권의 법과 언어들, 즉 장치에 포획되지 않았기에 미래 사회의 법과 언어들을 창출할 수 있는 기회, 새로운 진리치를 탐색해낼 수 있는 가능성을 소수자가 갖고 있는 것이다. 뿐만 아니라 김용매 소설의 매력은 사실주의적 기법에 충실하다는 점이다. 사실 소설이 자본주의 시대의 서사시가 될 수 있었던 이유가 모순에 가득찬 자본주의 사회를 총체적으로 드러낼 수 있었기 때문이고, 이러한 총체성의 재현이 바로 사실주의적 기법에 있었다는 점에서 김용매의 소설은 이 시대 소설의 장르적 정체성을 포획해 내고 있다고 할 수 있다.

2. 병리가족의 출현과 훼손된 섹슈얼리티

김용매의 소설들이 후기자본주의 시대의 모순을 극명하게 보여주고 있는데 그중에서도 특히 주목할 점은 병리적인 가족들과 그 구성원들의 슬픈 군상이다. 그의 소설 대부분에서 파편화된 형태의 가족의 모습들이 드러나고 있으며, 가정폭력과 불륜, 알코올 중독과 비정상적이거나 상식을 넘어서는 훼손된 섹슈얼리티의 양상들이 제시되고 있다.

중세에서 근대로 이행하면서 대가족의 붕괴와 핵가족화의 현상은 근대적 산업화의 흐름을 지탱하기 위해서는 불가피한 가족형태의 변이과정이었다. 그리고 한 부모와 자녀를 중심으로 구성되는 핵가족을 지탱해 내기 위해 사랑은 낭만적인 것으로 강조되었고, 때문에 열정적인 사랑이야말로 근대 핵가족 제도를 지켜 내기 위한 이념이상의 이념으로 근대인의 일상을 지배해 왔다. 근대에 들어서 등장한 수많은 소설과 영화, 드라마들에서 가장 강조되는 지상최고의 선이자 이념이 바로 사랑이라는 이름이었던 것이다. 그리고 그 사랑이 근대적 가족제도를 지탱해 내는 거멀못이 되었던 것이었는데, 이제 우리 시대의 많은 이들은 사랑을 믿지 않는다. 사랑이 단지 관념이나 쉽게 변질되고 마는 일시적인 감정으로 치부되면서 근대 가족도 파괴되기 시작하였던 셈이다. 이 지점을 김용매의 소설들은 제대로 포착해 내고 있다. 그의 소설 속에서 제시되는 가족 해체 혹은 파괴 현상이야말로 근대를 넘어선 탈근대 사회를 드러내 주는 징후 중의 하나일 터이다.

이러한 가족 파괴의 병리적 현상을 가장 잘 보여주는 작품이 「병리가족」이다. 남편의 갑작스런 죽음으로 인구주택 총 조사의 조사원으로 나서게 된 '혜숙'은 빈민가의 단독주택과 아파트를 찾아가게 되는데, 그는 자신보다도 훨씬 더 고통스럽고 힘겹게 사는 이들을 만나게 된다. 더구나 그가 우선적으로 파악해 낸 것은 다양한 가구의 가족 구성 형태였다.

> 한 조사구가 대략 70가구 되는데 삼대가 사는 집은 한두 가구에 불과했다. 편부모 가정과 1인 가구와 가족이 아닌 남남으로 이루어진 가구도 상당히 많았다. 장년층의 남녀가 가족이 아닌 남남으로 살아서 새로운 결혼 풍속도를 엿볼 수 있었다. 동남아시아 여성과 결혼한 가정도 있었다.
>
> − 「병리가족」

위에서 제시된 편부모 가정, 1인 가구, 남남으로 이뤄진 가구, 다문화가정 등이야말로 지금 우리 시대의 가족 형태를 그대로 보여 주고 있다. 더구나 이 소설에서 문제는 이러한 가족들이 정상적이거나 온전한 모습으로 삶을 살아가고 있지 못하고 있다는 데 있다. 아파트 정자에서 낮부터 남자들과 술판은 벌이는 빨간 입술의 여자는 중풍에 걸린 남편을 아파트 좁은 방에 방치해 놓은 상태이고, '혜숙'에게 호의를 보이는 휠체어 여자는 류머티스 관절염으로 불구판정을 받고 딸을 낳기 위해 곧 죽어 갈 폐병 환자와 결혼하여 임신 3개월 후 남편과 사별한 채 홀로 살아가고 있으며, 불량소년의 아지트라고 소문난 곳인 611호에서는 낮부터 접착제 봉투를 머리에 둘러쓴 채 환각상태에 빠져 있는 애들이 발견되는데 소설의 결말에서 '혜숙'은 이곳에서 가출한 딸 미진을 발견하게 된다.

이처럼 김용매의 소설 속의 모든 등장인물들은 병리가족(病理家族)을 둔 채로 병리적인 삶을 살아가고 있다. 이같은 병리적인 삶을 보여 주는 이들 가운데 장애를 가진 아이들이 반복적으로 소설 속에 등장한다. 「푸줏간 남자」에서 주인공 화자는 신혼 시절의 외도로 인해 매독에 걸리게 되고 그 영향으로 태어난 딸이 발달장애와 지적장애 판정을 받은 후 뇌성마비, 자폐증, 간질의 병명으로 어린 나이에 죽게 된다. 또한 「잠복기」에서도 주인공 '민수'의 두 아들 '재덕'과 '재민'은 초등학교 1학년과 2학년이지만 덩치와 몸무게는 고학년이라고 해도 무방할 정도임에도 지적장애를 갖고 있다. 주변 아이들에게 폭력의 희생양이 됨에도 불구하고 이에 항의하거나 이를 알리지 못하는 '민수'는 이러한 불행한 삶을 위로받기 위해 여성옷을 착용하고 자신의 여성적 젠더에 만족하는 성소수자의 삶을 지향한다.

한편 병리적인 가족의 출현은 김용매의 소설 속에서는 가족 구성원의 무책임한 불륜의 양상을 동반한다. 「푸줏간 남자」의 불행한 삶과 가정파괴는 주인공 화자의 무책임한 불륜으로부터 근원한다. 그리고 그러한 남자의 삶은 그의 아버지가 작은각시를 얻어 어머니를 고생시켰던 내력과 무관하지 않다. 「병리가족」에서도 중풍에 걸린 남편을 좁은 아파트 방에 방치한 채 대낮에 다른 남자들과 낮술을 즐기는 빨간 입술의 여자, 「잠복기」에서 지적장애에 걸린 아들과 성소수자의 삶을 지향하는 남편을 둔 채로 남편의 친구인 '삼손' 등과 애정행각을 벌이는 '민수'의 아내 등도 「푸줏간 남자」에서의 주인공 화자의 삶과 별다른 차이를 보이지 않는다. 이들은 모두 건강한 가족과 삶을 훼손하는 비정상적인 섹슈얼리티에 경도된 자들일 뿐이다.

특히 또 다른 소설 「흔적」은 다른 여인과 불륜에 빠진 남편 '경환'을 지켜보아야 하는 여성 주인공 '은형'의 심리를 치밀하게 그려 내고 있다.

> 그녀는 가스레인지 옆에 서서 끓고 있는 들통을 들여다봤다. 불순물이 섞인 거뭇한 거품이 몽글몽글 뭉쳐 있었다. 경환과 뜨거웠던 옛 기억이 가맣게 떠올랐다. 그는 열정적이었다. 한번 끓인 물을 버리고 차가운 물로 족을 씻었다. 깨끗하게 변하는 족을 보며 그녀의 손에 더욱 힘이 들어갔다. 잠시 후 불순물과 기름기를 씻은 족이 말간 얼굴로 그녀를 쳐다봤다. 경환도 씻으면 깨끗한 상태로 돌려놓을 수 있을까. 아니, 경환을 양잿물 넣고 푹 삶을까? 족을 한참이나 바라보고 있던 그녀는 실소했다. 씻는다고 그가 깨끗해질까. 삶는다고 깨끗해질까. 몸이, 아니면 마음이.
>
> ─ 「흔적」

자신에게 열정적이었던 남편의 변심에 마주한 여인의 심리를 사골 국물을 내기 위한 준비과정을 끌어와 환유적으로 제시하고 있다. 불순물과 기름기를 깨끗하게 씻어낼 수 있을 것이라 생각하기도 하지만 이후 사골 국물은 눌어붙어 고약한 누린내를 내며 온 집안을 점령하고 만다. '은형'의 내면의 상처가 결코 쉽게 씻겨 내지 못한 채 그의 삶을 질기게 붙들고 있게 될 것임을 감각적으로 묘사해 내고 있다.

김용매는 후기 자본주의 사회의 모순적인 삶의 근원이 병리적이고 파편화된 가족에 있음을 천착해 내면서 동시에 그 심층에 훼손된 섹슈얼리티가 자리하고 있음을 그의 소설들을 통해 사실적으로 재현해 내고 있는 것이다.

3. 열린 결말과 선악의 소멸

김용매의 소설에서의 결말은 항상 열려 있다. 사건의 전개과정에서의 인과율이나 인물의 갈등으로 촉발된 선악의 가치 혹은 옳고 그름을 그의 소설의 결말에서는 전혀 찾아볼 수 없다. 아리스토텔레스는 『시학』에서 서사의 개념을 처음과 중간과 끝이 있는 것이라 하였는데, 이는 원인과 결과, 즉 인과관계가 드러나는 이야기가 서사라는 장르임을 설명하는 것이었다. 때문에 서사에서 결말은 원인이 되었던 처음이나 중간의 이야기를 완결짓는 것이어야 하고 그 결과 결말에서는 작가나 화자의 선/악이나 긍정/부정의 가치 판단이 드러날 수밖에 없다. 그런데 김용매의 소설의 결말들은 대체로 유의미한 가치 판단이 드러나지 않는다. 기존의 서사에 익숙한 독자들에게는 너무도 낯선 것일 수도 있다.

「라이타돌」의 핵심인물인 '철규'는 도화리라는 마을에서 '라이타돌'이라는 별명으로 불리는 악한형의 인물이다. 그는 사시사철 백구두를 신고 읍내를 출입하는데 좁은 이마에 굵은 주름, 짙은 눈썹과 작은 단춧구멍처럼 쭉 째진 길고 가는 뱁새눈을 가진 사내이다. 그는 동네의 모든 여자들을 추행하고 괴롭히는데, 작품의 초점화자인 '경화'를 군내버스 안과 '경화'의 집마당에서 추행하려고 한 부도덕한 인물이다. 뿐만 아니라 그는 뭇 여자들과 사귀다 성폭행범으로 고소

되어 벌금형을 선고받기도 하였다. 그러면서도 그는 '경화'에게 다음과 같은 변명을 늘어놓기도 한다.

아짐, 내 속을 버선처럼 까뒤집을 수도 없어 속이 터져 불라고 안 하요. 어릴 때부터 덩치가 작다고 무시와 괴롭힘을 당할 때면 모든 사람이 적으로 보였당게요. 내가 송곳 꽂을 땅도 없는 집 아들로 태어난 것도, 머슴의 아들로 태어난 것도, 몸뚱이 작은 것도 내 선택도 아니고 내 잘못이 아닌데 왜 내가 그 책임을 옴팡 뒤집어써야 한단 말이요. 지금이 어떤 세상이요? 인간도 복제할 수 있다는 세상에 아직도 케케묵은 머슴 타령이나 하는 마을은 도화리뿐이 없을 거요.

－「라이타돌」

위의 문면에서와 같이 '철규'는 자신의 부도덕한 언행을 없는 집에서 머슴의 아들로 태어난 것 때문이고, 그로 인해 자신을 무시하는 마을 사람들 탓이라 변명하고 있다. 그러던 그가 어느 날 마을의 개천에서 죽은 채로 발견된다. 그의 갑작스런 죽음에 마을 사람들은 냉소와 비아냥으로 일관한다. 소설의 인과관계의 흐름 속에 그의 죽음은 그동안의 불의한 행위에 대한 당연한 귀결로 이해될 수 있다. 그럼에도 소설의 결말에서 초점화자 '경화'의 다음과 같은 의식의 표출은 선악의 가치판단을 기대했던 독자들에게는 낯선 것이 될 것이다.

영철이 진저리를 치는 것처럼 몸을 부르르 떨더니 마을 쪽으로 발길을 돌렸다. 마을 사람들이 깔깔거리며 그 뒤를 따랐다.

철규의 죽음에 대해 안타까움이나 슬픔은 찾아볼 수 없었다. 그가 한 짓은 분명 나쁜 짓이었다. 타인의 죽음에 슬픔을 동반할 필요까지는 없지만, 죽은 자에 대한 최소한의 예의는 필요하지 않을까. 마치 작은 축제장 분위기 같았다. 한 사람의 우주가 끝났는데 아무것도 변한 것이 없다는 게 끔찍했다.

경화는 주위를 둘러봤다. 평상시와 같이 개천은 흘렀다. 하늘에는 안개구름이 여러 가지 모양으로 변하며 바람 따라 무심하게 움직였다.

철규가 매일 타고 다니던 군내 버스가 정차했다. 버스는 잠시 후 떠났다. 그는 차가운 물속에 벌거벗은 채로 누워 있다. 그의 몸 위로 잠자리들이 떼 지어 날아갔다.

– 「라이타돌」

마을 사람들에게 악인으로 인식되었던 '철규'의 죽음 앞에 작가의 의식을 대변하는 초점화자 '경화'의 의식은 가치중립적으로 읽힌다. 한때 '철규'에게 추행을 당하고 그에 대한 부정적 의식으로 일관하던 '경화'가 소설의 결말에서는 그의 죽음에 대해 안타까움이나 슬픔에 대한 감정을 보이지 않는 마을 사람들에게 심리적 거리감을 내비친다. 죽은 자에 대한 최소한의 예의가 필요하다는 의식을 전제로 '철규'라는 존재의 죽음을 '한 사람의 우주가 끝났다'로 묘사하고 있다. 그의 죽음에도 불구하고 평상시와 같이 개천은 흐르고, 안개구름은 무심하게 움직이고 있었고, 그리고 그의 주검 위로 "잠자리들이 떼지어 날아갔다"는 문장으로 소설은 끝이 나고 있다. 이 지점에서 우

리는 소설가 김용매의 가치관, 혹은 인생관, 더 확장하면 그의 우주
관을 발견할 수 있다.

그는 인간이 만들어 놓은 작위적인 가치들, 이를테면 선이나 악,
윤리나 도덕률의 부질없음을 간파하고 있는 듯하다. 사실 인간의 근
대문명이야말로 이성으로부터 발원하는 가치나 이념을 바탕으로 수
많은 사람들에 대한 폭행과 학살을 저지르면서 죽음과 죽임의 역사
를 반복해 왔다. 나약하기 그지없는 인간이란 동물이 만들어 놓은
하찮은 잣대를 가지고 인간과 자연, 남성과 여성, 백인과 유색인종
을 구분하여 착취하고 억압하고 살육을 자행하면서 도달한 것이 작
금의 후기 자본주의 사회일 것이다. 그리고 그러한 잣대의 결과물이
선이고 악이고 도덕이고 윤리였음이다. 역설적으로 들여다보면 존
재 그 자체이자, 각각이 하나의 우주인 인간 생명을 그러한 기득권
자들의 가치판단으로 수없이 말살해 왔음을 작가 김용매는 제대로
인식해 내고 있는 것은 아닐까?

인간을 우주적 존재로 묘사한 것은 「환삼덩굴」에서도 반복된다.
소설 속의 초점 인물인 '현미'는 자신과 남편의 공장 운영을 방해하
기 위해 군청에 민원까지 제출한 '연암댁'의 언행에 대해 부정적 태
도로 일관한다. 하지만 다음의 문면에서는 그의 '연암댁'에 대한 인
식이 변화하고 있음을 발견할 수 있다.

> 그녀는 허리를 꼿꼿이 세운 채 또박또박 관절염이 있는 다리
> 를 한 번도 절지 않고 걸어가다가 출입문을 활짝 열고 돌아섰다.
> "흥, 나는 그래도 뒤통수는 안 친 사람이야, 인생 살아 보랑께.
> 눈에 보이는 칼보다 숨어서 쏘는 화살이 더 무섭지, 암."

연암댁은 엄동설한을 이겨 낸 칼날 같은 시퍼런 마늘 이파리가 생생하게 다가오는 듯했다. 올해 수확할 마늘은 여느 해보다 매운맛이 깊을 듯싶었다.

열린 출입문으로 세찬 바람이 불면서 연암댁의 모습이 우주를 짊어지고 나가는 것 같았다. 사무실에 있는 모든 사람들이 그녀의 뒷모습을 물끄러미 바라보고 있었다.

현미는 쏟아지는 한낮의 햇살 앞에 당당히 걸어가는 연암댁의 모습이 멀리서 봤던 수정리의 이리 구부러지고 저리 비틀어진 소나무, 비비 비틀어졌지만 절대 죽지 않을 소나무처럼 보였다. 튼튼한 나무에도 절대 지지 않을 환삼덩굴 같았다.

― 「환삼덩굴」

「환삼덩굴」이란 소설의 결말 부분이다. 위의 문면에서처럼 초점 인물 '현미'의 연암댁에 대한 의식의 추이는 기존의 부정적 태도와는 다른 면이 있다. "연암댁의 모습이 우주를 짊어지고 나가는 것 같았다"거나 "비비 비틀어졌지만 절대 죽지 않을 소나무"나 "튼튼한 나무에도 절대 지지 않을 환삼덩굴"이라는 묘사를 통해 '연암댁'의 강한 생명력이 강조된다. 더구나 시골마을에 플라스틱 공장을 짓고 가난한 마을 사람들에게 베푸는 듯한 자세를 견지하던 시혜자로서의 태도는 사라지고 '현미'는 '연암댁'을 새로운 시선으로 바라보고 평가한다. 비록 형제들에게 배신당하고 그로 인해 남편은 자살하고 딸 하나와 외롭게 살고 있음에도 이러한 불행에 얽매이지 않고 떳떳하고 당당하게 살아가려는 '연암댁'의 강한 생명력을 초점화자 '현미'는 우주에 비유하고 있다.

이처럼 김용매의 소설들은 대부분 결말에서 가치론적 반전을 보이거나 가치판단을 유보하고 있다. 이는 그가 기존의 인식틀에 얽매이지 않고 있음을 반증하는 것이다. 반복되는 이야기이지만 인간이 만들어 놓은 선악이나 시비는 단지 인간들의 것일 뿐이다. 그것도 그것을 규정하고 배치해 놓은 가진 자들, 기득권자들의 가치이고 판단일 터이다. 그것은 어쩌면 인간들의 몸짓, 행동, 의견, 담론을 포획, 지도, 규정, 차단, 주조, 제어, 보장하는 장치들, 아감벤이 말한 권력자들의 장치와 같은 것일지도 모른다. 그러한 기득권자들의 영역과 진리와 장치에 포획되지 않은 우리 사회의 소외된 자들, 특히 김용매의 소설에 나오는 병리가족의 구성원들, 빈민들, 장애인들, 성적 소수자들에게는 그것들은 단지 허위이고 억압의 도구에 불과하다. 소수자인 그들에게는 지금 여기 살아 있음만이 진리이고 선일 것이다.

4. 냉정한 시선의 화자 혹은 소설가의 첫발

앞에서도 이야기한 바와 같이 김용매의 소설들의 결말은 항상 열려 있다. 작가의 의식을 대변하는 초점인물이나 화자의 의식 혹은 가치판단이 제대로 읽히지 않는다. 아니 의도적으로 작가는 작품들의 결말에서 자신의 의식을 드러내지 않고 작중인물들의 삶의 행로를 그대로 내버려 둔다. 작중인물들이 선의 행로를 걸어왔든 악의 내력을 반복했든 그 인과율과 상관없이 작품의 결말을 맺는다. 「봉이」에서 자신을 이중적으로 대하는 교감선생님의 행태에 대해 '봉이'

는 그냥 모르는 채 내버려 둘 뿐이고, 「라이타돌」에서도 초점 인물 '경화'는 '철규'의 죽음에 대해 자연이나 우주의 한 현상으로 인식한다. 이러한 양상은 「흔적」의 결말에서도 주인공 '은형'의 태도는 상식 수준의 인과율과 별 상관없어 보인다.

> 은형은 미장원 푹신한 의자에 몸을 맡겼다. 긴 생머리가 잘리면서 상큼한 냄새가 몸을 휘감았다. 그녀는 코를 찡긋거리며 폐부 깊숙이 냄새를 담았다. 눈에 보이는 세계가 아닌 가슴 깊숙한 곳에서 들려오는 자신의 목소리에 귀를 기울였다.
> 휴대폰으로 해외여행 사이트를 검색하는 손끝이 경쾌했다.
>
> ─「흔적」

위의 문면에서와 같이 이 작품의 결말은 '은형'의 남편에 대한 용서나 복수라는 기존의 서사물들이 가지고 있는 인과율에 따르지 않는다. 얼핏 남편에 대한 용서로 보일 수도 있지만 그보다는 남편의 삶과는 전혀 상관없는 나만의 삶을 지향하겠다는 '은형'의 새로운 출발의 의지로 읽는다. 우주 혹은 자연 가운데 오로지 홀로인 개별자로서의 자신만의 고유하고 독자적인 삶을 살겠다는 여성인물의 각성된 인식이 돋보인다고 하겠다. 이처럼 작가가 작품 속의 인물들을 하나의 우주 혹은 생명에 비견하는 것은 한편으로 각각의 인물들이 스피노자의 코나투스에 충실한 인물임을 입증하는 것이기도 하다. 스피노자는 각각의 존재들이 자신의 고유한 생명이나 본질을 보존하려는 노력들을 코나투스라 하였는데, 이는 모든 생명적 존재들이 단독자로서의 존재론적 고유함을 지켜 내려는 것을 설명하는 개념이라 할 수 있다. 그런 점에서 김용매는 그의 소설 속에서 자신 이외의 존재나 대상에 구속되거나 포획되지 않고 스스로의 존재 그 자체의 고유함을 지켜 내려는 단독자로서의 인물들을 형상화해 내고 있는 것이다.

이와 같이 기존의 선과 악, 시비, 혹은 도덕과 윤리의 개념을 넘어선 새로운 삶과 존재론적 지평에 대한 김용매라는 작가의 새로운 선언적 의지를 그의 작품 곳곳에서 찾아볼 수 있는 것이다. 바디우는 우리가 진리에 도달하기 위해서는 기존의 언어로는 설명할 수 없는 사건을 마주해야 한다고 한 바 있는데, 김용매는 우리의 구체적인 현실 속에서 무엇인가 진리를 발견하기 위해서는 기존의 관념과 언어로 표상된 진리치를 부정해야 한다는 인식에 도달해 있는 것처럼 보인다. 새로운 진리치는 어쩌면 그냥 비어 있음으로써의 진공상태, 혹은 백지와 같은 영혼을 가진 이, 이를테면 소수자와 같이 그 어떤 대상이나 존재에 구속되거나 포획되지 않은 이들에게서만 얻어질 수 있는 것인지도 모른다. 그러한 소수자로서의 진리에 대한 깨달음 혹은 작가의식이 그의 작품들에 고스란히 형상화되고 있다고 할 수 있을 터이다.

뿐만 아니라 이러한 열린 결말은 대상을 있는 그대로 재현하려는 사실주의에 충실한 작가의식의 발로라고도 하겠다. 기존의 관념이나 가치에 매몰되지 않고, 아감벤이 강조한 권력자들의 장치에 포획되지 않은 채로 대상을 그 자체로 표상해 내려는 냉정한 의식의 눈을 김용매라는 신예 소설가는 갖고 있는 것처럼 보이기도 하다. 사실 그가 이 작품들에서 다루는 대상들, 소수자들의 삶은 그냥 지켜보는 것만으로도 무척이나 고통스럽고 힘겨울 수가 있다. 그럼에도 작가는 그 대상들과의 거리를 유지한 채로 감정적으로 동조하거나 자신의 감정을 이입하지 않고 있다. 초기 근대소설의 리얼리즘 작가들이 유지하는 대상과의 냉정한 거리와 객관적인 시선을 김용매는 끝까지 유지하고 있는 것이다. 하여 이 작품집이 그의 첫 작품적 성과라는 점에서 그의 전도는 무척이나 밝다.

하지만 문제는 이 냉정한 거리와 시선을 계속해서 유지해야 하느냐의 문제이다. 그 거리를 깨트리는 것도 대상을 보다 깊이 이해하고 통찰할 수 있는 또 다른 방법의 시작이 될 것이다. 진정한 사랑은 자신과 타인과의 거리를 좁히거나 그 거리를 무너뜨리는 데서 출발한다는 점에서 대상에 대한 냉정한 시선을 접고 대상에 다가서보는 것이 필요하지는 않을까? 이를 위해서 대상에 대한 다층적인 성찰과 공부, 그리고 애정의 강도가 더해진 풍성한 내면을 가꾸어낸다면 김용매의 소설적 깊이는 더욱 웅숭깊어 질 것이라 믿어 보면서 이 글을 맺는다.

제3부

오월 광주, 운주사, 그리고 도선의 비의(秘意)

1.

사람 사이의 만남은 인연을 전제로 한다. 그것을 또한 운명이라고 할 수도 있을 터이다. 그런데 나는 운명이 신이나 절대자에 의해 예정되는 것이라고는 생각하지 않는다. 우리들의 만남과 인연, 그리고 운명 뒤에는 우연이 아닌 필연, 즉 인류의 역사적 분투와 진화의 과정이라고 하는 필연이 개입되어 있으리라는 것이 나의 생각이다. 원시 시대부터 지금까지 축적된 인간의 지혜, 태초의 신화에서부터 근대의 이데올로기에 이르는 그런 것들에 의해 우리의 인연과 만남은 예정된 것이었으리라. 하여 오늘 누군가와의 우연을 가장한 만남의 이면에는 인류가 갈등하고 투쟁하고 타협해온 인류 보편의 역사가 자리하고 있다고 할 것이다. 이쯤에 이르면 인간의 만남과 인연 속에는 지금 여기까지의 인류의 역사, 문화, 정서, 이데올로기라는 공분모가 전제되어 있음이다. 때문에 어떤 만남도 우연이 아닌 필연인 셈이다.

그런 점에서 소설가 박혜강 선생과 나의 만남도 우연인 듯 보이지만 필연적 만남이었던 듯싶다. 우연처럼 보이지만 언젠가는 만나고야 말 인연, 그것은 바로 1980년대와 광주라는 시공간의 공분모가 존재한 때문일 것이다. 본디 문학판에서 형님이란 호칭이 편한 것이겠으나 나는 그를 선생님이라 호칭한다. 그와 나의 띠동갑의 나이 차를 무시할 수 없기 때문이다. 그러나 무엇보다도 광주 문학 공동체 내에서 박혜강 선생은 감히 범접하기 어려운 위상을 가지고 있었다. 외모에서 풍기는 강력한 인상, 작가회의나 소설가협회에서 추진력 있게 일을 밀어붙이는 모습은 후배들에게 경외의 대상일 수밖에 없었다. 그러나 몇 년 전 마지막까지 지켜낸 어느 겨울날의 술자리가 아니었으면 그는 여전히 나의 인식 지평 너머의 존재로 머물렀을지도 모른다. 그가 1980년대 광주 도청 앞 금남로에서 살벌한 최루탄으로 독한 눈물을 흘렸다든지, '석탄공사'라는 기가 막힌(?) 직장을 그만 두고(거기에는 "너는 글을 써야 한다. 너만큼 글 잘 쓰는 사람도 없다"는 친구인 홍성담의 계속되는 유혹(?)때문이었다는 설이 있다.) 광주로 내려온 뒤 「검은 화산」이란 소설로 늦은 등단을 하고, 1991년에는 제1회 실천문학상을 수상한 것, 그 후 지금까지 한눈팔지 않고 장편소설 『다시 불러보는 그대 이름』, 『안개산 들바람』, 『운주』 등을 발표하면서 고단한 전업 작가의 삶을 불굴의 의지로 지켜온 삶의 내력들이 내게는, '산 너머 남촌' 그 이상 그 이하도 아니었을 것이다. 그런데 그날 밤 묘한 열기 속에 서로의 인연, 솔직하게 이야기한다면 학연의 확인이 이루어졌고, 어떻게 보면 너무나도 전근대적인 것이지만 고교 동문임을 확인하는 순간, 서로의 문학관이나 이데올로기는 아무 의미 없는 것이 되고 말았던 셈이다, 적어도 그날 밤에만은.

그 후 선생은 어린 후배임에도 잊지 않고 좋은 술자리가 있으면 불러 주었고, 나 역시 불감청(不敢請)이나 고소원(固所願)의 마음으로 자리를 함께하곤 하였다. 최근 순천으로 직장을 옮기면서 뵐 기회가 적적하였는데, 선생이 갑작스럽게 『도선비기』의 원고를 주시며 글을 부탁하였다. 순천대학교 박물관에서 도선이 창건했다는 옥룡사지 발굴을 하였기도 하고, 나도 한번 그곳을 둘러본 경험이 있었던 차지만, 어쨌든 광양에서 가장 가까운 곳에 있는 내가 이 소설평의 적임자라는 것이다. 부족한 역량 때문에 몇 번의 거절, 하지만 여의치 않았다. 짧은 시간에 여러 번 읽지를 못했다. 나의 좁은 안목이 거대한 전체를 통찰해내지 못할 것 같다는 안타까움에 불면의 밤을 만들고 말았다. 부족한 능력을 짧은 지면으로 대신해보고자 한다.

2.

이 작품은 도선이 옥룡사를 짓기 위해 희양 땅(지금의 광양)에 들어서는 장면으로부터 시작한다. 백두대간의 제일 끝자락, 그러니까 백두산에서부터 시작하여 강이나 하천, 심지어는 작은 냇물 하나를 건너지 않고 도달할 수 있는 제일 끝자락인 백운산에 도선국사가 옥룡사를 지은 내력을 추적해가는 과정이 바로 이 소설의 주요한 스토리라인이다. 그것은 결국 도선의 탁월했던 풍수지리 사상의 비의(秘意)를 추적하는 과정이기도 하다.

통일신라 말기 각 지역에서 준동하는 호족들과 그들의 비호를 받아 끝없는 정쟁을 일삼는 왕족들로 인해 힘없는 백성들은 도탄에 빠지게 된다. 영암 땅에서 태어나 홀어머니 밑에서 자란 도선, 그는 전 국토를 순례하며 혹독한 수행과 구도의 과정을 거친 후 자신의 독창적인 풍수 사상을 정립한다. 하지만 그가 자리를 잡고 마지막 입적할 때까지 근거를 삼은 곳은 광양 백운산 자락의 옥룡사이다. 그리고 그 주변에 삼암사(순천 선암사, 광양 운암사, 진주 용암사)를 건축한다. 경주의 왕들이 그를 국사로 초빙도 하지만 그가 그것을 거부하고 국토의 제일 끝자락에 이런 절들을 창건하는 데 힘쓴 까닭은 무엇일까? 작가 박혜강은 이 작품에서 그 해답을 제시한다.

> 백운산 일대는 동서 지역의 분계지점이었다. 그러니까 예로부터 마한과 진한 그리고 백제와 신라의 접경지대임과 동시에 치열한 전쟁터라서 수많은 사람들이 단말마의 비명을 지르며 쓰러졌던 곳이었다.
> 도선은 백운산 일대에 사찰을 세워 비보함으로써 완충지대(緩衝地帶)를 삼을 계획이었다. 비보사찰을 세워 양 지역 간의 교류를 도모하고, 불력(佛力)으로 해묵은 갈등을 해소시키면 분열된 국토 남단부가 봉합되어 국태민안을 도모하는 데 크게 기여할 수 있을 것으로 내다보았던 것이다.

이처럼 이 작품은 비록 천 년 전의 역사적 사실을 소재로 하였지만 거기서 찾아낸 문제의식은 바로 오늘 우리가 당면한 문제와 결코 다르지 않음을 보여주고 있다. 루카치는 그의 『역사소설론』에서 역사소설은 과거의 역사적 사실을 다루더라도 등장인물의 심리나 묘사된 풍속은 완전히 작가 당대의 것이어야 한다고 강조한 바 있다. 그런 점에서 작가 박혜강은 천 년 전의 역사적 특수성이 바로 현재 우리의 삶을 규정하고 있는 역사적 특수성과 상동한 것임을 절묘하게 포착해내어 이 작품에 그려내고 있다. 당시 각 지역에서 할거하는 호족들로 인한 반목과 질시, 그리고 원한의 앙금을 씻어내고자 비보사찰을 지으려고 했던 도선, 작가는 도선과 같은 비판적이면서 실천적인 지성과 더불어 그러한 인물을 민족사적 영웅으로 부각시켜낼 수 있었던 민중들의 각성된 의식이 오늘날 우리에게도 필요함을 역설한다. 더불어 남북으로 분단된 우리의 민족적 현실과 동서로 갈라진 정치적 현실, 이로 인해 피해 받는 존재는 민중들임을 그는 적실하게 지적해내고 있으며, 그러한 파당과 분열을 극복하는 것만이 우리의 민족적 당면과제임을 제시하고 있는 것이다.

또한 도선이 갖고 있었던 풍수사상에서 작가는 국토의 균형발전 의식을 찾아내었다. 도선은 낮은 수준의 음택 풍수를 거부했다. 그가 현실 정치에 타협적인 존재였다면 경주로 가서 국사가 되었거나 영향력 있는 호족의 책사가 되었을 것이다. 그런데 그는 국토를 순례하면서 낮고 어두운 곳을 세상에 알려 효율적으로 이용되도록 하였다. 그것은 좁은 국토를 효율적으로 활용하려는 독창적 풍수 의식으로부터 비롯된 것이면서, 한편으로는 국토의 후미진 곳에서 핍박받는 민중들을 제도하려는 대승적 불교 의식의 실천적 결과이기도 하다.

좁은 국토에서 좋은 땅만 골라 갖겠다는 것은 지나친 욕심이지 않겠소이까? 설령 결함이 있는 땅일지라도 비보(裨補: 도와서 모자람을 채움)를 하여 좋은 땅으로 만들면 됩니다. 그러니까 사람이 병들어 위급할 경우 혈맥을 찾아 침을 놓거나 뜸을 뜨면 병이 낫는 것과 마찬가지죠, 산천의 병도 그렇게 치료할 수 있다는 것입니다. 그래서 결함이 있는 땅은 사찰을 지어 보완하고, 땅의 기세가 과도한 곳은 불상을 세워 누르고, 땅의 기세가 달아나는 곳은 탑을 세워 머무르게 하고, 등진 땅은 당간을 세워 불러들여야 합니다. 그러면 세상을 구제하고 사람을 제도하게 되어 마침내 천하가 태평해질 것입니다. 이런 것을 의지법(醫地法)이라고 하옵니다.

국토는 단순한 땅이 아니다. 푸코의 전언처럼 우리의 육체가 권력이 투사되는 공간인 것처럼 국토 또한 그 구성원들의 이해관계와 권력이 철저히 작용하고 투사되는 공간이다. 수도 이전 문제로 인해 대통령 탄핵이나 헌법 재판이 이루어지는 모습을 보면 땅이야말로 기득권자들의 권력의 저장소인 셈이다. 땅은 바로 자본 그 자체이거나 자본의 가장 안정된 저장소이기 때문이다. 그러므로 도선은 자신만의 독창적인 풍수지리 사상으로 혼란스러웠던 당대 신라사회를 탈영토화하려고 했던 혁명적 의식을 가진 인물이었을 것으로 추론된다.

그리고 당시 경주를 중심으로 한 기득권 불교 세력들이 철저히 교종 중심이었음에도 그가 선종을 택한 것은 주목할 만하다. 당대의 교조화되고 권력화된 불교의 지배 담론을 철저히 부정하려고 시도한 인물로 도선을 평가할 수 있다. 더구나 선종 가운데 밀교의 한 분파라고 할 수 있는 풍수지리에 그가 초점을 맞추게 된 점에서 그가 지향했던 사상의 진보적 참신성을 읽어낼 수 있다. 도선은 신라 중심의 한반도 운영 체제에 대한 전복의 필연성을 새 시대의 사회적 이데올로기로 승화시켜낸 혁명적 지식인이었던 셈이다. 그러한 역사적 추론과 정치적 상상력을 형상화해낸 작품이 바로 박혜강의 『도선비기』이다.

이 작품에서 분열된 민심과 민족의 통합을 지향한 도선은 문약하던 최치원과는 다르게 현실에 능동적으로 참여하는 지식인상을 보여준다. 그러한 도선의 고민을 다음의 문면에서 확인할 수 있다.

> 한 민족의 분열과 대립은 끔찍한 파괴와 살생을 부를 터였다. 그런 불행을 손쉽게 막을 방도가 있으면 좋으련만 자신의 역량에 한계가 있었고, 도도하게 흐르는 역사의 물결을 돌릴 방도가 없어서 매우 안타까웠다. 하지만 그렇다고 해서 좌시하거나 방관해서는 안 되고 최선을 다해 시국을 현명하게 수습해 내려고 노력하는 것이 중요했다.

동일한 6두품 출신이면서 당나라 유학까지 다녀온 최치원이 현실 정치에 염증을 느끼고 현실로부터 도피해갈 때, 도선은 도탄에 빠진 민중과 현실을 구원하려는 노력을 거듭했다는 점에서 두 지식인의 현실 대응 태도는 상반된다. 그는 민족의 분열과 대립으로 인해 끔찍한 파괴와 살상이 자행되는 것을 방관하지 않았다. 그는 독창적 풍수 사상을 널리 알리고 실생활에 활용하여 현실 사회의 구조적 모순들을 해결해 나가고자 노력했던 실천적 지식인이었던 것이다.

그런데 이 작품이 가지고 있는 또 하나의 미덕은 잘 읽혀진다는 점에 있다. 파편화된 의식과 분열된 내면을 전경화시키는 최근 소설들의 홍수 속에서 이 작품은 일관된 스토리라인과 정제된 문장으로 통어되고 있다. 서사성이 파괴되고 가치의 상실이 전경화되는 시대, 박혜강의 소설들이 빛을 발하는 이유가 바로 여기에 있다.

더구나 리얼리즘 역사소설의 가장 주요한 덕목이라 할 수 있는 전망을 이 작품이 담보해내고 있다는 점에서 이 작품의 우월성은 더욱 돋보인다. 그러한 전망은 왕건을 매개로 획득된다. 이 작품에서 도선은 왕건이 태어날 집터를 잡아주고 유년의 왕건을 백학동으로 데려와 왕재로서 갖추어야 할 자질들을 가르친다.

> 왕건이 배에 올라탔다. 도선이 장차 분열될 삼한을 통일하여 제왕으로 등극하게 될 왕건에게 군신의 예를 갖추며 무릎 꿇고 절했다.
>
> "옥체 보존하시어 부디 삼한을 통합하는 대업을 이루소서."
>
> 망덕포구 앞 여의주처럼 동그란 섬에서 백학이 축복처럼 날아올랐다. 그 섬은 도선이 장차 제왕이 될 왕건을 배알했던 곳이라고 해서 '배알도'라고 부르게 되었다.

이 소설의 대미를 장식하는 마지막 단락이다. 각 지역의 분열과 정쟁으로 말미암은 민중의 고초를 바로 잡을 인물로 도선이 왕건을 선택하고 지원했음을 보여주고 있다. 정밀한 고증이 필요할 수도 있지만 이 작품이 허구인 소설임을 감안한다면 작가가 구현하고자 하는 역사적 전망은 도드라져 보인다. 작가는 왕건이라는 민족사적 개인을 등장시킴으로써 분열된 세상을 하나로 통합할 수 있는 전망을 제시한 것이다. 이러한 서사성과 전망을 확보해낸 이 작품은 루카치가 제창한 바 있는 역사소설의 전범을 보여준다고 하겠다.

한편으로 개인적 취향이기는 하지만 이 소설을 읽으면서 나는 마음이 무척 편안했다. 이 작품이야말로 브라우닝의 연극 대사 중의 하나인 '나의 영혼을 찾아 길을 떠난다'는 것과 같은 자기 정체성 탐색의 소설이면서, 구도를 위한 수행과 깨달음의 궁극을 추구하는 구도소설(求道小說)이라고 할 수 있을 것 같다.

범진은 역근경을 수련할 때마다 '나[我]'라는 단어가 사라지고 '우리'라는 단어가 떠오르는 것을 느꼈다. 마주 대하고 있는 정자나무가 자신이었고, 자신이 정자나무처럼 느껴졌다. 그뿐만 아니라 삼라만상이 자신이었고, 자신이 삼라만상이었다. 그건 모든 것이 별개가 아니라 혼합체였으며 철저한 인연으로 얽혀 있다는 것을 깨닫게 해주는 것이었다.

물아일체의 수행의 경지를 보여주는 문면이다. 후기 자본주의 사회를 맞아 정체성을 상실한 채 혼돈의 삶을 살아가는 우리에게 깨달음의 필요성을 자극하는 구절이기도 하다. 삼라만상이 자신이고 자신이 삼라만상임을 깨닫는 것, 모든 것이 별개가 아닌 철저한 인연의 소산임을 깨달아 가는 구도의 과정이 세밀하게 서술되고 있다. 자신의 마음이나 내면의 흐름을 차분하게 관찰할 수 있는 여유, 혹은 자신의 삶을 지탱하게 하는 것이 진정으로 무엇인가에 대한 깨달음이 우리에게는 필요한 것이다. 그런 점에서 『도선비기』를 읽는 과정에서 진정한 마음의 깨달음이 우리에게 다가올지도 모를 일이다.

모름지기 수행을 할 때는 아집(我執)과 집착(執着)과 알음알이를 조심해야 된다고 했다. 아집은 병을 낳고, 집착은 마를 낳고, 알음알이는 외도(外道)로 빠질 우려가 많았기 때문이다. 특히 화두를 알음알이로 헤아리게 되거나 언어와 문구를 따지게 되면 깨달음을 구하려는 마음이 자기의 본심을 가려 미혹에서 벗어나지 못하는 경우가 허다했다.

　　우리 현대인들의 병은 아집과 집착에 있다. 사랑에, 물질에, 명예에 집착하는 순간 내 순정한 본래적 삶은 사라지고 만다. 그것들이 나의 맑은 본심을 가리기 때문이다. 작가는 이 작품에서 도선의 치열했던 구도과정을 제시하면서 삶에 대한 집착을 버리고, 그 버리려는 마음까지도 버리라고 강조한다. 특히 이 작품에는 『죽음의 한 연구』로부터 시작하여 『칠조어론』을 거쳐 『평심』에 도달한 박상륭 소설의 주요한 화두들이 유사한 방식으로 변주된다. 임제 선사의 '살불살조(殺佛殺祖)'의 법어, '평상심이 바로 도(平常心是道)'라고 했던 마조도일의 설법 등 선불교의 화두들을 이 작품에서 쉽게 찾아볼 수 있다. 이는 작가가 '도선'이라고 하는 대선사의 일대기를 제대로 형상화하기 위해 얼마나 많은 준비와 공부를 해냈는가를 보여주는 대목이기도 하다. 결국 작가는 도선이라는 구도적 인물의 지난한 깨달음의 역설을 통해 분열적 후기 자본주의 시대를 살아가는 우리에게 정체성 찾기의 고뇌와 필요성을 강조하고 있는 것이다.

　　그런데 이 작품에서 도선이 지나치게 비범한 인물로 형상화된다는 점에서 리얼리티의 상실을 불러오기도 한다. 불교에 정진해서 나름의 도를 깨우쳤다거나 풍수지리에 독창적인 업적을 일구어냈다는 점은 다른 고증 없이도 추론 가능한 바이다. 하지만 그가 의술뿐만 아니라 무예에도 능한 인물로 묘사된 점은 지나친 감이 없지 않다. 역사소설에서 영웅적 인물을 부각시키기 위한 부득이한 선택일 수 있지만 모든 면에서 범인을 넘어서는 완전무결한 인물로 도선을 그려낸 것은 다시 고려해 봐야 할 문제인 듯싶다.

더욱 문제는 도선이라는 하나의 초점인물에 의해서만 이야기가 제시된다는 점이다. 당대의 민중들이 간절하게 원하는 영웅적 인물로서의 도선의 뛰어난 능력과 자질도 중요하지만 다양한 민중들의 시각과 욕망을 제시하고 수렴할 수 있는 제2, 제3의 주변인물들이 등장하지 않는 점이 이 작품의 문제라고 할 수 있을 것이다. 그것은 프로타고니스트(주인공, 주체)인 도선의 이념과 종교적 관점에 대항하는 안타고니스트(부주인공, 적대자)를 이 작품에서 찾아보기 어렵다는 사실과도 연관된다. 이러한 적대자나 적대 세력의 세계관이나 시대의식의 제시가 미약함으로 인해 당대 세계의 질서와 지배 담론에 대한 객관적 조명이 제대로 이루어지지 못하고 있을 뿐만 아니라 이것이 극적 박진감을 감소하게 하는 요인이 되기도 한다.

3.

붉은 단풍이 마지막 절정을 다하던 지난 가을 어느 날, 『녹두장군』의 저자인 송기숙 선생님과 운주사에 다녀왔다. 운주사는 송기숙 문학의 정신적 자양분이 되었던 곳이다. 이를테면 송기숙 소설의 항상적 요소로 작용해온 미륵신앙이 운주사 천불천탑의 전설과 여러 유물들에 적층되어 있기 때문이다. 운주사는 백제 멸망 이후 남도의 지배적인 불교 사상으로서의 미륵신앙을 상징적으로 보여주는 곳으로, 1980년 오월 광주 이래 민중적 의식을 가진 사람들이 수없이 찾았던 곳이기도 하다. 이처럼 운주사의 민중 신앙적 상징은 송기숙의 『녹두장군』, 황석영의 『장길산』, 박혜강의 『운주』에서 강조되었던 바이다.

이날 의미 있는 이야기 두 가지를 들을 수 있었다. 하나는 운주사를 중심으로 한 호남의 미륵신앙과 혁명의 역사에 관한 것이었고, 하나는 도선 풍수사상의 독창성이었다.

신라의 삼국 통일로 전 국토가 아미타 신앙으로 개종되어 가는 동안에 오직 옛 백제의 고토에서만 미륵불이 신앙의 대상으로 부각되었던 점은 대단한 정치·역사적 함의를 갖는다. 더구나 우리의 근·현대사의 분수령이 되었던 동학혁명으로부터 광주항쟁으로 이어지는 혁명의 역사가 바로 호남에서 발생한 것은 이와 깊은 관련이 있다. 또한 호남인들에 의해 일어났던 동학혁명, 일제 강점 이전의 의병항쟁, 1920년대 암태도 등의 농민 소작 쟁의, 광주학생운동, 여순사건, 광주민중항쟁 등은 비록 호남지역에 한정된 운동들이었지만 그것들은 철저히 우리 민족의 주요 모순과 기본 모순으로 비롯된 것이었으며, 호남인들은 이러한 운동의 과정에서 자신들만의 이해관계 때문이 아니라 전체 민족 공동체의 생존과 정체성 확보를 위해 자신들의 전부를 기투(企投)했다는 것이다.

한편 운주사의 창건에 관한 기록과 자료들이 많지는 않지만 그중에 도선 국사 비기가 나름대로 설득력을 얻는다. 그런데 문제는 도선이 운주사 창건과 관련 있는 것보다 도선의 풍수사상의 독창성에 관한 것이었다. 송기숙 선생님에 의하면 도선은 중국의 풍수사상을 수용했으면서도 그것을 우리 민족에 맞는 것으로 독창적으로 변형시켰다는 것이다. 즉 중국은 땅이 넓고 평평한 지역이 많아서 좋은 땅을 골라서 이용하지만, 우리나라는 땅이 좁고 산이 많아 좋은 땅이 별로 없다. 때문에 도선은 척박한 땅도 자주 이용하면 좋은 곳이 된다는 깨달음을 얻고 이를 실천에 옮김으로써 좁은 국토를 효율적으로 이용하게 했다는 것이다.

이러한 송기숙 선생님의 생각을 그대로 옮겨놓은 듯한 작품이 바로 박혜강의 『도선비기』이다. 그렇지 않아도 두 분은 비슷한 점이 많다. 박혜강 선생이 훨씬 낮은 연배로 송기숙 선생님께 많은 영향을 받았겠지만, 두 분은 민주화 운동 과정에서, 그리고 광주를 거점으로 소설을 창작해 오는 과정에서 공유한 부분들이 많았을 터이다. 더구나 운주사를 다녀온 후 박혜강의 『도선비기』를 읽으면서 그러한 짐작은 더욱 확신으로 굳어졌다.

5월 광주와 운주사, 그리고 도선. 작가 송기숙과 박혜강의 화두 속에서 내가 발견한 것은 탈식민성의 자장이었다. 그리고 그것은 서양의 폭력적인 근대적 질서에 저항하려는 반근대적 지성의 작용으로 읽어낼 수 있었다. 우리는 압축근대의 과정에서 일본과 미국이라는 제국에 의한 강제적 근대화와 무자각한 수용 과정으로 인해 민족적 정체성과 민중적 주체의식의 상실이라는 위기에 직면해 있다. 이러한 위기를 극복하기 위해 오늘 우리가 다시 환기해야 할 가치가 바로 도선이고 광주정신인 것이다. 신라의 수도가 아닌 남쪽의 변방 백운산에 옥룡사를 지은 도선, 제국주의 침략과 식민성의 논리에 훼손당한 민족적 위기를 맞아 반제·반봉건의 기치를 강력한 실천으로 이루어낸 오월 광주, 이들은 모두 중심으로부터 탈주하여 주변으로부터의 변혁을 시도하였다. 그것이야말로 진정한 탈근대·탈식민 의식의 지향이고 살아 있는 실천일 터이다.

그런 역사적 맥락에서 본다면 박혜강의 『도선비기』는 시대적 문제작이다. 그는 이 작품을 통해 분열과 갈등으로 점철된 신라말 사회가 지금 우리의 상황과 동일한 것이었음을 추체험하게 한다. 그리고 이러한 갈등과 분열이 해결되는 순간 우리 민족은 세계사의 지평에 우뚝 서리라는 전망을 갖게 하기도 한다. 오늘 우리에게는 도선과 같은 비판적이고 실천적인 지성뿐만 아니라, 도선이라는 민족사적 개인을 요구하고 창조해낸 민중들의 각성된 의식과 실천이 필요하다고 하겠다. 더군다나 그의 작품 속에서 찾아볼 수 있는 민중 주체적 역사의식이야말로 그의 역사소설의 고갱이다.

진정한 역사소설의 의의는 역사의 사실적 기록도 중요하지만 현재의 상황을 비판적으로 성찰하게 하는 데 있다. 지금 이 시기 우리가 당면한 분단과 지역 갈등의 문제를 어떤 방식으로 해결해야 할 것인가를 이 작품은 제대로 포획해낸다. 그런 점에서 박혜강은 역사소설이 지향해야 할 올바른 규범적 가치들을 담보해내는 데 성공한 셈이다.

후기 자본주의 시대 문학의 위기라는 화두가 대세를 이룬다. 혹독한 단련을 전제로 한 장인적 글쓰기, 혹은 새로운 정치·역사적 상상력으로 추동하는 글쓰기야말로 이러한 위기를 극복할 수 있는 대안이 될 것이다. 이 같은 장인 의식과 글쓰기의 전범을 박혜강의 『도선비기』가 보여주고 있다. 그리고 그러한 성과의 가장 깊고 깊은 곳에 오월 광주와 운주사, 도선의 비의가 오롯이 흐르고 있다.

폭력에 맞서는 주체와 문학의 귀환

1. 폭력의 시대, 문학의 종언

근대문학의 종언이 우리 문단에 유령처럼 배회하고 있다. 밤새 온 사위를 하얗게 포위하던 어느 겨울날의 폭설처럼 근대문학의 끝을 알리는 조종 소리가 어느 새 우리의 가까운 곳에서 울리고 있다. 사면초가(四面楚歌)의 문학들에서 목 놓아 우는 시인들은 어디쯤 가고 있는가?

벤야민은 일찍이 아우슈비츠 이래 서정시는 존재할 수 없다고 설파한 바 있다. 어쩌면 가라타니 고진이 주장하는 근대문학의 종언도 같은 맥락이 아닐까 생각해 본다. 이는 이미 헤겔이 문제제기하고 그 판단을 유보한 바 있는 '예술의 종언'의 연장선에 있기도 하다. 헤겔의 의문은 "예술이 진리가 발생하는 본질적이고 필연적인 방식인가" 하는 것이었다. 예술이 당대의 존재들을 위한 진리에 접근할 수 있는 방식일 수 있는가에 대한 헤겔의 의문은 최근 고진의 그것과도 유사한 방식의 문제제기라고 할 것이다. 고진에 따르면 문학은 근대사회 형성에 없어서는 안 될 주요한 기제, 즉 상상의 공동체인 네이션의 기반으로, 일종의 대안적 이데올로기로 작동하였다. 즉 근대 사회에서 문학은 지적이고 도덕적인 것 이상의 기능, 즉 부조리한 사회를 비판하고 대안을 제시할 수 있는 기능을 하였으나 지금에 이르러 문학은 그런 기능을 제대로 못하고 있기 때문에 용도폐기 될 수밖에 없음을 그는 강조하고 있는 것이다. 테러의 시대, 폭력의 시대에 제대로 조응하지 못하는 문학의 무기력함이야말로 문학의 종언의 당위적 이유일 터이다. 어두운 밤, 밝게 빛나서 나그네에게 나아갈 길을 제시해 주던 역할을 더 이상 할 수 없게 된 문학의 노쇠함 가운데 문학의 종언은 이미 예견된 것이리라.

새로운 세기를 맞이한 우리의 상황은 진정 또다시 야만의 시대로 회귀하는 듯하다. 21세기의 벽두, 우리는 지금까지 경험하지 못했던 엄청난 테러를 목격해야 했다. 연료와 승객을 가득 채운 비행기가 뉴욕의 세계무역센터와 충돌하는 장면, 그 누구도 상상할 수 없었던 영화 속의 한 장면처럼 느껴졌던 그 상황을 우리는 시뮬라시옹이 아닌 실제로 체험했다. 그러면서 세기의 종말이 생각보다 훨씬 가까워져 있을지도 모른다는 절망에 휩싸이기도 하였다. 그 원인이 기독교와 이슬람의 종교적 갈등 혹은 유럽중심주의와 제3세계(오리엔탈리즘) 사이의 정치 문화적 갈등, 그 어떤 것이든지 인류 문명의 종말이 가까워져 왔음을 실감했다. 하여 많은 정치인들과 학자들과 사회운동가들은 그에 대한 해법을 모색했으나 그 해법은 아직도 아득하다. 전 세계에서 유일한 초강대국인 이 시대의 패권국가 미국은 아프가니스탄, 이라크와 전쟁을 벌였고, 그 과정에서 수많은 군인과 민간인들, 그중에서도 많은 어린이들이 죽어가야만 했다. 그리고 지난해 말 이스라엘은 자위권의 발동이라는 명분으로 가자지구를 공격했고, 이라크와 아프가니스탄에서처럼 수많은 어린이들이 죽음의 이유를 알지도 못한 채 죽어가야 했다. 그런데 더 큰 문제는 많은 이스라엘인들이 가자 인근으로 몰려들어 경쟁적으로 그 살육의 장면을 보려고 하였고, 어떤 이들은 이 비극적 상황을 인터넷으로 실시간 중계까지 하였다는 것이다. 아우슈비츠의 피해자들인 그들이, 나치의 잔악한 폭력에 저주를 퍼붓던 그들이 이제 극악한 사디즘의 충동을 공유하고 있는 이 아이러니.

이러한 폭력이 전 지구적 폭력으로 국가 혹은 민족간의 갈등에 의해서만 이루어지지 않고 있다는 것이 더욱 문제이다. 우리는 지난 연말 정당성을 상실한 공권력의 폭력 앞에서 망연해질 수밖에 없었다. 책임자는 없고 사망자만 있는 형국, 제주4·3으로부터 여순사건, 그리고 5월 광주에 이르는 정통성 없는 권력에 의해 행사되던 폭력과 민중들의 피해라는 정형화된 패턴이 그대로 반복되고 있을 뿐이었다. 이 참상과 가자지구의 그것이 다를 수 없음은 명증하다.

그럼에도 이 땅에서 서정시는 가능한가? 나는 여기서 서정시의 불가능성을 논하려는 것이 아니다. 이 땅의 시들이, 시인들이 또다시 네거리에, 광장에 서야 할 수밖에 없을 것만 같은 불길한 예감 때문이다. 그리고 그러한 예감을 예리한 촉수로 먼저 감지하고 노래하는 시인들이 오늘 우리의 문학들에 의연하게 존재하고 있기 때문이다. 나는 다만 그들의 마음의 풍경을 거리를 두고 살펴보고 싶을 뿐이다. 아직도 이 땅에 존재하는 이 땅의 마지막 이육사들의 내면의 풍경과 도덕적 책무감을…… 오로지 타인이 어떻게 생각할까 하는 것만 생각하고 있으면서도 타인을 조금도 생각해 본 적이 없는, 강한 자의식은 있지만 자신의 내면에 대한 성찰이 전혀 없는, 그런 사람이 결코 아닌 그들의 내면을……

2. 타락한 사회와 속화(俗化)에의 저항

후기 자본주의 사회야말로 인류사의 전개 과정에서 가장 욕망이 전경화되는 사회라고 할 수 있다. 신성(神性)이 부정되고 이성마저 지양되는 사회에 오직 남아 있는 것은 끓어넘치는 욕망뿐이다. 타자를 욕망하고 타자의 욕망을 욕망하고, 그 욕망의 욕망을 욕망하는 사회, 하여 많은 이들은 오늘의 시대를 타락의 시대라 이름한다. 이같은 욕망의 시대, 물신화의 욕망이야말로 가장 강력한 폭발력을 가진 뇌관이다. 사용가치보다 교환가치에 매몰되어 버린 채 대상의 본질은 사라져간다. 인간의 영혼마저도, 예술가의 숭고한 예술적 지향마저도 상품의 가치로 변질되어 버리는 세계를 우리는 힘겹게 살아내야 하는 것이다. 심지어는 자본주의 사회의 유일한 대안처럼 보였던 문학마저도 테리 이글턴의 지적처럼 자신을 둘러싼 현실사회나 이데올로기적 관계로부터 빠져나와 단독적으로 물신(物神)의 위치에 자리 잡고 있는 시대에 우리는 살고 있다.

그러한 물신화의 욕망은 한곳에 정주하지 않는다. 새로운 풀밭을 찾아 끝없이 떠도는 유목민들처럼 현대의 자본은 국경을 넘어 대륙을 넘어 세계를 배회한다. 물신화의 욕망은 끝없는 탈주를 감행하면서 탈영토화와 재영토화를 반복하고 있는 것이다. 이처럼 물신화의 시대에 황금만능을 지향하는 자본의 타락을 노래하는 시가 바로 안경원의 「새벽녘에 폭우」(『문학수첩』, 2008년 겨울호)이다.

밤새 폭우 쏟아져

도시가 쓸려 나갈 기세다

홈통을 폭포처럼 떨어져 내리는

새벽녘의 비는 긴박하기까지 하다

몰려오는 비구름은 대륙을 흘러

바다를 건너 국경을 넘어와

깊은 밤에 물폭탄을 쏟아붓고야

막힌 속을 풀려는지

그런 것을 교류라고 하나 유통이라고 하나

구름이나 다른 뜻이 없을 테니

자연의 순리라고 해야 하나

그렇다, 밀려오고 떠밀려 가는 것 때문에

길 잃은 사람과 가족과 나라가

유목민의 시대라고

그래야 살아남는다고

국경을 넘어 보따리 짊어지고

흘러 다니는 시대가 되었노라고 하니

폭우에 뿌리 뽑혀 쓰러진 나무처럼

정신 잃은 시대라고 할 수밖에

장대비 쏟아지는 새벽, 마음은 가라앉는다

나의 적은 무엇인가, 내 나라의 적은 무엇인가?

정신을 잃은 황금만능인가, 다국적 기업인가

온통 시장이 된 세상인가, 강대국인가 세계화인가

소비에 중독된 영혼인가, 영혼이 빠져나간 몸뚱이들인가

그러나 적이 없어진 것이 더 가엾다

시장에 가면 흥정이 있고 이윤을 다투는 전쟁이 있을 뿐

거센 바람에 제 속을 풀고 가도

보따리 싸 들고 나귀에 싣고 또 흘러가면 된다고 하네

밤새 내린 폭우로 인해 중심과 주변을 잃어버린 채 흘러가고 있는 현대인들의 모습이 생동하게 그려지고 있다. 하지만 화자는 이를 '자연의 순리'라 규정하고 싶지는 않은 것 같다. 모든 것이 가차 없이 휩쓸려가고 있는 상황을 단지 폭우로 인해 흘러가버리는 자연스러운 상황으로 규정하기에 이 시대는 너무도 참혹하고 고통스럽다. 하여 그의 시대 규정은 다채롭고도 함의하는 바가 많다. 그는 이 시대를 '폭우에 뿌리 뽑혀 쓰러진 나무처럼 정신 잃은 시대', '밀려오고 떠밀려가는 것 때문에 길 잃은 사람과 가족과 나라가 국경을 넘어 보따리 짊어지고 흘러 다니는 '유목민의 시대'라 규정한다.

탈주가 반복되는 유목의 시대, 상실의 시대라는 문제적 화두의 근원을 이 시는 진지하게 추적하고 있다는 점에서 현실주의적 성취의 한 편린을 보여주고 있다. 시인은 '장대비 쏟아지는 새벽, 마음을 가라앉'히고 이 시대의 적을 규명해보려고 한다. '나의 적'과 '내 나라의 적'은 과연 무엇인가? 하지만 답은 쉽지 않다. 그 적은 '온통 시장이 된 세상', '강대국', '세계화', '소비에 중독된 영혼', '영혼이 빠져나간 몸뚱이들'인 것처럼 보이기도 한다. 하지만 보다 본질적인 적은 그

가 간파하고 있듯이 싸워야 할 적이 사라지고 말았다는 점이다. 안개 속의 링반데룽처럼, 도착해야 할 목적지의 상실처럼 우리 시대의 적들 또한 눈에 보이지 않게 되어 버렸다는 것이다. 때문에 많은 이들은 지난 시대 싸워야 할 적이 명확할 때가 행복하였노라고 토로하지 않던가. 오직 '흥정만 있고 이윤을 다투는 전쟁이 있을 뿐'인 후기 자본주의 시대, 시인은 이 작품에서 폭우로 인해 뿌리 뽑혀 휩쓸려 다닐 수밖에 없는 우리들의 참상을 절창하고 있는 것이다. 안타까운 너무나도 안타까운 마음으로 말이다.

물신화된 욕망이 전경화된 또 다른 시가 바로 서정학의 「종이상자 공장」(『문학과사회』, 2008년 겨울호)이다. '돈! 돈이 최고야!', '아, 만세! 대량생산!만이 살 수 있는 유일한 법이지'라고 발화되는 이 시는 후기 자본주의 시대 물신화의 극단을 절묘하게 간파하고 있다.

사장의 모토는 언제나 필요한 사람에게 필요한 물건을!이었다. 사장은 뿌듯한 눈빛으로 헛기침을 하며 생산 라인을 바라보고 있었다. 몇 가지 필요한 재료들만 있다면 무엇이든 만들 수 있다. 아, 만세! 대량생산!만이 살 수 있는 유일한 법이지. 사장은 거들먹거리며 공장을 순시한다. 돈! 돈이 최고야!라고는 입 밖으로 내뱉!지는 않았지만, 입술을 보면 알 수 있는 것 아니겠어! 오해야! 침을 뱉는 고객들과 젓가락을 집어 든 공원들, 그리고 사장. 인쇄기가 큰 소리를 내며 문구!들을 인쇄하고 있었다. 취급주의! 반품불가! 점입가경! 유색인종! 종이를 접는 접지기는 큰 소리를 내며 상자들을 접고 있었다. 아름다운 시! 주마간산! 성장기업! 상담간조! 상자들은 창고에 차곡차곡! 쌓여 곧, 필요한 사람에게 필요한 물건을! 보내질 것이다. 공장에서는 계속해서 종이상자가 생산되고 있다. 사장은 떨리는 목소리로 옛날을 회상한다. 풀칠을 하고 종이를 접고 쌓아 올리고 그리고 돈!을 받았지. 몇 가지 필요한 재료들이 있었어. 뭐든 만들 수 있던 시절이었던 거야. 지금도 마찬가지지만, 별다른 감정!이 있어서 그런 건 아니야. 알겠지? 별 뜻 없이 시작한 일이었다구! 지금에 와서는 이렇게 거대하고 아름답고 위대한 공장이 되었지만. 그 시작은 풀칠이었으나 끝은 테크놀로지리라. 사장의 눈빛이 교활하게 빛난다.

이 시는 풍자시의 전형을 보여준다. 시인과 화자, 작중인물의 심리적 거리가 설정될 수 없는 서정시와 달리 이 시에서 화자와 작중인물인 사장의 심리적 거리는 철저히 분리되어 있다. '돈! 돈이 최고야!'라고 생각하고, '아, 만세! 대량생산!만이 살 수 있는 유일한 법이지'라고 외치는 사장과 화자의 심리적 차이와 거리는 명확한 것이다. 더구나 시의 마지막 구절인 '사장의 눈빛이 교활하게 빛난다'에서는 더욱 분명하게 화자가 사장을 비판적으로 관찰하는 양상이 드러난다. 이러한 사장에 대한 심리적 거리로 인해 발생한 풍자가 결국은 물신화된 이 사회에 대한 풍자로 발전해가고 있다. 또한 '그 시작은 풀칠이었으나 끝은 테크놀로지리라'라는 구절은 풍자를 구현하는 기법의 하나로서 패러디, 즉 성경 창세기의 한 구절에 대한 패러디가 이루어지면서 풍자효과를 극대화하고 있다. 결국 이 시는 물신화된 후기 자본주의 사회를 풍자의 기법으로 극명하게 비판해내고 있는 것이다.

한편 자본주의와 근대는 시작에 있어서 동일한 세계 체제를 전제로 하고 있었으니 그 양상은 후기 자본주의에 와서도 마찬가지이다. 그러한 세계 체제는 민족 국가 간의 게임의 룰을 형성하고 관리하는 패권국가의 등장을 전제로 하였으니 17세기의 네덜란드, 19세기의 영국, 20세기의 미국이 전형적 패권국가의 모습을 보여주었다. 자유로운 자본의 경쟁과 축적을 전제로 하는 자유주의 이데올로기를 생산하고 관리해온 패권국가들의 패권은 강력한 정치적 역할과 군사력을 전제로 하였으며, 그것들은 많은 소요 경비를 필요로 하였으며 때문에 약소국가들에 대한 침략과 착취를 수반할 수밖에 없었다. 지난 아프가니스탄과 이라크 전쟁도 그러한 패권의 배치와 침투 과정에서 발생한 것이었으며 최근 이스라엘의 가자지역 공격도 동일한 맥락에서 발생한 사건이라고 하겠다. 때문에 패권국가의 주변 국가, 특히 최근 아랍 국가와 민족들의 죽음과 같은 절망의 상태는 바로 이 같은 패권국가 중심의 세계 체제 때문이다.

　이러한 세계 체제의 모순으로 인해 파생한 아랍민족의 피폐한 삶의 양상을 노래한 시가 박청륭의 「카인의 부적」(『현대시』, 2008년 12월호)이다. 두 개의 연으로 이루어진 이 작품의 1연은 죽음의 이미지로 구조화되어 있다. '사늘한 잿더미 어둠 속' 같은 미명, '새벽이 되어서도 날이 샐 기색을 보이지 않는' 고통스러운 상황에 놓인 카인의 절망적인 몸짓이 묘사된다. '돌로 발등을 찍고/무릎을 찍고/다시 발등을 찍'는 죽음과 같은 자학적 몸부림 속에서 시 속의 주체는 '아직 피를 뒤집어 쓴 뼈들/찢고 찢긴 뼈'로 형상화된다. 절망적인 죽음의 이미지가 병렬적으로 나열되고 제시됨으로써 죽임과 죽음, 야만적 폭력이 허용되고 자행되는 이 시대의 절망적 상황과 세계 체제의 폭

력성이 제시되고 있다. 2연에서는 이러한 죽음의 이미지가 전쟁의
이미지로 더욱 구체화된다.

7년 기근(饑饉), 가문 땅에 불이 붙는다
수백 킬로 오일 파이프 긴 사막으로 이어진
원유저장탱크가 곧 폭발한 것 같다
바다로부터 침공한 안개가 자정 넘은 시각까지 주둔한다
땅속 깊이 묻힌 5미터가 넘는 대형 수로로 망령들의 괴성
물 흘러가는 소리가 들린다
시속 400킬로에 육박하는 눈에 불을 컨 흑표범
자기 부상 열차가 지나간다
출렁이는 태양, 밀려드는 자장으로
모든 통신은 두절되고
전용 회선마저 단절된 새들도 길을 잃는다
도금된 황금 탄알이 남긴 세 번의 메아리
길고 먼 궤적 가득히 혈흔이 번진다
던져진 별 별, 별이 찍힌 육모 주사위가
우주 깊숙한 핵 저장고 벙커에 떨어진다
방탄복에 방독면까지 뒤집어 쓴 ET들이
요가를 한답시고 발랑 뒤집힌 채 잠이 들었다
괴성인지 흐느낌인지 가늠되지 않는
긴 머리칼 밀어버린 맨머리 여자들의 울음소리
하나 둘 세포 분열에 들어간 수정란이 펼쳐낸
불꽃 하늘

세상의 성곽들이 무너지는 사막 끝엔

피 묻은 돌이 번쩍인다

2연에서는 '폭발', '침공', '주둔', '탄알', '핵 저장고', '벙커', '방탄복', '방독면' 등 전쟁을 연상시키는 단어들이 제시되면서 전쟁으로 인해 죽음의 땅으로 변한 아랍의 현재적 상황을 드러내고 있다. '모든 통신은 두절되고/전용 회선마저 단절된 새들도 길을 잃는다/도금된 황금 탄알이 남긴 세 번의 메아리/길고 먼 궤적 가득히 혈흔이 번진다'는 구절에서 우리는 폭력적인 세계 체제 속에서 고립되고 단절된 아랍의 현 상황과 '가득한 혈흔'으로 표상되는 죽음의 이미지를 쉽게 포착해 낼 수 있다. '괴성인지 흐느낌인지 가늠되지 않는/긴 머리칼 밀어버린 맨머리 여자들의 울음소리'라는 청각의 이미지를 통해 '피 묻은 돌이 번쩍이는' 그 지역의 절망적 상황을 더욱 강조해내고 있다. 아우슈비츠의 피해자가 새로운 학살자의 모습으로 전이되는 역사의 아이러니를 유추해 볼 수 있게 해준다는 점에서 시인의 시대에 대한 포착능력은 높이 평가될 만하다.

3. 잔혹한 거리, 광장으로의 귀환

한국 현대사의 주요한 분기점이 되었던 사건들은 모두 거리에서, 광장에서 촉발되고 완성되었다. 3·1운동, 4·19혁명, 5·18광주항쟁, 6월항쟁, 이 사건들 모두 거리에서 시작되고 거리에서 역사적 의의를 획득해낼 수 있었다. 그런 점에서 거리는 단순한 일상의 거리를 넘어 역사로 환원되는 의의를 선점하는 공간이다. 더군다나 문학 속에서, 시에서의 거리는 많은 역사적 사회적 의의를 선점한다. 정끝별의 시 「또다시 네거리에서」(『시와사람』, 2008년 겨울호)는 이러한 역사적 문학적 공간으로서의 '거리'의 의미를 선취해내고 있다. 어쩌면 그는 이 시를 쓰면서 그의 대타자로 임화를 떠올렸을지도 모른다. 해방 후 임화가 처음으로 발표한 시 「9월 12일」의 부제가 『1945년, 또다시 네거리에서』라는 점에서 임화의 시와 정끝별의 이 시는 상당 부분 근친성 내지는 상호텍스트성을 갖는다.

간다면 어디를 간단 말인가요?
긴 태평로 한복판으로
긴 칼 높이 세운 이순신 동상 아래로
당신은 또다시 네거리로 나갔고 컴퓨터 앞에서 나는 물었다
건국 60주년 아니 89주년이라고도 하는 광복 63주년의 공휴
일이었고 또다시 비가 내리는 금요일이었다

한 거리는 경복궁 앞 정부공식행사장으로
한 거리는 이승만이 살던 이화장으로
한 거리는 김구가 살던 경교장으로
한 거리는 인사동 시국 풍자 퍼포먼스장으로 나가며
따로 또 같이 대한민국 만세를 외쳤다
나는 실시간 뉴스 앞에 있었고 당신의 네거리는 종일 대치중
이었다

아이들 저녁밥을 챙기고 분리수거를 끝냈을 때 여의도 한강변
에서 불꽃이 솟았다 펑펑
　　당신을 처음 보았던 날도 최루탄 속이었다
　　나는 베란다에서 광복의 불꽃놀이를 보고 있었고 당신은 광복
의 색소물대포를 온몸으로 맞받고 있었다
　　광화문 네거리에서 종로 네거리에서
　　서대문 네거리에서 을지로 네거리에서

　　왼쪽으로 오른쪽으로 출구를 찾아나갔던
　　당신의 백 번째 네거리는 물바다였다
　　촛불은 쉽게 꺼졌고 당신은 흩어졌고 쫓겼다
　　핸드폰이 끊겼고 빗줄기는 굵어지는데
　　십만 백만의 흰 몸을 태우던
　　십만 백만의 작은 불씨들이 모여들던
　　거기 또다시 네거리에서
　　간다면 당신은 어디를 간단 말인가요?

　이 작품은 처음과 끝의 구절에서 '간다면 어디를 간단 말인가요?'
라는 발화가 반복되면서 수많은 네거리에서 갈 곳을 잃은 이들의 군
상을 형상화하고 있다. 이 작품에서 '나'는 비록 '베란다에서 광복의
불꽃놀이를 보고 있으며', '아이들의 저녁밥을 챙기고 분리수거'를
하고 있지만 '나'의 의식은 '광복의 색소물대포를 온몸으로 맞받고
있는' '당신'에게로 지향되고 있다. '당신을 처음 보았던 날도 최루탄
속'이었을 정도로 '당신'은 거리에서 사회적 인식과 실천을 합일해내

려는 사람이다. 어쩌면 이 시 속에서의 당신은 3·1운동, 해방공간, 4·19혁명, 5·18항쟁이라는 역사의 장에서 온몸을 내던졌던 네거리의 수많은 민중들, 무한한 복수의 당신들을 표상하는지도 모른다. 그런데 오늘 또다시 네거리에 선 당신은 출구를 잃었고, 백 번째 네거리는 물바다가 되었고, 촛불은 꺼지고, 쫓기는 신세가 되고 말았다. '십만 백만의 흰 몸을 태우던/십만 백만의 작은 불씨들'이 모여들던, 거기 또다시 네거리에서 갈 데가 없는 존재가 되어버린 채로 가혹한 현실을 다시 맞아야만 하는 '당신'에 대한 연민이 이 작품에 절절히 담겨 있다. 지금 우리가 이승만과 김구가 살던, 임화가 『또다시 네거리에서』를 외치던 시대로 다시 회귀하고 있는지도 모른다는 안타까움이 이 시 전체의 시상을 지배하고 있는 것이다.

「9월 12일」(부제: 1945년, 또다시 네거리에서)을 창작했던 임화는 이미 식민지 시기였던 1930년대 「네거리의 순이」, 「우리 오빠와 화로」, 「우산 받은 요꼬하마의 부두」 등의 '단편서사시'들을 창작한 바 있다. 그는 당파성과 목적성을 지나치게 강조하던 당시의 카프 계열의 시들의 문제점을 극복하고, 이들 단편서사시를 통하여 당대 시가 지향해야 할 역사현실과 예술성을 효과적으로 조응하는 시세계를 구축해낼 수 있었다. 사실 하고 싶은 말이 많은 존재에게 서정시란 고도의 압축된 수사를 요구함으로써 창작에의 의욕을 상실하게 하는 점이 있다는 것을 간과하기 어렵다. 급박하게 변화해가는 현실을 따라잡기에는 서정시가 적절하지 않는 장르라는 점에서 임화의 단편서사시로의 창작적 전회의 노력은 일정 부분 설득력을 얻게 된다.

이 같은 임화의 시적 전회의 양상은 1970년대 김지하의 시들에서도 동일한 방식으로 변주된다. 「오적」이 대표적인 작품인데, 김지하는 이를 담시(譚詩)라 명명한다. 그는 이런 담시를 이야기를 끌어들인 시 형식이라 설명한 바 있다. 그런데 여기에 우리 전통의 판소리나 민요 타령의 서사구성과 음악적 특징을 끌어들였다는 점에서 김지하의 담시는 1930년대 임화의 단편서사시와는 또 다른 시사적 의미를 갖기도 한다. 또한 당대 기득권 사회에 대한 비판과 풍자를 통하여 당대 사회의 문제점을 부각시키고 환기시켜냈다는 점에서도 나름의 시사적 의의를 갖고 있는 것이다.

이러한 단편서사시와 담시의 시사적 의의를 21세기에 다시 변주해낸 시가 바로 양해열의 「저어새타령」(『현대시학』, 2009년 1월호)이다. 총 22개의 연으로 이루어져 장시적 경향을 띠는 이 작품은 김지하의 「오적」과 비교해 볼 때 다성적 화자가 등장하지 않고 그 분량도 비록 적지만 시대에 대한 비판의식의 치열함에서는 결코 뒤지지 않는다. 그리고 오히려 상당 부분 「오적」과 닮아 있다고 할 수 있다. 시의 장편화 경향과 더불어 민요의 타령조를 차용한 시 형식에 있어서는 더욱 그렇다. 다음은 양해열의 시의 시작 부분이다.

　　멋진 새 이야기 한 토막 허겠는디 시방 내 심정이 외악사내키
　로 금줄친 장독 속 짠장거튼지라 두서없이 따댁이드라도 맘을 허
　뿍 열고 눈구녕 똑바로 뜨고 들으랐다

　　새가 나온다 새가 끼대나온다
　　두루미도 오리도 아닌 놈 나온다
　　눈은 껌헌 안경테 두른 벌건 유리알이요
　　주댕이는 밥숟가락이라.

따복따복 챙겨 묵기 힘든 세상

아예 놋숟구락 두 개를 우알로 처억 포개서

조댕이 끝에 떠억 매달았으니 희귀허고 말고.

〈중략〉

이 작품은 두루미과에 속하는 천연기념물인 저어새를 소재로 하고 있는데, 여기서의 저어새는 1연의 마지막 행에서 밝히고 있듯이 '간 큰 도둑놈'을 상징한다. 전라도 민요의 타령조로 시작하는 이 시는 '멋진 새 이야기 한 토막'이라는 첫 구절에서도 알 수 있는 것처럼 반어와 풍자로 구조화되고 있다. 첫 연에서 저어새에 대한 형상이 소개되는데, 이 새는 '따복따복 챙겨 묵기 힘든 세상'에 '아예 놋숟구락 두 개를 우알로 처억 포개서 조댕이 끝에 떠억 매달'은 것처럼 탐욕스러운 도둑과 같은 존재로 형상화된다. 이 저어새들은 한국의 정치사 속에서 권력에 빌붙어 민중들을 억압하고 착취한 그들에 다름 아니다. 이 시의 화자는 '장독 속의 짠 장'과 같은 신랄한 심정으로 이 저어새를 풍자하면서 청자들에게 '맘을 허뿍 열고 눈구녕 똑바로 뜨고 들으랐다'라고 외친다. 청자들, 혹은 우리 독자들의 열린 마음과 비판적 의식만이 이 척박하고 고통스러운 세상을 바로 볼 수 있으리라는 시인의 치열한 현실의식이 시의 첫머리에 강조되고 있는 것이다.

이 시에서 가장 도드라진 것은 타령조의 전통적 형식의 차용보다도 남도의 가락 가운데 묻어나오는 비참한 민족사에 대한 시인의 비판적인 시각이다. 해방 전후기에 발생한 제주4·3, 여순사건으로부터 5·18항쟁에 이르는 죽음과 죽임의 역사가 이 작품의 서사적 뼈대를 이룬다. 뿐만 아니라 시인은 최근의 왜곡된 정치적 상황과 부조리함에 대한 비판적 시각을 일관되게 지켜낸다.

> (여보소 우리가 남이가? 요것도 실은 요때 배워간 것이요 그
> 런디 쪼깨 잘못 써 묵었지라 잉, 아 웃지들 마쇼 여기는 초원복집
> 밀실이 아닌 확 트인 광장 아니겠소 아닌 게 아니라 우리가 남이
> 요? 다들 뭣 허고 있다요 속고 또 속아 속창아리 없는 우리랑은.
> 미친 듯 비오는 것이 狂牛가 아니요 玉水靑雲의 물길이 대운
> 하가 아니요 빙하가 녹아 수면 높아지는 것이 물가상승이 아닌디
> 말이요)

위의 인용은 「저어새타령」의 18연에 해당하는 부분이다. 17연까지 우리의 비극적인 현대사를 풍자하고 비판하던 화자는 작금 우리가 맞닥트리고 있는 정치적 화두를 건드린다. 10여 년 전에는 밀실에서나 가능한 발화였던 '우리가 남이가?'라는 말이 이젠 공공연하게 광장에서 발화되는 한국 현실 정치의 부조리를 시인은 날카롭게 풍자하고 있다. 그러면서 시인은 지난 여름 광장에 촛불들이 켜졌던 근원적인 이유들, 광우와 대운하, 그리고 물가상승의 문제를 적나라하게 비판한다. 이 지점에서 우리는 다시 한 번 해방 전후기의 임화와 1970년대의 김지하의 실루엣과 재회하게 된다. 모든 가치판단을 유보한 채 순수문학을 지향하던 이들, 항상 비정치적이면서 현실의 당면 문제에는 몰각시하던 이들과는 대척되는 극단의 지점에서 시대의 모순에 기투했던 그들의 모습을 우리는 양해열의 시에서 확인하게 되고 만다. 그리고 더더욱 과거의 정치사와 문학사의 부조리한

상황으로 회귀하고 있는지도 모른다는 시대에 대한 회의를 다시 21세기에 그의 시에서 읽어낼 수 있는 아이러니를 우리는 경험하게 된다.

양해열의 시에서처럼 작가의 치열한 시대정신이 시의 산문화 경향을 불러일으키는 것은 어쩌면 당연한 귀결인지도 모른다. 더구나 최근 현대시에서의 탈장르, 초장르, 장르의 복합화 경향은 복잡하게 전개되는 현실에 조응하려는 시인들의 자구적인 노력의 소산임과 동시에 보다 강렬한 사회적 문제의식들을 다층적으로 담아내려는 창작 태도 때문이라고 할 것이다. 이 같은 장르의 복합화 양상을 보여주는 또 다른 시가 신중철의 「이팝 열전(列傳)」이다. 양해열의 시가 한국 현대사의 질곡을 이야기의 줄기로 삼고 있다면 신중철의 시는 설화적 알레고리를 시의 주춧돌로 삼고 있다. 설화시로 명명할 수 있을 정도로 이 시는 '이팝'이라 불리는 나무의 일생을 다루고 있다. 과연 시라는 장르의 제목에 열전(列傳)이라는 이야기 장르의 제목을 부여할 수 있는가라는 점에서 시인의 실험 의식은 매우 주목해 볼 만하다.

하늘에서 비롯한 이팝의 성정은 뭇 나무들과 섞여 살기를 좋아했으나, 사람들의 도시가 번성한 때를 당하여 대로변의 가로수로 부름을 받기도 하고 정원수 자리에 앉기도 하였으니,

수 땅의 어느 사가가 말하기를
"이팝의 옛 조상들이 배고픈 사람들의 허기를 달래주던 음덕이 아직 다 닳지 않아 오늘의 영전이 있게 되었다."

230

하였으나,

이처럼 이 작품은 수(樹) 땅에서 태어나 하늘에서 비롯한 성정을 가지고 뭇 나무들과 섞여 살기를 좋아한 이팝의 일대기를 소재로 한다. 그런데 이 작품에서 소재로 등장하고 있는 이팝의 연대기는 가히 비극적이다.

대한 60년에 쇠고기 변괴가 불거져 육식을 즐기던 사람들이 네발 달린 짐승의 고기를 꺼리는 풍조가 있어, 가로수 이팝이 자리를 잡은 대로변에 활어전이 번성하였으니, 그 뒤 이팝의 수심은 더욱 깊어지고 말았다.
예측할 수 없는 운명의 가혹함을 중력을 거스르지 못하는 뿌리를 가진 이팝이 무엇으로 막을 수 있었겠는가.

"나는 본래 수 땅의 이름 없는 선비로 이파리의 푸르름과 꽃의 흰 빛깔을 숭상하였던 바, 뭇사람들이 내 꽃을 보고 배고픔을 잊게 하는 효험이 있다 칭송하여도, 아직 덕이 부족하여 사람들의 배고픔을 속일 만한 열매를 족히 키우지 못한 것을 한스럽게 여겼더니, 내 불민하여 나의 발원이 하늘에 이르지 못하였는가?
이제 염수의 재앙을 피할 길이 없게 되니, 다시는 하늘을 푸른 빛깔로 떠받들고 흰 빛으로 사람들의 마음을 달랠 수도 없게 되었도다. 이 어찌 가련하지 않겠는가?"

아기 장수의 비극적 전설이 그러하듯이 이 작품에서의 이팝 또한 정의롭지 못한 세상과 기득권자들로 인해 불행한 결말을 맞게 된다. '대한 60년의 쇠고기 변괴'로 이팝의 수심은 깊어만 간다. 마침내 "사람들의 배고픔을 속일 만한 열매를 족히 키우지 못한 것을 한스럽게" 여기면서 "제 염수의 재앙을 피할 길이 없게 되니, 다시는 하늘을 푸른 빛깔로 떠받들고 흰 빛으로 사람들의 마음을 달랠 수도 없게 되"자 스스로 목을 매어 죽고 만다. 부조리한 현실과 타협하지 않고 자신의 사회적 문제의식을 극단까지 밀고 갔던 이팝의 기투(企投)야말로 '문학은 영구혁명 안에 있는 사회의 주체성'이라고 외치던 실천적 지식인으로서의 샤르트르의 그것과 닮아 있다.

화자가 자신의 이야기를 하는 보통의 시들과 다르게 이 시는 화자가 자신이 아닌 이팝에 대해 노래한다. 즉 1인칭의 이야기가 아닌 3인칭의 이야기를 제시함으로써 시적 화자가 객관적인 화자로 인식되고, 그 과정에서 화자의 전달내용은 객관화에 도달하게 된다. 그런 점에서 이 시는 화자 – 메시지(이야기, 인물) – 청자의 담론구조, 즉 서사 혹은 서사시로서의 소통구조를 이루고 있다. 더구나 이팝이라는 나무를 소재로 하면서 의인화의 기법을 통해 현실의 사회적 부조리를 알레고리화하고 있다. 알레고리와 풍자로 통어되고 있는 신중철의 이 시는 사회현실에 의거하되 그곳으로 환원되지 않는다는 점에서 이 시대 우리의 시가 성취해야 할 당위에 최대한 근접한 작품인 셈이다. 또한 이 시는 김삿갓의 풍자적 전통을 이어받으면서도 임화와 김지하의 현실에 대한 통렬한 비판의식을 공유해냄으로써 한국시사의 주요한 전통을 선취해내고 있는 것이다.

4. 주체의 회복, 시의 도덕적 책무

> 마르크스와 프로이트, 니체와 언어학자
> 페르디낭 드 소쉬르와 같은 사상가들의 작
> 업을 이어받은 푸코와 레비스트로스는 주체
> 의 주권에 도전했습니다. 요컨대 마르크스,
> 프로이트, 니체, 소쉬르라는 일련의 선구적
> 집단은 사유와 인식의 체계라는 존재가 개
> 인 주체의 힘을 초월한다는 것을 보여주었
> 습니다. 인간 개인은 이러한 체계 안에 존재
> 하면서(프로이트의 "무의식"이나 마르크스
> 의 "자본" 같은 체계) 그것들을 능가하는 힘
> 은 갖지 못한다, 오직 체계를 사용하거나 이
> 로부터 사용을 당하는 선택만이 있을 뿐이
> 다라는 것이죠. 이는 물론 인문주의적 사유
> 의 핵심을 단호하게 부정합니다. 이렇게 함
> 으로써 개인의 코기토는 환영적 자율성 또
> 는 허구의 지위로 추방되거나 강등됩니다.
>
> – 에드워드 W. 사이드 『저항의 인문학』

요즘 용산 참사나 가자지역 폭격, 미국식 금융자본주의의 붕괴로
인한 세계 경제의 불황 등의 사태를 보면 그 근원에 인간의 죽음이
자리하고 있는 듯하다. 이는 문학판에서 저자의 죽음, 근대문학의
죽음과도 그 맥을 같이한다. 주체는 사라지고 타자와 타자의 욕망,

그리고 물신화된 자본만이 이 땅에 부유하고 있다.

하지만 어쩌면 주체로 인해 억압당하고 착취당했던 여성과 제3세계와 자연의 복권을 위해서 주체의 죽음은 당연한 것으로 받아들여야 할지도 모른다. 그렇다면 주체의 죽음과 복원 사이에는 아득한 간극이 존재하는가? 극단적인 부정도 긍정도 가능하지 않는 아이러니.

이러한 주체의 복원과 죽음 사이의 화해불가능성에 대한 고민은 계속된 미래의 열린 화두로 두어야 할 것 같다. 그보다는 지금 여기의 당면한 과제가 문제이다. 기득권으로부터 소외된 객체라 불리던 이들이 인간다운 삶을 영위할 수 있는 주체로서 복원되어야만 한다는 것은 여전히 당위적 명제이다. 탈식민주의자인 사이드가 평소 주장한 바와 같이 제3세계 민중의 주체로서의 복원은 아직도 인류가 추구해야 할 최종의 과제인 것이다. 용산의 피해자들, 학살당한 가자지역의 팔레스타인 어린이들, 이들이야말로 복원되어야 할 타자들이면서 주체들이다.

그런데 최근의 신자유주의라는 후기 자본주의의 물신화된 이데올로기는 인간의 본성이나 주체성을 근본적으로 부정하려고 한다. 동시에 거기에 감염된 많은 철학들과 자본들과 정치권력들은 여전히 수많은 주체들을 객체로 타자로 배제하고 말살할 뿐만 아니라 주체를 단지 구조와 이데올로기 혹은 자본의 종속적 존재로 배치해 왔다. 더불어 우리 문학판에서도 주체의 죽음이나 소멸의 문제에 대해 회의하지 않고 당연한 것으로 수용하려고 한다. 현실 사회의 모순에 대한 비판과 대안이 되지 못한 우리의 문학, 그래서 더 이상 현실 사회의 비판적 거점이 되지 못하는 문학에 대해 많은 이들은 그 종언에 동의하고 있는 것 같다.

아직도 세상은 전망을 상실한 채 계몽이라는 미명하에 야만의 시대로 회귀하고 있다. 때문에 이 혼돈의 시대를 짊어지고 넘어가야 할 문학의 도덕적 책무는 여전히 우리에게 남겨진 당위적 과제이다. 폭력과 죽음의 시대에 해방과 인간다움의 추구라는 시적 지향은 여전히 유효한 화두인 것이다. 그런 점에서 우리 시에는 미학적이면서 윤리적인 준거점이 반드시 필요하다. 1930년대 임화나 1970년대 김지하가 그랬던 것처럼. 더불어 오늘 우리는 안경원, 서정학, 박청륭, 정끝별, 양해열, 신중철의 시에서 의연하게 현실을 비판하고 풍자하는 주체들의 내면과 도덕적 책무를 재확인할 수 있었다. 그리고 마지막으로 다시 한 번 도종환의 「책임진다는 것」(『시작』, 2008년 겨울호)을 읽으면서 이 시대 주체의 복원과 시의 도덕적 책무에 대한 화두를 반추해보자.

(중략)

에미도 없는 네 새끼 네가 책임지지 않고 늙은 우리에게 맡기려 하느냐고 면회실 창 밖에서 아버지는 화를 내셨다 의절하겠다고 하셨다 앞으로 이런 일 안 하겠다고 종이쪽지 한 장 쓰면 풀어주겠다고 하는데 왜 그거 안 써 주고 유치장에 갇혀 있느냐고 하셨다 내가 교도소로 넘어간 뒤 아버지는 면회도 안 오셨다
책임을 지지 않았으면 감옥살이는 면했을 것이다 다들 누구도 책임지는 걸 주저할 때 이번만은 빠지고 싶을 때 속으로 두려웠을 때 차마 거절하지 못해 나는 그걸 받아들였던 게 아니었을까?
책임진다는 것이 일터에서 쫓겨나고 감옥을 가는 시대였을 때,
나는 그때 책임은 신성한 것이라고 생각했을까? 고흐의 말대

로 과학에 빠지기보다 교회에 빠지기보다 사랑에 빠졌어야 했던 걸까? 책임진다고 생각하며 사는 동안 참으로 책임지지 못한 아픈 세월이 많았다 다시 책임을 맡아 사무실 의자에 앉으며 책임진다는 것의 무책임함에 대해 생각하며 결재서류를 옆으로 밀어 놓는다 건물과 건물 사이로 구름이 두텁게 지나가는 게 보인다

노거수(老巨樹)의 청정한 노래

1. 나무의 일기

고향과 어머니, 그리고 오월 광주가 시의 시작이자 전부였던 시인 김희수, 민중적 생명력을 올곧게 노래하던 그가 올해로 회갑을 맞이했다. 누구나 세월이 지나가면 회갑을 맞이하는 바이겠지만 시인에게 회갑은 남다른 것이리라. 더구나 온몸으로 세월을 호흡하고 느끼면서 부조리한 세계와 맞서 싸워온 김희수 시인 같은 이에게 회갑은 생의 내력에 대한 어설픈 참회와 더불어 앞으로의 남은 생에 대한 다짐의 계기가 될 터이다. 때문에 회갑을 맞아 펴낸 이 시집에서는 고향의 자연과 사람들, 그리고 어머니와의 인연과 살아온 내력에 대한 기억과 참회가 다양하게 변주되고 있다. 뿐만 아니라 이 시집에서는 자신의 살아온 삶에 대한 반성과 더불어 그 연륜에 상응하는 자신의 운명에 대한 깨달음, 그리고 시인으로서의 시에 대한 오롯한 열정이 형상화되고 있다.

'댓살 같은 햇살 하나가 심장에 명중하는 아침'을 맞고 '가쁜 숨으로 뒷산으로 달아나'던 대낮을 돌아 '수천의 이파리들이 벌떼처럼 잉잉거리는 저녁 지나' '까마귀떼들의 울음이 오목가슴을 마구 할퀴던 밤'(「어떤 하루」)을 지나온 것 같은 세월을 지나 귀가 순해진다는 이순(耳順)의 시간을 맞이한 시인은 이제 뒷산으로 물러나 일기를 쓴다. 뒷산은 고향에 있는 정겨운 추억의 공간이면서, 그가 궁극적으로 지향해야 할 '청산'과 같은 순명(順命)의 공간이다. 또한 뒷산은 부조리한 현실 공간과 순정한 정신적 지향의 공간을 매개해주는 공간이기도 하다. 그러한 공간에서 그는 지나온 자신의 삶을 되돌아보는 일기를 쓴다.

세월 속에는
바람이 벼린 칼날이
숨겨져 있나부다

그러지 않고서야 어찌
저 늙은 소나무가
하얀 피눈물을
다리께 젖도록 울겠는가

－「뒷산 일기 1 －바람이 벼린 칼날－」

담양의 농촌에서 태어나 엄혹했던 유신 시절 대학을 다니고, 1980년 오월의 광풍에 친구 윤상원을 잃었던 그, 1983년 『민족과문학』에 「우리들의 아들」을, 『마침내 시인이여』(창작과 비평사)에 「뱀

238

딸기의 노래」를 발표한 이래 민족 현실과 민중적 생명력을 노래하던 그의 '세월 속에는 바람이 벼린 칼날'이 숨겨져 있었을 것이다. 하여 '하얀 피눈물을 다리께 젖도록 울'었던 존재는 늙은 소나무이면서 어쩌면 그 자신이었으리라. 그렇다면 자신의 살아온 삶을 되돌아보는 일기를 쓰는 자는 시인 자신이면서, 늙은 소나무이다.

이처럼 이번 시집에서 시인은 나무에 자신의 영혼을 투사한다. '나무들은/동한거의 참선으로 얻은 진언 한 마디씩/불립문자로 전해 주나니'와 '눈발 후려쳐 잎 떨어지거나 말거나/한 자리 오롯이 지키고 서서/수행을 거듭하는 저 나무들처럼'(「뒷산 일기9」)에서 볼 수 있는 바와 같이 진언 한마디를 전해 주거나 수행을 거듭하는 나무는 나무이면서, 시인 자신의 삶에 대한 자세와 의지가 투영되어 있는 시적 화자를 표상하는 객관적 상관물이다. 「자존(自尊)의 이유」에서도 이러한 양상은 유사하다.

지리산 장터목 위
검은 뼈로 사는 노간주나무
모진 바람에도 독야청청 심지 세우고
살아 천 년 죽어 천 년
아직 숨 쉬어야 할 이유 분명하다고

날벼락에 목 꺾여도
아기철쭉에 눈 주고
산새들의 노래 들어주는 일
자신만이 할 일이라고

〈중략〉

이 세상에 무심코
지는 꽃들을 불러 깨운다

－「자존(自尊)의 이유」

　시인은 '모진 바람에도 독야청청 심지 세우고/살아 천 년 죽어 천
년/아직 숨 쉬어야 할 이유 분명하다고' 노래한다. 지리산의 나무들
처럼 자신도 '이 세상에 무심코 지는 꽃들을 불러 깨'워야 한다는 숙
명을 그는 이미 간파하고 있는 듯하다.
　신화학자 엘리아데에 의하면 나무는 수직적 속성으로 인해 천상
과 지상을 연결하는 우주목(cosmic tree)으로 상징되어 왔다. 단군
신화에서 신단수(神檀樹)에 제사 지내는 것을 보더라도 나무는 우
리에게 신적 존재이거나 영험함의 대상이었다. 더구나 현대의 생태
적 사유 가운데에서 나무는 인간과 동반자적 존재이거나 인간의 유
한한 삶보다 더 지속성을 가지고 있는 존재이다. 영험한 존재로서의
나무와 동반자적 존재로서의 나무 사이에 시인 김희수는 위치하고
있다. 자신의 깨달음과 다짐의 대상으로서의 나무와 자신과 고단한
삶을 같이한 존재로서의 나무, 여기가 바로 시인의 동일시 대상으로
서의 나무가 존재하는 위치이다. 그런 나무가, 귀가 순해진 늙은 나
무가 일기를 쓰고 있는 셈이다, 이 시집을 통하여.

2. 생의 내력, 어머니

일기의 기조를 이루는 것은 쓰는 자의 자기반성이다. 그러면서 동시에 쓰는 자와 쓰이는 자의 거리가 거의 없는 것이 일기이다. 때문에 일기는 세계를 자아화하는 서정의 장르에 매우 근접한 글쓰기일 것이다.

「뒷산 일기」 연작을 중심으로 한 이 시집에서도 이러한 시인의 지나온 생의 내력에 대한 자기반성과 참회가 주조를 이룬다. 더구나 험난 파도와 바람이 벼린 칼날과 같은 세월을 살아남아 이제 회갑을 맞이한 시인에게 이러한 뉘우침과 자기반성은 당연한 것일 터이다. 하지만 그러한 생의 회의는 시인에게 그다지 편안한 것이 되지 못한다.

> 민족시인 김남주가
> 노동자는 일주일에 나흘 일하고
> 사흘 쉬면서 연극도 보고 책도 읽어야
> 지엄하신 자본가와 대등해진다고
> 아들의 이름을 김토일金土日로 지어 불렀다는데
> 불행하게도 내 그림에는 여백이 없다
>
> 바퀴벌레처럼 생의 쓸쓸한 회의가
> 닫힌 방의 구석마다 기어 나오는,
> 가필도 덧칠도 할 수 없는 그림을
> 북북 구겨버리고만 싶었다
> 살아갈수록 사금파리처럼 날선 생의 파지들이

낮게 낮게만 떠밀리는 폐수처럼

답답한 일상의 하수구로 운집하였고

딸랑거리며 두부장수 지나가던 유년의 골목에서부터

뉘우침은 그림자처럼 줄곧 따라와

보리 꺼스락처럼 달라붙어 떨어질 줄 몰랐다

- 「내 그림에는 여백이 없다」 일부

자신의 삶의 그림에는 여백이 없다는 인식 속에는 지나온 삶에 대한 회한과 뉘우침이 동반되어 있다. '바퀴벌레처럼 생의 쓸쓸한 회의가/닫힌 방의 구석마다 기어 나오는, /가필도 덧칠도 할 수 없는 그림'을 북북 구겨버리고 싶은 지나온 삶에 대한 시인의 반성은 지나치게 가혹하다. '유년의 골목에서부터 뉘우침'은 '보리 꺼스락처럼 달라붙어 떨어질 줄 몰랐다'는 시인의 고백은 절체절명의 위기를 동반했던 그의 고단한 삶 때문이었음에도 그 스스로의 반성은 대단히 철저하고 냉정하다. 이러한 냉혹한 자기반성과 회한은 '어설픈 참회'(「뒷산 일기 4」), '회한의 쭉정이뿐인 한 생'(「천둥소나기는 왜 오는가」), '행주처럼 척척한 뉘우침'(「오늘」), '너무 가속하여 꽃잎 하나 못 쓰다듬어 주고 올랐던 길'(「내려오는 길」)에서 계속 변주된다.

속말로 가진 거라고는 시간밖에 없어

무작정 어슬렁거리고만 싶을 때는

땅거미 소꿉질 노는 고샅에 들기로 하자

〈중략〉

너무 오래 풀 한 포기 없는
직선의 길을 질주했거니 이제야 나는
발걸음이 속력을 잃고 귀가 순해져서는
저 찌르레기 소리조차 그윽해지네

속력을 잃으니 눈이 편해져서
저 푸성귀 밭 언저리쯤
춤추는 향기도 밝게 보이네

방향마저 잃어서는 안 된다고
외등 치켜뜨는 꼬부랑길

― 「배회」

  땅거미 짙어가는 고샅길을 천천히 배회하면서 시인은 생의 내력들을 되돌아보다가 '너무 오래 풀 한 포기 없는/직선의 길을 질주했'다는 자기반성에 도달한다. 그리고 그 힘든 자기반성을 통해서 얻게 된 '발걸음이 속력을 잃고 귀가 순해졌'다는 깨달음이야말로 시인이 비로소 이순(耳順)의 나이에 몸으로 체득하게 된 성과이다.

  한편 김희수 시인은 어느 글에선가 고향이 자신의 시의 어머니라고 이야기한 바 있다. 그의 고향에 대한 애착의 이유를 그는 장남으로서 조상의 무덤을 지켜야 한다는 유교적 사고방식과 홀로 빈집을 지키시는 늙은 어머니 때문일지도 모른다고 답했던 적이 있다. 특히 이번 시집에서의 시인의 고향과 어머니에 대한 사랑은 유별나게 전경화된다. 그의 대부분의 시 속에서 고향과 어머니에 대한 애정이 시큰한 그리움으로 형상화되어 있다. 결국 고향과 어머니는 그에게서 하나이면서 둘이고 둘이면서 하나인 셈이다.

가랑잎 한 짐 지고
비탈길 내려오시는 할아버지
언 밭의 마늘 촉이나 겨우살이 덮을
이불 짐이런가 그 옛날의
흑백사진 한 장도 따라오네

막내고모 혼례 날 받아두고
시오리 장길 함박눈 헤쳐
솜뭉치 이고 오시는 어머니

봉창 틈의 칠 남매가 사립을 내다보는데
호랑이가 업어가 버렸는지
어머니의 얼굴은 보이지 않고
검정 통치마만 따스하게
마당귀에 한 짐 들어서는데

고드름 뚝뚝 떨구면서
순하게 몸 열어주던 초가

-「흑백의 추억」

과거 어느 때인가를 떠올리면 흑백의 형상으로만 남아 있던 때가 있었다. 어쩌면 1970년대까지의 우리의 기억은 사진첩의 흑백사진처럼 흑과 백의 색채로만 남아 있는지도 모른다. 압축적인 방식으로 근대적 성장을 이루기 전 농경문화의 추억을 공유했던 시인에게 추억은 흑백사진처럼 흑과 백의 영상으로만 떠오를 것이다. 위 시 또한 어린 시절의 고향과 초가를 떠올리게 하는 서정적인 흑백사진으로 우리에게 다가선다. '가랑잎 한 짐 지고/비탈길 내려오시는 할아버지', '시오리 장길 함박눈 헤쳐/솜뭉치 이고 오시는 어머니', '고드름 뚝뚝 떨구면서/순하게 몸 열어주던 초가' 등의 영상은 농경문화를 체험했던 이들이라면 누구에게나 그리움을 추동할 흑백의 기억으로 남아 있을 터이다.

이러한 시인의 고향에 대한 애정과 그리움은 그대로 어머니에게로 전이된다. 집을 나온 탕자가 아니더라도 인간이 궁극에 돌아가야 할 곳은 고향이거나 더 근원적으로는 어머니, 혹은 어머니의 자궁일 것이다. 시인 또한 질풍노도 혹은 아우성 속의 빈사상태를 지나 노년에 이르러 자신의 정체성의 근원으로의 회귀를 꿈꾼다. 그 근원이야말로 어머니 아니겠는가?

　　그가 세상에 와서 맨 처음 배운 말은

　　-엄-마-

　　장날 새벽 어미를 두고 팔려가는
　　암송아지의 슬픈 눈망울로

이마 위 하얀 천을 덮기 전

피 젖은 날숨에 섞여

그렁그렁 새어나오는 한 마디 말은

—어머니—

숨을 타고 숨을 내릴 때까지

그의 학습은

엄마에서 어머니까지

수미상응의

한 글자 늘어난 시(詩)

—「필생의 학습」

'엄마'에서 '어머니'로의 전회, 호명의 대상이 바뀌지 않았지만 호명하는 이의 정체성이 달라졌음을 설파하는 이 시의 통찰은 누구나 공감할 만하다. 어머니의 크나큰 사랑을 깨닫는 것이야말로 필생의 학습이며, 누구에게나 쉽지 않은 숙명의 과제일 것이다. 이처럼 그의 많은 시들은 어머니에 대한 사랑과 그리움의 정서로 채색되어 있다. 그의 시들에서 어머니는 항상 '맨발의 사랑'을 간직하고 있으며, '미얄할미 탈박 같은 얼굴 하나'로 '노을빛에 부신' 존재이다.

시인은 그런 어머니의 사랑에서 고향에 대한 애정뿐만 아니라 우리 농경문화가 간직했던 공동체의 삶에 대한 깨달음까지 얻어낸다. 그가 줄곧 추구했던 전통적 농경문화에 대한 애착과 민중적 생명력

의 지향이 바로 어머니의 사랑에서 근원하고 있음을 우리는 「따순
밥 잔치」라는 시에서 다시 한 번 확인하게 된다.

일요일, 아들 내외 당도하면
동구 밖 울어메 눈빛부터 빛나네
아직 새참 때도 못 되었는데
얼른얼른 밥 안쳐라 늦가실 해 짧다
텃밭의 무 뽑아 무청무침허고
대파 숭숭 썰어 넣어 동태국 끓여라
함께 묵자 따순 밥 함께 묵자
밥이 원수라서 밥이 한이라서
흥부네 밥타령 오늘도 어김없네
큰집 작은집 전화해라 느그 당숙 불러라
바쁠 때 손 넣어준 고가메 양반 불러라
아이구, 어머니
별미도 없는데 동네잔치 하실라요
그런 말 하지 마라 밥상머리 숟가락 몇 개
더 놓아불면 되는 것을, 어서 불러라
구들장 들썩이는 철없는 자식들
미꾸라지처럼 구물구물 보리죽도 못 먹이고
맹물로 꿀떡꿀떡, 아리랑 고개 넘던,
그 대낮이 눈물이라서
밥이 한이라서 밥이 원수라서
삽시에 집안이 떠들썩 거들먹

울어메 모처럼 신이 나서

따순 밥 한 그릇 꾸역꾸역 드시네

- 「따순 밥 잔치」

일주일에 한두 번은 어김없이 식솔들을 데리고 어머니를 뵈러 간다는 그의 고백의 진술함을 확인하게 해주는 시이다. '일요일, 아들 내외 당도하면' 바로 어김없이 어머니는 '함께 묵자 따순 밥 함께 묵자/밥이 원수라서 밥이 한이라서' 하시면서 '큰집, 작은집, 당숙, 고가메 양반'까지 부르게 하신다. 그리고 '삽시에 집안이 떠들썩 거들먹/울어메 모처럼 신이 나'는 잔치가 벌어진다. 밥이 하늘이라는 믿음, 그런 하늘을 같이 섬기고 공유해야 한다는 어머니의 믿음이 시 속에 진술하게 드러나고 있다. 그 가운데 이 땅 민초들의 공동체 의식이 흔들림 없이 이어져 왔던 것이리라.

3. 순명의 길, 금강의 말

『뱀딸기의 노래』, 『지는 꽃이 피는 꽃들에게』, 『오늘은 꽃잎으로 누울지라도』, 『사랑의 화학반응』 등의 시집을 펴낸 바 있는 시인은 위의 시집들에서 자본주의 사회와의 거리를 통해 미적 자율성의 세계를 구현함으로써 역사적 전환기에 우리 시가 가야 할 지평을 제시했다. 그런 그의 시가 이번 시집에서는 상당한 전회의 모습을 보여주고 있다. 어쩌면 그것은 그의 연륜과 정신적 성숙으로부터 근원하는 것일 터이다. 그래서 회갑을 맞이한 시인의 삶에 대한 통찰은 깊고도 크다. 그것은 삶의 굴곡을 돌고 돌아 도달한 시간에 대한 깨달음이자 천명(天命)과 순명(順命)에 대한 깨달음을 동반한다. 「중풍(中風)」이라는 시에서 '이제 천명(天命)을 알 나이야/바람은 내게 귓속말로 일렀으나' 그것을 거부하던 '나'는 '귀가 순해지기도 전에/누가 쏘았는지 화살 하나 날아 와서' 순명(順命)을 알게 되었음을 고백한다.

이처럼 시인의 순명에 대한 깨달음을 촉발한 것은 「중풍」에서도 알 수 있는 것처럼 가까이 다가선 것만 같은 죽음에 대한 인식 때문이다. 「병후(病後)」라는 시에서도 나와 있듯이 '떠나서 쓸쓸한 것들과 남아도 서러운 것들의/긴 눈인사는 바알간 그리움으로 남아/서로의 길들을 환히 밝혀 줄 것입니다'라고 하면서 시인은 새로운 결별을 준비한다. 이처럼 이곳이 아닌 저곳, 저 먼 산으로 가야 한다는 인식은 다음의 시에서도 변주된다.

수리부엉이가 무량겁을
쪼아 먹고 넘는다는
먼 산에 가야 한다네
노을 속에 언뜻언뜻 보이는
흰나비들도 날아가는
어찌 보면 가까울 듯한 먼 산
갔던 사람 누구도 돌아오지 않는
흰 꽃들만 흐드러진 산
돌아와 아무도 말해 주지 않는
그래서 더욱 궁금한 산
그대와 손잡고 오순도순

넘을 수 없어 슬픈

먼 산에 가야 한다네

가로등 불빛 본 부나비처럼

흰 길들이 한데 모이는

먼 산에 가야 한다네

-「먼 산」

시인은 이제 '수리부엉이가 무량겁을/쪼아 먹고 넘는다는/먼 산', '노을 속에 언뜻언뜻 보이는/흰나비들도 날아가는/어찌 보면 가까울 듯한 먼 산', '갔던 사람 누구도 돌아오지 않는/흰 꽃들만 흐드러진 산', '그대와 손잡고 오순도순/넘을 수 없어 슬픈/먼 산'에 가야 함을, 그것이 천명이자 순명임을 인식한다. 이제 시인에게 그 먼 산은 「뒷산 일기 8 – 나비야 청산 가자」에서는 '청산'으로 호명되기도 한다. 그는 신위의 『소악부』 중 '호접청산거(胡蝶靑山去)'에서 한 구절을 차용하여 '이제라도/눈도 귀도 순하게/나비야 청산 가자 범나비 너도 가자'라고 노래한다. 그의 순명의 경지가 어디에 이르렀는가를 제대로 보여주는 구절이라고 할 것이다.

순명의 경지에 도달한 그의 마지막 과업은 '금강의 말'을 만들어 내는 것이다. 그는 이 시집의 많은 시들에서 노년에 접어들었으면서도 시인으로서 혹은 고독한 수행자의 모습으로 진정한 시 창작에 기투하고자 하는 의지를 강렬하게 피력한다.

내 안에 오래 잠든 씨알들

이 비 후줄근 맞고 눈 떠

초록 혀로 앙증맞게 자라나

옹알이 옹알이를 시작하다가

푸르러 푸르러져서는

몇 마디 금강의 말을 익혀

천둥 번개에도 오롯할

저 구름 위의 노래 한 곡 이루어

어느 밤 별빛 스쳐 불러 준다면

억년 잠든 저 너럭바위들도

불끈불끈 일어나 더덩실 춤추지 않으랴

- 「봄비에 띄우다」

　　이 시에서 시인은 '몇 마디 금강의 말을 익혀/천둥 번개에도 오롯할' 노래 한 곡 이루기를 소망하면서 '어느 밤 별빛 스쳐 불러 준다면/억년 잠든 저 너럭바위들도/불끈불끈 일어나 더덩실 춤추'게 하고 싶다고 염원한다. 이러한 노시인의 염원과 의지는 짧고 단아한 문구를 통해 더욱 강렬한 호소력을 발휘한다. 「매장 이후」라는 시에서도 그는 죽음을 준비하면서 오직 마지막 시작에 대한 열망을 노래한다. 이 시의 마지막 연에서 그는 '마지막 진신사리 같은 말의 뼈다귀 하나/가루가 되도록 광발나게 닦아보리라' 다짐하고 있다. 이처럼 시 창작에 대한 마지막 뜨거운 열정은 다음 시에서도 마찬가지로 제시된다.

관객들이 죄 사라진 빈 무대의 뒤쪽에서

하릴없이 북이나 두들겨 보다가

관객들 다 떠나버린 이유마저 내 탓이라 자책하며

어스름을 맞는 늙은 광대처럼,

참담한 날은 어슬렁거리고 기어 나와

저 우람한 노거수 위 주렁주렁 매달린

쓰르라미의 노래라도 훑어야 한다

한낮의 고적에 지쳐 떨어진 열매들

노래라기보다 짝을 찾는 미물들의 절규

절규라기보다 늦여름의 잎새에 삐죽 솟는

뼈다귀처럼 발기한 언어들이라도 주워야 한다

한바탕의 장기 싸움 후

만장처럼 펄럭이는 분묘이장 홍보물만 바라보다가

정물이 되어버린 노인들

짙푸른 도화지 위에 제멋대로 그려진

탈박같이 찌그러진 얼굴들

바라보기조차 서로 우스워

저 노거수 긴 팔 아래 저마다의 세월을 물으면

그늘 속에서 청청한 노래들이 흘러나온다

-「저 노거수 그늘에 앉아 세월을 묻다」

    시인은 '어스름을 맞는 늙은 광대'와 같지만 '저 우람한 노거수 위 주렁주렁 매달린/쓰르라미의 노래라도 훑어야' 하고 '늦여름의 잎새에 삐죽 솟는/뼈다귀처럼 발기한 언어들이라도 주워야 한다'고 다짐한다. 그러면서 그는 '노거수 긴 팔 아래 저마다의 세월을 물으면/그늘 속에서 청청한 노래들이 흘러나온다'고 노래한다. 늙은 광대처럼 노쇠하고 할 일이 없어졌음에도 '쓰르라미의 노래', '뼈다귀처럼 발기한 언어'를 통해서라도 '청정한 노래'를 불러야 한다는 시인의 마지막 열정이 장하고 장할 뿐이다. 더구나 이 시집에서 '나무'에 자아를 투사하는 시인의 문법대로라면 여기서 노거수는 바로 시인 자신 아니겠는가. 늙은 나무이지만 '쓰르라미의 노래', '미물들의 절규'라도 '청정한 노래'로 부르겠다는 자기 다짐의 시가 바로 이 시일 것이다.

세월은 가고, 바람이 불고, 나뭇잎은 떨어져서 흙이 되면 시인들이야 사라져가겠지만 작품은 영롱한 금강의 말로 남는 것, 비록 김희수 시인은 세월을 보내고 순한 귀를 갖게 되었지만 그의 시는 금강의 말로, 청정한 노래로 우리 곁에 영원할 것이다. 칼날을 품은 바람의 세월을 지나 이순을 맞이하여 펴낸 이 시집이 바로 그것을 증명해주고 있다.

운명 공동체로서의 개인과 역사

1.

어머니, 그 아득한 이름 앞에 초연할 수 있는 남성들이 몇이나 될까? 어머니는 모든 남성들에게는 돌아가야 할 시원이자 고향이다. 회귀해야 할 궁극적 근원으로서의 어머니, 하지만 굳이 오이디푸스 콤플렉스를 이야기하지 않더라도 어머니는 아들들이 만나는 최초의 여인이기에 애증의 양가적 존재이기도 하다. 사랑하지만 진정 사랑할 수 없는 존재, 그래서 어머니는 더욱더 영원한 그리움의 대상일 수밖에 없다.

그런 어머니를 한국의 남성들은 잃어버렸다. 여성성의 원형으로서의 어머니의 모습은 적어도 한국 현대사의 부조리한 전개 과정에서 사라져버렸다. 그것은 바로 한국 현대사의 부조리가 바로 우리 개인, 혹은 가족사의 모순과 질곡으로 심화되었기 때문이다. 즉 한국 현대사 전개 과정에서 가족사의 가장 큰 문제점은 아버지 부재였다. 식민지와 전쟁, 독재의 과정 속에서 진정한 남성성을 간직하고 있던 남성들은 일제 침략자, 이데올로기의 대립자, 독재정치의 가해자들과 싸울 수밖에 없었으며, 하여 그들은 사랑스런 가족을 두고 집을 떠나야 했던 것이다. 그 과정에서 남은 어머니들은 아버지를 대신하여 생계를 책임지고 자식을 훈육해야 했으며, 어머니들은 스스로의 여성성을 버려야만 했다. 미국 슬럼가의 흑인 여가장처럼 우리의 어머니들은 가족의 안위와 유지를 위해 여성으로서의 멋과 여성스러움의 덕목을 버리고 '남성화된 여성'으로서 아버지를 대신해야만 했다.

그런데 홍광석의 장편소설 『회소곡』에서는 여성성을 상실한 남성적인 어머니가 등장하는 것이 아니라 가족을 버리고 집을 나가버린 어머니가 등장한다. 가정을 지켜내고 헌신하는 '어머니'라는 고답적인 소재로서가 아니라 부재하는 어머니, 자식을 저버린 어머니의 모습을 낯설게 드러냈다는 점에서 『회소곡』이 담보하는 소설적 새로움의 지평이 펼쳐진다.

특히 이 작품은 소설이라는 장르가 주인공과 세계 사이의 극복될 수 없는 단절에 의해 특징 지워지는 하나의 서사적 형식이라는 골드만의 지적에 제대로 값하고 있다. 이 작품이 주인공 '나'와 한국 현대사라고 하는 외부적 조건, 즉 자아와 세계와의 불화를 전경화해내고 있다는 점에서 더욱 그렇다. 이 작품에는 거대한 역사의 수레바퀴로 인해 한 개인의 운명이 파탄과 나락으로 내몰리는 양상이 제대로 형상화되어 있다. 개인의 운명과 가족의 파괴가 역사의 질곡으로부터 근원한다는 인식이 이 작품 전체의 서사 구조를 견인한다.

루카치는 소설이 작가의 윤리와 작품의 미학적 문제가 상호 조응하는 유일한 문학장르라고 하였다. 작가의 철저한 역사의식 속에 존재하는 윤리적인 미의식이 작품의 주제를 형성한다는 점에서 홍광석의 『회소곡』은 루카치적 소설 개념에 가장 합당한 작품이다. 1980년 광주항쟁 이후 전교조 활동, 해직과 복직 등 변혁의 역사 현장에 줄곧 서 있었던 그의 실천적 삶의 윤리와 가치가 이 작품에 오롯이 새겨져 있는 것이다.

2.

이 작품에서 주인공 '나'는 문제적 인물이다. 주인공 '내'가 독특한 개인으로 성장하고 존재하는 이유는 어머니의 부재 때문이다. 일상의 존재들에게는 우연 혹은 필연적인 이유로 어머니의 부재에 직면할 수도 있다. 하지만 앞에서 언급한 것처럼 한국 현대사와 소설사의 전개 과정에서 어머니의 부재는 매우 독특한 지형과 함의를 파생해낸다. 기실 한국 현대사 속에서 아버지는 항상 집 밖에, 길 위에 서 있는 존재였다. 그런 만큼 어머니들은 여성성을 상실하면서까지 아버지를 대신하여 집과 가족을 지켜냈다. 하여 많은 아들들에게 있어서 어머니는 아버지로서의 어머니로 인식되었고, 그래서 아들들은 어머니에 대한 강박이나 양가감정을 갖고 있었다. 그런데 이 소설에서는 어머니의 부재가 사건의 주요한 핵 사건으로 기능한다. 우리 소설사에서는 찾아보기 어려운 아주 독특한 인물과 사건 설정이라고 하겠다.

유년 시절 어머니의 부재로 인해 주인공 '나'는 뼈아픈 성장의 고통을 감내해야만 했다.

　　유년 시절, 어머니의 치맛자락에 매달려 응석을 부리는 아이들을 보며 사무친 그리움에 남몰래 어머니를 부르다가 입을 틀어막고 울면서 어머니에 대한 미움을 키웠다. 소년기에는 이 세상에서 어머니와 함께 살았던 몇 개월의 기억을 복원해 내어 그 기억에 순수의 덧칠을 해 주고 싶다는 열망에 몸부림치다가 이내 반전시킬 수 없는 헛된 꿈임을 자각하고는 어머니에 대한 원망을 키웠다.

　　때문에 어머니란 단어를 입에 올리는 것마저 누군가에 대한 배반으로 여기며 자란 나에게 어머니는 일반적인 모성의 상징이 아니었다. 비정의 대명사, 미움과 원망의 표적, 결코 상종해서 안 될 존재, 인연의 너울마저 벗을 수 있다면 훌훌 날리고 싶었던 존재였다.

　이처럼 '어머니란 호칭의 표피에 우들우들한 돌기가 솟아 있는 것만 같아 입에 올리기 껄끄러운' 성장의 과정을 거친 그에게 갑자기 나타난 어머니, 그것도 이제 치매에 걸려 남쪽 땅 목포에서 발견되어 병상에 누워 있는 어머니, 그는 좀처럼 어머니란 존재를 가슴 속에 받아들이지 못한다. 김원일의 「어둠의 혼」이나 김소진의 「자전거 도둑」에서의 아들들이 아버지를 수용하지 못하고 갈등하는 모습이 이 작품에서는 어머니와의 갈등으로 변형되어 드러나고 있는 것이다. 주인공의 모든 것을 앗아가버린 존재였던 어머니에 대한 미움과 원망, 그것이 바로 서사의 발단점이 된다. 그 미움과 원망을 어떻게 해결할 수 있을 것인가에 대한 의문과 기대가 이 소설을 읽게 하는 힘으로 작동한다.

어머니와의 화해를 거부하던 주인공이 심리적 변화를 일으키게 된 것은 어머니가 목포에서 잃어버린 낡은 가방 때문이다. 그것은 어머니의 환유물이면서 동시에 남루한 우리의 현대사를 상징한다.

어머니의 분신이 짓이겨 있었다. 어느 못된 사람의 손에 탈취되어 쓸 만한 것은 다 털리고 마침내 그늘진 곳에 버려져 차갑게 눈비를 맞고 있었을 가방, 그걸 보는 순간 갑자기 서러움이 복받쳤다. 더 이상 털릴 것 없는 낡은 가방, 아직도 축축하게 젖은 가방이 눈시울을 뜨겁게 했다.

성경책 속에서 옛날 사진 두 장을 발견한 것은 아내였다. 성경의 책장이 단단히 붙은 것을 조심스럽게 떼어내었지만 인물의 형체는 분간할 수 없었다. '단기 4280년 정해 3월 약혼 기념'이라는 글씨를 판독할 수 있었다.

그 가방 속에 있던 '단기 4280년 정해 3월 약혼 기념'이라고 씌어져 있는 사진은 어쩌면 어머니와 아버지의 약혼 사진이었을 터이다. 하지만 그 사진 속의 주인공들의 얼굴은 알아볼 수 없이 훼손되어 있다. 얼굴 없는 사진, 그것은 결국 정체성을 상실한 어머니의 삶과 현실 사회변혁 투쟁의 의의를 인정받지 못한 채 역사 속으로 사라져 간 아버지의 삶을 표상한다.

그리고 그 가방 속에는 '빛 바래고 닳은 봉투에 든 500원짜리 열 장'이 들어 있다. 그것은 주인공과 어머니가 혈육으로서 서로의 존재를 기억하게 하는 매개로 기능한다. 어머니의 가방 속에 들어 있는 30년간 지켜온 '500원짜리 열 장'을 보면서 주인공은 자신에 대한 본래적이고 변치 않는 어머니의 모성애를 확인하게 된다.

　　어머니는 울면서 돌아갔다. 무슨 정이 있어서가 아니라 단순히 여비로 건네 준 돈이었지만 처음 아들이 쥐여 준 돈이었기에 어머니는 차마 쓸 수 없었는지 모른다. 아니다. 아들의 분신인 양 소중하게 간직하고 그 돈을 통해 아들을 보았는지 모른다.
　　한 달 하숙비가 3, 4천 원쯤 되고 월급이 만 원을 조금 넘던 시절이었다. 단순하게 돈의 가치를 따진다면 무의미해진다. 삼십 년간 어머니의 콧김이 묻어왔을 그 돈, 그 돈만은 닳고 처져 문드러진 봉투 안에 일련 번호 '나 90094381마'부터 '나90094390'까지 고스란히 남아 있었다.

　오래전에 '어머니'를 잊고 있었으며, 이젠 자신을 잊어달라고 하면서 처음으로 드렸던 돈을 '어머니'는 그 낡은 가방 속에 30년간 고스란히 지켜 온 것이다. 그 돈을 아들의 분신인 양 소중하게 간직하고 그 돈을 통해 아들을 보았을지도 모른다는 주인공의 인식은 스스로의 마음속에 거부하던 어머니를 조금씩 받아들이는 계기로 작용한다.
　그리고 주인공은 자신의 힘겨웠던 유년 시절의 배경이 되는 곳이자 치매에 걸린 어머니를 다시 찾게 된 '목포'에서 '최경채'와 '일강집'을 만나면서 개인의 운명이 역사적 상황의 산물이라는 깨달음에 도달한다. 즉 인간이 자신의 의지대로 살아가기보다는 사회적 또는 시대적 상황에 의해 더 좌우될 수 있다는 인식에 도달하면서 주인공은 부정적으로만 바라보던 어머니의 불행한 인생을 새롭게 반추하게 된다.

그러면서 어머니가 무엇 때문에 복포에 갔는지에 대한 현상적인 의문과 함께 어머니가 무엇 때문에 그렇게 되었는지에 대한 근본적인 문제에 대해서 의문을 품기 시작한 것이다.

표면상 어머니가 그렇게 된 원인을 결혼 이후부터 잡아 보면

결혼 – 아버지의 죽음 – 전쟁 – 이강재와 만남 – 미란의 출현 – 이강재의 외도 – 아들인 나의 외면 – 딸들의 몰이해 – 이강재의 죽음 – 발병이라는 순서로 나열해 볼 수 있을 것이다. 그렇지만 그건 현상적인 상황일 뿐 어머니의 내면을 그리기에는 역부족이었다. 그러한 사건들이 구체적으로 어떻게 어머니의 의지를 허물어뜨렸으며, 그 외에 지속적으로 어머니에게 심적인 상처를 주었던 일들이 무엇이었는지는 짐작할 것 같으면서도 잡혀지지 않기 때문이다. 지극히 복합적이고도 미묘한 감정의 움직임까지 객관화시킬 수 없음을 안다. 그렇지만 나는 어머니가 무엇 때문에 그렇게 되었는지를 알고도 싶었다.

어머니의 발병과 실종, 그리고 다시 찾아 병원에 모신 이후 '나'는 점점 어머니의 삶을 진지하게 되새겨 보게 된다. 그러면서 '나'는 어머니의 내면과 미묘한 감정의 변화까지도 추적하게 된다.

여기서 주인공은 어머니와 자신의 고단했던 삶의 여정이 바로 한국 현대사의 비극으로부터 근원했음을 깨닫게 된다. 하여 그는 개인

이 역사적 현실과 맺는 관계, 즉 인간의 개인적 존재 조건과 역사적 상황 조건이 상호 조응하는 것이란 인식에 도달한다. 결국 홍광석의 『회소곡』은 어머니 부재라는 개인적 운명의 문제로부터 발단하는 이야기이지만, 궁극적으로는 개인과 공동체의 역사가 함께하는 운명 공동체임을 통렬하게 제시해내는 데 성공하고 있다.

3.

최근 문화 예술계의 흐름 속에서 미적 판단과 도덕적 규범의 결합과 분리에 대해 논의하는 것을 진부한 것으로 폄하하려는 흐름이 있는 것을 부인하기 어렵다. 많은 이들이 사회적 당면 문제에 관심을 보이고 윤리적 실천으로 연결하는 것보다는 개인의 일상적인 취미나 심미 체험에 더 많은 시간을 투자하고 있는 듯하다. 이는 진리가 곧 아름다움이라는 플라톤적 전통을 '반예술'이라고 비판한 니체의 예술관을 좇는 포스트모던한 사조의 유입 이래 더욱 가속화되고 있다. '목적 없는 합목적성'이나 '순수한 무관심 속의 쾌적함'으로 정리되는 칸트의 미학적 전통이 이 시대 미학의 준거점이 되어가는 상황 속에서 얼마 후에는 민족이나 역사, 혹은 공동체라는 용어들은 박물관의 유물로 사라져야 할지도 모른다. 하지만 '지구화' 시대에 우리에게 더욱 필요한 덕목은 인간의 내면에 놓여 있는 존재의 무게에 대한 인식이라는 어느 실천적 지식인의 발화를 우리는 깊이깊이 되새겨 보아야 한다.

그런 점에서 홍광석의 『회소곡』은 개인의 운명과 역사의 상호불가분의 관계를 제대로 보여주는 작품이다. 역사적 파장과 개인의 삶의 굴곡이 결코 상호불가분하다는 것을 6·25전쟁과 분단의 역사를 배경으로 제시하고 있다. 이 작품은 개인과 사회, 즉 문학 장르로서의 소설과 물화(物化)된 현대사회의 연관 관계를 변증적으로 결합한 소설양식이 근대의 탄생 이후 아직까지 계속되어야 한다는 당위를 우리에게 다시 한 번 확인시켜 주고 있다. 미학만을 전경화하는 후기 자본주의의 예술적 분위기 가운데 미학과 윤리와의 긴장을 촉발하는 좋은 소설이라 하겠다. 특히 최근 가벼운 스토리라인만이 강조되는 역사소설이 범람하는 가운데 홍광석의 『회소곡』은 우리 현대사의 실체와 무게를 온전하게 포용하고 있다는 점에서 그 문학적 의의를 찾아볼 수 있을 것이다.

영원한 문학청년, 주동후의 소설 세계

　그의 문학은 젊다. 이순(耳順)을 넘어 안타까운 영면(永眠)을 맞이했지만 그의 문학은 여전히 펄펄 끓어 넘치는 용광로이다. 삶에 대한 열정이, 타인들에 대한 껴안음이, 세상에 대한 진지한 대결의식이 문학청년의 고결한 아우라에 맞닿아 있음이다. 그래서 갑작스런 그의 죽음은 역설로 다가선다. 뜻밖에 다가선 그의 죽음이 그가 줄곧 추구해온 삶에의 열정으로 충만한 문학적 아우라와 역설적 대비를 이룬다는 점에서 많은 이들의 가슴에 더 큰 상처로 깊게 새겨지는 것이리라.

　그의 소설에서 반복되는 패턴은 성장의 모티브이다. 「유년의 꿈」, 「제5계절」뿐만 아니라 「혼의 소리」, 「묘를 찾읍시다」, 「동동」 등 그의 많은 작품들에 성장소설의 징후가 내재되어 있다. 성장소설이란 좁은 의미로는 유년의 주인공이 성장을 체험하는 양상이 드러나는 소설 유형을 가리키기도 하지만 넓게는 자아의 확장을 체험하는 정체성 탐색의 모티프를 가진 소설 전체를 의미하기도 한다. 서구의 대표적 성장소설로 손꼽히는 괴테의 『빌헬름 마이스터의 수업시대』에도 20세를 넘긴 청년이 주인공으로 등장하여 예술가로서의 성장과정을 보여준다. 그런 점에서 주동후의 소설들은 넓은 의미의 정체성 탐색의 성장소설의 가능태를 지향한다. 특히 대부분의 성장소설에 내재되어 있는 성장의 모티브들, 이를테면 죽음의 간접 체험, 아버지 부재 혹은 기성세대에 대한 반항과 부정, 성(性)의 발견의 모티프들이 주동후의 소설에서 발견된다.

「유년의 꿈」은 전형적인 성장소설이다. 6·25전쟁을 시대적 배경으로 하고 있는 이 작품에서 주인공 '나'는 '밤마다 보게 되는 별 같기도 하고 보석의 가루 같기도 한' 은밀하고 소중한 비밀을 많이 간직한 천진스러운 소년이다. 그 '한 무리의 광채'와 같은 비밀이야말로 소년이 어른이 되기 위해 알아야 할 어른들 세상의 비밀일 터이다. 하지만 그것은 그 실체가 다 드러난 후에는 필연적으로 다가서게 될 험난한 고통, 즉 통과의례의 환상에 다름 아니다. 그가 최초로 발견한 여성성의 모델이었던 이명자 선생님, 그러나 그녀는 고모에게서 담임 선생님을 빼앗아감으로써 고모가 가출하게 되는 원인을 제공한다. 결국 그가 발견한 성(性)의 실체가 환상이면서 동시에 고통의 근원임을 주인공은 작품의 끝에서야 확인하게 되는 것이다.

이처럼 소년 주인공의 황홀한 환상이 세계에 대한 환멸로 전환하는 결정적인 사건은 6·25전쟁 발발로 인한 죽음의 간접 체험이다. 「유년의 꿈」에서 전쟁으로 인한 폭력과 죽음의 문제가 제기되기도 하지만 「제5계절」에서 '송자'의 죽음은 소년 주인공인 '나'에게는 엄청난 충격으로 다가선다.

내가, 송자야 안 돼, 안 돼, 오지 마, 하며 뛰어 일어나는 것과 꽝하는 폭탄 터지는 소리와 인민군의 총 끝에서 흰 연기가 힐끗 날린 것은 동시였다. 송자는 그대로 나가 떨어져 꼼짝도 하지 않았다. 냇물 위에 굼실굼실 깔려 있던 햇살들이 귀달린 뱀이 되어 와락 나한테로 달려들었다. 깔깔거리며 깔깔거리며 나를 휘감으려는 듯이.

'머리를 두 갈래로 땋고 쬐끄만 몸에 빛깔이 고운 옷을 깔끔히 입고 잠깐 나타났다가 사라지곤 하던 송자', '참으로 우리와는 다른 아름다움을 지닌 아이'의 죽음 앞에서 소년 주인공은 세계와 기성세대, 그리고 이념과 전쟁의 폭력성에 환멸하게 된다. 어쩌면 세계의 속악함과 폭력성을 인식함으로써 소년 주인공이 어른이 되어간다는 인식에 도달하게 되는 많은 성장소설들의 서사문법을 주동후의 소설 또한 제대로 보여주고 있는 셈이다.

이러한 성장소설의 모티프들은 성인의 주인공이 등장하는 다른 작품들에서도 선택적으로 제시된다. 「혼의 소리」에서도 스물넷의 나이에 죽음을 맞이하여 혼령이 된 주인공의 고통스런 성장과정이 선명하게 드러난다. 열다섯의 나이에 고아원에서 쫓겨나 거리를 유랑하고, 거리의 친구들을 만나 범죄자가 되어 수형의 세월을 보내야 했던 이십 대 초반까지의 주인공의 성장 과정이 '혼의 독백'으로 제시되고 있다. 기성세대의 몰염치와 무책임으로 인해 굴절된 성장을 해야만 했던 주인공, 급기야는 스물넷의 나이에 스스로 목숨을 버릴 수밖에 없었던 한계 상황이야말로 우리의 근대화 과정에서 많은 성장주체들에게 강요되었던 또 다른 성장의 어두운 단면이기도 하다.

이 같은 성장소설의 편린은 그의 여러 작품들에서 가족의 파괴 혹은 부정적 여성성의 모습으로 변형되어 드러나기도 한다. 「현장」, 「동동」, 「겨울행」, 「사계의 오월」, 「묘를 찾읍시다」 등에서 파괴된 가족으로 인한 주인공들의 고통과 상처가 절실하게 형상화된다. 고아 혹은 편모 가정에서 살아가는 주인공들의 고통스러운 성장과정이 제시되는 것이다. 그 가운데 많은 작품들에서 제시되는 부정적 여성성의 문제는 눈여겨볼 만하다. 「여름파도」에서 12호실의 '젊은 여자'는 여성성을 상실한 여자이고, 13호실의 여자 환자는 위암 말기 환자로 죽음을 눈앞에 두고 있다. 「겨울행」에서의 '여자'는 남편 때문에 자식을 낳지 못하자 밤기차에서 만난 '나'를 유혹하여 하룻밤을 보내기도 한다. 하지만 이처럼 불구화되고 부정적인 여성들의 삶의 고통에 대해 주동후는 기존의 도덕과 윤리적 관념을 내세우지 않는다. 가부장제의 폐해로 인해 상처받은 여성 주인공들을 주동후는 따뜻한 시선으로 껴안아낸다.

한편 주동후의 대부분의 소설을 관통하는 죽음의 모티프는 그것이 성장소설의 주요한 패턴으로 작용하면서도 한편으로는 그가 줄곧 추구한 생명에의 염원, 실존에의 집요한 열망을 담아낸다.

불을 껐다. 눈을 감아 보았다. 잠이 올 것 같지 않다. 살고 싶다는 무서울 정도의 집념, 틀림없이 얼마 안 있어 죽고 말 다 시들어빠진 몸으로 오히려 몇백 년 혹은 몇천 년이라도 살고 싶다고 느낀다면 젊으면서도 젊은 사람답지 않게 슬프고 우울하고 그렇기 때문에 산다는 것이 왠지 귀찮고 우습게 여겨지는 나보다야, 오, 여자여, 환자복 속에서 붉게 타오르는 생(生)이여!

「여름파도」에서 병원에 입원한 주인공이 불면의 밤을 보내면서 삶에의 강한 열정을 토로하는 대목이다. 어쩌면 주인공의 또 다른 분신이라고 할 수 있는 여자 환자에게 투사되는 삶에의 강한 열망이 죽음 앞에 선 존재에게 더욱 역설적으로 빛나고 있다. 많은 이들이 다양한 방법을 통해 죽음을 넘어서려고 하지만 이미 어느 누구나 죽음을 예약하면서 살아간다. 주동후는 그런 역설 한가운데서 실존에 대한 강한 의지를 형상화해내고 있는 것이다.

소설가 주동후, 그는 한국 현대사의 질곡의 한가운데, 혹은 그 자장의 끝에 서서 자신의 성장을 꿈꾸어 온 문학청년이었던 셈이다. 자신의 실존과 정체성의 본질을 끊임없이 탐색해내려 했던 그의 소설은 절망과 죽음의 현대사 속에서도 실존의 의지를 포기하지 않는 단독자의 모습을 올올하게 형상화해낸다. 하지만 우리 현대사의 본질과 실체가 어슴푸레한 만큼 그 가운데에서의 성장의 의미 또한 탐색해내기 어려울 수밖에 없다. 그의 소설에 전경화되어 드러나는 죽음이나 부정적 여성성, 가족 파괴의 양상들이야말로 그런 성장의 부재, 성장 이념의 부재와 맞닿아 있음을 반증한다.

때문에 그의 홀로 선 단독자의 모습은 왠지 낯설다. 현실이나 대상과의 적절한 거리를 통해 현실적 비판의식을 담아내는 데 성공하고 있지만, 그 거리가 지나치게 완고하다는 점에서 그의 문학이 담보하고 있는 미학적 성과가 가려지는 듯하다. 그러한 대상과의 거리는 그의 많은 시들에서도 비슷한 방식으로 설정되고 구현된다.

산은 말하지 않는다

깊은 골짜기로 끌려들어가

내 누이가 강간당해도

산은

허투루 말하지 않는다

무서운 입의

더러운 권모술수

정치는 날뛰고

사직은 갇혀도

허허로운 웃음 한번

흘리지 않는 산은

차라리 미움이다

어쩌지도 못하고

몸을 주어 버린 슬픈 믿음이다.

- 「山 앞에서」

　광주의 무등산을 떠올리게도 하는 「산 앞에서」라는 시이다. 1980
년 5월 광주의 비극 속에서도 변함없이 '머리는 없고 어깨만 있어/노
상 나른한 광주천의 양심, 무등은 우리의 덕이면서/등수에도 못 들
어/늘 무등'(그의 시 「무등산」 일부)인 무등산, 그 산은 변함없이 우
리를 지켜주고 바라보고 있지만, 그 거리는 우리의 고단한 현실에서
보면 아득하다. 그의 시 「山 앞에서」도 그런 아득한 거리의 산으로
설정된다. '누이가 강간당해도', '더러운 권모술수/정치는 날뛰고/사

직은 갇혀도', 허투루 말하지 않고 허허로운 웃음 흘리지 않는 산, 무심한 산일 뿐이다. 그래서 시인은 그 산에서 '미움과 몸을 주어 버린 슬픈 믿음'을 읽어냈는지도 모른다. 어쩌면 그 산은 시인의 마음의 산이고, 시인의 세계 인식 방식을 표상하는 '저만큼의 거리'가 체화된 산일 터이다.

그런 점에서 송기원이 시인의 시집 발문 「나의 스승 주동후에 대한 송가」에서 "처음부터 이렇게 화려한 감각의 문장이라면 어쩔 수 없이 하고자 하는 이야기의 내용보다는 표현에 치중하게 마련"이며, 그럼으로 인해 "사람들의 살아가는 모습이 자칫 작가의 뛰어난 감각이나 문장의 솜씨 때문에 실종되어 버린다"는 지적은 주동후 문학의 현실과의 거리문제와 연관하여 시사하는 바가 크다.

현실과 저만큼의 거리 때문에 그의 시집 제목 『혼자 있을 때 혼자가 아니다』에서와 같이 그는 혼자이며, 단독자인 셈이다. 그래서 그의 외로움은 절실했을 것이며, 그 울분은 더욱 안으로 안으로만 삭혀져서 무서운 병을 키워나갔을지도 모를 일이다. 시대와 타협하지도 그렇다고 시대로부터 도피할 수도 없었던 고독한 단독자, 영원한 문학청년 주동후, 그의 육체적 죽음을 넘어선 문학적 생명이 영원하기를 기원해본다.

공동체적 삶의 서정적 환기
- 김형수의 『나의 트로트 시대』

　1980년대 후반 나는 대학가의 후미진 선술집 골방에서 그를 만났다. 막 제대하고 학교로 돌아온 그때, 세상과 시대의 환멸을 가득 껴안은 채 어깨를 움츠린 무기력한 예비역 아저씨가 되어 돌아온 대학에서 우리가 할 수 있는 일이란 낮술에 취해 부끄러운 대낮의 시간을 되도록 빨리 보내는 일이었다. 그러던 가을 어느 날, 후배들에게 문학 강연을 하러 온 김형수 시인을 낮술에 취한 채로 낮은 전등이 켜진 골방에서 막걸리를 마주한 채로 만나게 되었다. 당시 '자주적 문예운동'을 앞장서서 주창했던 김형수 시인을 그 익숙한 장소에서 낯선 모습으로 만났던 것이다. 익히 들어온 이름이었지만 그의 첫인상은 낯설음 그 자체였다. 글로 대하던 정연한 이론가의 모습보다는 지금 막 수배 전단에 이름을 올린 쫓기는 자의 초췌함 그 자체였다. 하지만 그의 낮고 날카로운 목소리에서 터져나오는 시대와 역사에 대한 소망과 열정과 투지는 막막했던 우리의 무거웠던 청춘을 시원하게 날려주는 것 그 이상도 이하도 아니었다.

그리고 10여 년이 흐른 후 나는 그의 장편소설 『나의 트로트 시대』(실천문학사, 1997. 6)를 읽게 되었다.

이 작품은 1997년 '동인문학상' 후보작이던 중편 「나는 기억한다」를 장편으로 개작한 것이다. 실천적 문예이론가이자 리얼리즘 시 창작을 올곧게 추구했던 그에게 있어서 소설가로의 변신은 1990년대 후반 표류하고 있는 한국 문단에 신선한 충격을 안겨 주었다. 그 충격이란 다름 아닌 끝 간 데 없는 환상과 무국적의 정서만이 횡행하는 시대에, 하나의 돌파구를 보여준 것 때문이리라. 그것은 바로 1970년대 이문구 혹은 송기숙이 보여주었던 우리말과 지역의 살아 있는 민중언어에 대한 성찰이었다. 이문구가 구사하던 충청도의 완만하면서도 정곡을 관통하는 만연체의 문장과 송기숙이 지향했던 전라도의 맛깔 나는 사투리가 그의 작품에 이르러 하나의 웅숭한 언어의 세계를 빚어내고 있는 것이다. 이와 더불어, 중심 없이 배회하는 개인들을 하나로 아우르는 공동체 사회에 대한 지향의식이야말로 어두운 안개를 홀로 배회하는 1990년대 문학의 지향점이 되고 있는 것이다.

김형수 시인의 소설가로의 출발은 『문학동네』 1996년 여름호에 「들국화 진 다음」이란 단편소설을 발표하면서부터이다. 한 농촌 노총각의 고단한 삶과 그의 고향 친구였던 호스티스와의 짧은 하룻밤의 만남, 그로 인한 주인공의 상심과 호스티스의 죽음 등의 이야기 연쇄가 서정적으로 엮어진 작품이었다. 이 작품에서부터 이미 그는 1970년대의 이문구를 소설의 밑그림으로 삼고 있었던 듯하다. 냉정하게 비판할 수도, 뜨겁게 껴안을 수도 없었던 고향에 대한 안타까움과 그러면서도 근대화와 산업화로 인해 파괴될 수밖에 없는 농촌 공동체의 현실을 있는 그대로 그려내고 있기 때문이다.

앞서서 결론부터 이야기한 셈이 되었다. 이제 『나의 트로트 시대』를 세밀히 탐사해 보자. 이미 고속도로는 뚫린 셈이고 작은 국도나 오솔길쯤을 따라가 볼 일이다.

소설은 아버지의 기일을 맞이하여 잠시 잊고 있었던 고향인 밀래미 장터, 장돌뱅이들의 문상을 받는 것으로부터 시작된다. 고향 밀래미, 그곳은 '유행가 같은 곳'으로 내게 각인되어 있는데, 국민학교 3학년 때 떠나와서 군대 가기 전 1년 동안 아버지의 강권으로 고향 체험을 했던 곳이다. 그 1년 동안의 시간이 주인공 '나'에게는 이름하여 '트로트 시대'가 되는 것인데…….

'밀래미 장터' 사람들, 슬픈 자릴수록 농(弄) 기름을 많이 쳐서 뺀질뺀질하게 구는 관습을 가진 자들, 이풍진, 코쑥이, 오리, 이쁜이, 뺑덕이, 점보, 그리고 떠돌이 약장수였던 아버지, 이제는 삶의 중심으로부터 멀찌감치 멀어져 갔거나 잊힌 사람들, 그럼에도 '나'는 그들의 정겨운 입담을 그리워하게 되고, 잃어버린 광장 속에서의 안온함을 희구하게 되는 것이다.

그런 사람들이 모여 있는 '밀래미 장터'는 고향의 추억을 완성시켜 주는 공간인 동시에 혼란스러웠던 젊음의 열정과 방황, 일탈 등이 웅성거리는 혼돈의 공간이다. 그리고 '나'에게 그 장터는 외래인 혹은 '배운 것'으로 매도당하게 하는 닫힌 공간이면서, 나중에는 동고동락을 같이할 수 있게 된 열린 공간이기도 하다. 결국 기존의 질서와 새로운 질서가 길항하면서 변화하는 공간이 밀래미 장터이고, 그곳이 '트로트'가 불려지는 축제의 공간으로 설정되어 있다.

하여 이 소설이 갖춘 아름다운 덕목은 말과 노래의 향연일 것이다. 이 시대의 소설이 가지고 있는 경직된 문어(文語) 중심의 서술이나 번역체의 문장들, 그리고 자기 감성마저도 제어하지 못한 채 토로되고 마는 미사여구의 문체들을 일소하고 우리네 기층 민중들의 살아 있는 육성이 그대로 형상화되고 있다.

"백년을 다 살아야 삼만육천 날, 봄 조개 가실(秋) 낙자 허다보면 임자도 모르게 멀크락에 서리 앉어."
"아이고, 니 똥구멍에서 해가 져간단마다. 불갑산 호래이는 요러고도 안 굶어죽으끄나? 여그 직 밥이 쉬어나자빠지는 중도 몰르고오."

이러한 예문에서와 같이 이 작품은 그대로 전라도 방언사전을 소설 한복판으로 옮겨 놓은 듯하다. 또한 자기들의 인생이 세상의 막다른 골목에 들어서 있다는 심한 좌절과 데카당스를 가진 밀래미 친구들의 비 오는 날의 정서, 즉 '피리네 창고'에 모여서 부르는 노래는 개화기의 창가를 필두로 1960, 1970년대의 트로트까지를 꿰고 있는 것이었다. 이러한 그의 문체적 힘은 바로 그가 기층 민중의 정서에 깊이 침잠하거나 삶을 공유하였던 때문일 것이다.

문제는 '나'로 시작하는 제목의 부분이다. 서정을 갈래지을 때 가장 우선적인 개념이 세계의 자아화이다. 이 같은 개념은 세계의 다양한 양상이 자아의 감정과 정서로 수렴되어 갈 때 서정의 갈래가 생산된다는 원리를 담아내고 있다. 『나의 트로트 시대』 또한 주인공의 고향에 대한 접근이 서사적이기보다는 서정적인 방식으로 이루어지고 있다. 그것을 매개하는 것이 '나'의 주관적인 고향에 대한 감정이고, 그러한 정서를 추출해내는 매체가 트로트, 즉 노래인 것이다.

그리하여 이 작품에서는 사회와 개인의 대결, 세계와의 갈등보다는 대상을 껴안음으로 스스로 대상에 편입되는 시적 방식으로 고향이 이야기되고 있다. 그 점에서 이 소설이 민중들의 적극적 역사 대응 방식이나 그것에 대한 추동력 등을 보여주지 못하고 있다는 아쉬움을 남겨 주는 듯도 하다.

그러나 이 소설이 궁극적으로 추구하는 것은 왜소해져가는 거대 담론의 대안이나, 민중들의 역사적 추동력을 이야기하려 한 것이 아니라는 점이다. 그보다는 후기 산업사회의 살풍경한 건조함 속에서 잊혀 가는 우리 것, 그리고 아스라이 우리 삶의 근원에 기저하는 공동체적 삶들을 환기시켜 주는 데에 『나의 트로트 시대』의 의미 자장이 형성되어 있다는 점이다.

저 참혹했던 1980년대 서사적 서정을 노래한 김형수 시인이 이제 『나의 트로트 시대』를 통하여 서정적 서사를 이야기하고 있다. 분명히 소설로 그의 문학적 전환이 성공적으로 이루어졌다고 확신하면서 힘찬 정진을 기대하는 박수를 보내고 싶다.

연민의 시와 음영(陰影)의 시학
- 오미옥 『12월의 버스정류장』

　오미옥의 시는 항상 따뜻하고 포근하다. 그의 시 속에 흐르는 연민의 마음 때문이다. 대상을 따뜻하게 바라보는 가여운 시선, 안타까운 시인의 마음이 보랏빛 음영을 드리운 채 시상 하나하나에 아로새겨져 있다. 자기의 상황이나 삶의 상처보다도 주변 사람들의 힘겨운 삶에 먼저 눈길을 보내는 연민이 오미옥의 시를 관통하고 있는 주된 정서이다. 시집온 첫날밤 아버지 발아래 잘근잘근 밟히던 '울엄마', '어머니'를 떠나 보낸 후 군불도 지피지 않은 방 안에서 웅크린 채 잠이 든 '아버지', 장미꽃을 좋아하는 아내를 주려고 장미 두 그루를 훔친 어느 칠십 대 노인, 들쥐 균에 감염되어 끝내 쉰 살 고갯마루를 넘지 못한 '육촌 오빠', 짐을 지고 황산의 돌계단을 매일 오르는 황산의 짐꾼들 등등 시인의 눈에 비쳐진 존재들은 모두 가엾고 힘겨운 삶을 살아가는 이들이다.
　더구나 그러한 연민의 시선은 사람 아닌 다른 대상들에게도 향한다. 상표도 떼지 않은 돌아가신 어머니의 구두 한 켤레, 꽃잎마다 메마른 눈물 자국 어룽거리는 수국, 뻘밭에 영영 갇혀 버린 눈먼 갈대, 길 위에서 생을 마감한 여린 주검과 돌아오지 못한 새끼를 기다리는 어미 등등 또한 시인의 연민의 정서를 추동한다.

시인의 연민의 대상은 세상의 중심으로부터 멀리 떨어져 있는 존재들이다. 자본주의와 가부장제, 혹은 가진 자들의 세상과는 거리를 둔 존재들일 뿐이다. 그들을 포용하고 감싸 안으면서 그들의 삶에 동화되려는 시인의 모습이 눈물겹다. 하지만 시인이 가지고 있는 연민의 감정은 대상 자체에 머무르지 않는다. 그보다 시인의 시선은 웅숭깊고 크고 넓다. 시인은 진흙 속에 피어난 연꽃에만 머무르지 않고 연꽃이 생존하는 진흙탕의 세계, 진흙 같은 세계에도 관심이 깊다. 그런 점에서 그의 시는 시이면서 또 다른 서사의 세계를 넘나든다. 시이면서 이야기를 담고 있고, 사람을 이야기하면서 세계의 모순을 포착해내고 있다. 연꽃이 자라는 진흙탕 속에서 아등바등 살아가는 사람들에 대해 감응하고 공감하는 시이면서도 번뇌와 집착 속에 고통받는 생존의 구조를 파생해내는 사회의 구조적 모순에 대한 예리한 시선을 시인은 갖고 있기도 한 것이다.

그런데 오미옥의 시를 가만히 읽다 보면 부사어를 구사하는 그의 절묘한 조탁 능력에 놀라기도 한다. 사실 부사어는 다양한 기능을 발휘하는 명사, 동사와 같은 품사들에 비해 언어적 활용도가 높지 않다. 부사는 명사와 동사의 기능을 돕는 그림자와 같은 역할을 보이지 않게 해낼 뿐이다. 하지만 오미옥의 시에서 부사는 그 어떤 품사보다도 주제와 시인의 주된 정서를 도드라지게 하는 데 중요한 기능을 하고 있다.

열일곱에 시집온 울 엄마

시집올 적 입었던 연분홍 치마

첫날밤도 못 치르고

집 앞 도랑에서

아버지 발아래 잘근잘근 밟힐 때

밤별들 소리 죽여 울었다지요.

- 「고마리」 1연

첫날밤도 못 치르고 아버지에게 폭행을 당하는 엄마의 처참한 형상을 가장 적실하게 보여주는 단어는 '잘근잘근'이다. 많은 단어들이 활용되었지만 '잘근잘근'이라는 부사어만큼 이 작품의 주제를 전경화시키는 단어는 없다. 이 같은 탁월한 부사어의 사용은 그의 시에서 수없이 발견된다. 큰오빠 올케에게 무안을 당하고 집에 돌아온 어머니가 손수건 입에 물고 울었다는 시 「오만 원」에서 사용된 부사어 '꺼이꺼이', 어머니는 밤하늘 별빛으로 오시네라고 노래한 시 「북두칠성 어머니」에서의 '말강말강', 하루치의 품삯이 될 빈 종이상자를 줍는 노인들의 삶을 표상한 시 「여름날 오후」의 '누덕누덕', 어머니 노제를 지냈던 버스정류장에 앉아 버스를 기다리는 동네 어른들을 그려내는 시 「12월의 버스 정류장」에 사용된 '옹기종기' 등과 같은 부사어들은 시인의 주된 정서와 주제를 올곧이 드러내주고 있다.

이처럼 중심이 되는 품사가 아닌 부사어를 자주 활용하는 것은 앞에서도 이야기한 바와 같이 그의 시적 대상들이 모두 주변부의 소외된 존재들이란 점과도 일맥상통하는 부분이기도 하다. 중심 아닌 존재들이 중심이 되는 시, 주변이 중심이 되는 음영(陰影)의 시학, 그림자이지만 어느새 빛이 되는 시학의 원리가 궁극으로 작동하는 시가 오미옥의 시인 것이다. 시인은 첫시집임에도 불구하고 연민의 대상이 주인공이 되고, 그림자처럼 부차적인 부사어가 시학의 핵심으로 작동하는 시 창작의 원리를 오롯하게 만들어내고 있는 셈이다.

그런데 그 점에서 또 약간의 아쉬움과 그에 대한 연민의 감정을 지우기 어렵다고 하겠다. 비극적 정화감(카타르시스)은 그리스 비극의 정수이자 아리스토텔레스의 대표 저작 『시학』의 핵심개념이다. 아리스토텔레스에 의하면 카타르시스는 두 개의 감정의 교차와 반복 가운데 파생하는데, 그 두 개의 감정은 바로 공포와 연민이다. 이 두 개의 감정은 인간과 인식 대상과의 거리에 의해 결정되는데, 대상과의 거리가 소멸되었을 때 공포의 감정이, 대상과의 거리가 형성되었을 때 연민의 감정이 생겨나게 된다. 『햄릿』을 예로 들었을 때 '햄릿'이라는 대상이 자기 자신이라는 인식, 즉 인식 대상과의 거리가 소멸되어 동화되었을 때 공포라는 감정이 발생한다는 것이다. 반면 인식대상과의 거리가 형성되어 '햄릿'이 나 자신이 아니라는 인식의 거리가 형성되면 연민이라는 감정이 생겨난다는 것이 아리스토텔레스의 논지였다.

이를 전제로 한다면 오미옥의 연민의 감정은 시적 대상에 대한 적절한 거리를 시인이 조절하고 있기에 가능하게 된다. 대부분의 시가 세계를 자아화하는 데 초점화하는 것에 비해 오미옥의 시에서의 연민의 시선, 자기보다는 타자를 대상화하는, 혹은 자기 이외의 것들을 중심으로 내세우는 시선 속에 자칫 자기 소멸, 자기 상실의 아쉬운 그림자가 엿보이기도 한다는 점이다. 친구인 오미옥이 이제는 타자들과의 거리를 전제로 한 연민보다는, 자기가 중심인, 자기 삶이 항상 전경화되는 시를 쓰면 좋겠다. 그것은 이제 그만 남들에 대한 헌신과 봉사, 배려보다는 자기 삶을 누리고 즐기는 시인이자 친구가 되었으면 좋겠다는 말이기도 하다.

떠도는 말, 미학의 불편함

오늘의 강의는 이청준 선생님의 소설 구절로부터 시작하겠습니다.

말들은 과연 이제 정처가 없었다. 말이 존재의 집이라면, 말의 집은 또한 존재의 실체일 수밖에 없었다. 하지만 말들은 이제 그 실체의 집을 떠난 지 오래였다. 집을 떠난 말들은 그가 깃들였던 실체와의 약속을 잊어버린 지도 오래였다. 그것은 일견 말들의 자유스런 해방처럼 생각될 수도 있었다. 하지만 실체와의 약속을 저버림으로써 얻을 수 있었던 말들의 해방은 그 실체에 대한 지배력도 함께 단념을 해야 했다.

허공을 떠돌면서 저희끼리 자유롭고 음란스런 교미를 즐기다가 그것이 지치고 나면 아무 때 아무 곳이나 깃들여 쉴 곳을 약탈한다. 그리고 자신들이 당해 온 학대와 사역에 대한 무서운 복수를 음모한다.

말들은 정처도 없었고 주인도 없었다.

지욱이 꾸며 온 수많은 회고록과 자서전들에 동원했던 말들 역시 그러했다. 그가 써온 원고지의 말들에는 애초부터 그것을 부리고 다스릴 수 있는 진짜 주인이 있을 수 없었다. 〈중략〉 말들은 마침내 스스로의 성실성에 둔감해졌고, 스스로의 신뢰를 단념하기에 이르렀다.

말들의 슬픈 해방이었다.

– 이청준 「자서전들 쓰십시다」

이청준 선생님은 말이 존재의 집이고, 말의 집은 존재의 실체일 수밖에 없는데, 말들은 이제 그 실체의 집을 떠나고 말았다고 말씀하십니다. 실체와의 약속을 저버린 채 정처도, 주인도 없이 떠도는 말들의 슬픈 해방을 선생님은 강조하고 있습니다. 이처럼 이청준 선생님은 『언어사회학서설』 연작 소설들을 통해 말의 불완전성, 실체의 본질을 제대로 전달하지 못하는 말들에 대해 설파하셨습니다. 오늘은 떠도는 말들, 실체와의 약속을 잊어버린 말들에 대해 이야기해보겠습니다.

포스트모던이란 단어는 많이 들어보셨지요. 포스트모던은 post(후기)라는 말과 modern(근대)라는 말의 조합으로 '근대·현대 이후'라는 의미를 내포하고 있습니다. 그러니까 후기 근대 혹은 후기 현대라는 의미로 근대나 현대의 가치를 부정하거나 비판하려는 의미가 들어있다고 하겠습니다. 그렇다면 후기 현대의 철학자들은 왜 근대나 현대의 가치를 부정하거나 비판하려는 것일까요?

이러한 근·현대사회에 대한 비판에는 이성에 대한 불신이나 회의가 잠재되어 있습니다. 사실 근대사회를 형성하고 작동시켜 온 것은 인간만이 가지고 있는 이성의 힘 때문이었지요. 데카르트의 "나는 사유한다, 고로 존재한다"라는 이성중심적 근대 철학의 화두를 시작으로 진정한 근대사회가 시작되었습니다. 근대사회에 들어서면서 이성에 기반한 획기적인 과학의 발달과 수많은 지식이 축적되고, 고도의 물질문명 사회가 형성되어 인류사 이래 최고의 이상사회를 이룩한 것처럼 보였지요. 하지만 20세기 들어서서 두 차례의 세계 전쟁과 이념 전쟁이 발생하면서 아우슈비츠와 같은 학살과 폭력이 자행되었습니다. 그 과정에서 많은 이들은 근대사회를 부정적으로 비판하고 회의하기 시작했습니다. 이 같은 근대사회에 대한 비판과 회의의 근원에 이성에 대한 회의 내지는 불신의 철학이 유포되어갔던 것입니다.

그렇다면 이성의 한계나 모순은 무엇 때문일까요? 그것은 바로 이성의 질료이자 이성을 작동하는 언어의 불완전성 때문이지요. 쉽게 생각하면 언어의 불완전성이 바로 이성의 모순이나 한계의 근원이라고 할 수 있는 것입니다.

그럼 이성과 언어의 밀접한 연관성부터 살펴볼까요? 이성(logos)의 라틴어 어원부터 살펴보겠습니다. logos의 어근 log의 어원은 많은 의미를 내포하고 있다고 하는데 특히 언어 혹은 논리의 의미를 가지고 있습니다. 그러니까 이성은 그 어원에서부터 언어와 깊은 연관 관계를 가지고 있는 것이죠. 이러한 관계를 좀 더 깊이 있게 따져보기 위해 다음의 문장을 생각해보죠.

우리는 아는 단어만큼만 생각할 수 있다.

그러니까 우리가 무엇인가를 사유한다고 할 때 사유하는 대상에 대한 단어를 알지 못하면 결코 그 대상은 사유할 수 없습니다. 대상을 지칭하는 단어를 알아야만 그 대상과 연관된 다른 언어를 찾아낼 수 있고 그런 과정에서 사유의 폭과 깊이가 더해지는 거라고 할 수 있습니다. 그래서 우리는 종종 누구는 생각이 깊다 혹은 생각이 짧다라고 하는데 그 차이는 그 사람이 가지고 있는 단어의 수와 직결된다고 할 수 있습니다. 그래서 우리는 각각의 언어 사전을 가지고 있는 것이고 그 사전의 단어 수가 많고 적은 것이 사유의 양과 질을 결정하는 거지요.

이쯤 생각해보면 이성과 언어와의 밀접한 연관을 이해할 수 있겠지요. 그렇다면 이성을 불신하고 회의하는 이유도 언어의 문제에서 찾아볼 수 있는데, 언어의 불완전성이 이성의 불완전과 연관되는 것입니다.

그럼 지금부터는 언어의 불완전성을 한 번 생각해봅시다. 우리는 우리의 생각과 감정을 투명하게 전달해주는 가장 효율적인 도구를 언어라고 생각해왔습니다. 하지만 이 또한 우리의 고정관념일 뿐입니다. 결코 언어는 우리의 생각이나 감정 혹은 대상의 본질을 있는 그대로 전달해주는 도구가 아닙니다. 사과라는 말을 떠올려봅시다. 사과라는 말 속에는 사과의 맛과 향이 들어 있습니까? 실재하는 사과에는 사과의 맛과 향이 있지만 사과라는 말 속에는 그 맛과 향은 존재하지 않습니다. 그러니까 언어에는 전달하려는 대상의 본질도 의미도 들어 있지 않은 거지요. 이를 구조주의 언어학의 시조인 소쉬르는 기표와 기의의 자의성으로 설명합니다. 자의성에 바탕을 둔 언어라는 기호체계는 세계나 경험의 반영이 아니라 그것과 무관한 별개의 체계라는 것이지요. 그런데도 우리는 지금까지 상대에게 말을 하면, 진실하게 언어로 전달하면 자신의 본심이 전해질 것이라 생각해 온 것이 사실입니다. 하지만 우리는 현실에서 그러지 못한 상황을 많이 접하곤 합니다. 그래서 친한 친구나 연인과 결별하고 가족들끼리 불화하기도 하지요.

결국 언어는 대상의 본질을 투명하게 전달해주지 못하는 불완전한 도구일 뿐입니다. 그런데 특히 이성중심적인 근대 사회에 들어와 많은 과학적 지식과 철학적 명제, 혹은 정치 이데올로기적 선언들을 모두 말과 언어를 통해 제시하고 전달해왔지요. 그리고 그렇게 언어화된 지식과 과학과 선언들은 절대적인 것으로 수용되어야만 했습니다. 거기서부터 근대사회의 불신과 불화가 시작된 것입니다. 우리 개개인들 모두가 가지고 있는 각각의 언어사전이 다르고 사전에 들어 있는 단어의 개념과 함의가 다른 데도 불구하고 자신이 전달한 의미가 동일하게 상대에게 전달된 것이라고 착각하게 되고, 그러한 소통이 이루어지지 않을 때 서로 불신하고 불화가 싹트게 된 것입니다.

이처럼 말로 인한 불화의 근원이 되는 것이 소문이기도 한데요. 좀 더 이청준 선생님과 떠도는 말들에 대해 이야기를 해보면, 이청준 선생님의 또 다른 소설 「소문의 벽」의 소문이 바로 떠도는 말들의 좋은 예일 수도 있습니다. 소설의 주인공 박준은 실체와 상관없이 떠도는 말들인 소문의 벽에 갇혀 정신적 고통 내지는 정신병적 증후를 보이게 되는데요. 소설 속의 박준의 증상은 오늘의 현대인들의 정신적 상황을 그대로 표상하고 있다고 할 수 있겠습니다. 사태나 사람들의 구체적인 삶과 별 상관없이 떠도는 말들이라 할 수 있는 소문이 왜 발생하고 사람들 사이에서 떠돌아다니는 것일까요? 서두에서 예시한 이청준 소설의 한 구절과 같이 본질을 실어 나르지 못하는 말들의 슬픈 해방 때문일 것입니다. 그럼에도 많은 이들은 말들의 슬픈 해방을 비판하거나 거부하기는커녕 그 소문들에 집착하고 열광하기도 한다는 것이죠. 소문의 대상이 되는 사태나 사람들의 구체적이고 개별적인 삶의 처지나 내력에 대해 잘 알지도 못하면서 소문을 전파하고 거기에 몰입해가는 것이죠. 이 또한 말의 불완전성, 말에 대한 지나친 맹신, 혹은 자기만의 언어사전에만 매몰되어 있기 때문은 아닐까요?

그래서 포스트모던한 사회의 철학자들은 불완전한 언어로 작동하는 이성에 대해 회의하고 불신하게 된 것이죠. 그런 점에서 우리도 우리가 사용하는 언어에 대해 다시 한 번 되돌아보아야 합니다. 그리고 보다 더 노력한다면 우리 각자의 언어 사전을 잘 살피고 가꾸어가야 하겠지요. 여기까지의 논의에 이르면 이청준 선생님이 강조하신 말의 슬픈 해방, 실체와의 약속을 저버리고 떠도는 말들에 대해 어느 정도 이해가 되실 것이라 생각합니다.

사실 글을 써보신 분들은 이 같은 떠도는 말, 말의 슬픈 해방 때문에 엄청난 회의와 좌절을 느껴오셨을 것 같습니다. 나만의 언어사전에 있는 수많은 단어들로 나의 삶과 경험, 세계에 대한 사유, 내밀한 감성을 글로 적어보지만 항상 결과물로 나온 글들은 쓰기 전에 가지고 있는 본래의 그것들과 멀어져 있는 것을 매번 확인하게 되기 때문입니다. 말과 글들의 해방이자 배신이지요. 그럼에도 글을 써야 하는 문인들의 엄혹한 숙명이 바로 이 때문인지도 모르겠습니다.

그럼 여기서 조금 화제를 바꿔보겠습니다. 불완전한 언어를 매개로 하는 진리의 문제입니다. 이러한 불완전한 언어를 바탕으로 하는 이성의 작용, 학문적 활동, 문예창작. 그리고 그의 소산으로서의 진리에 대해서 다시 한 번 고민해봐야 합니다. 먼저 진리의 문제를 생각해볼까요?

진리는 과연 존재하는 것일까요? 참 어려운 질문입니다. 진리를 정의해보면 시간과 공간을 초월한 영원한 참이라고 할 수 있는데, 과연 그런 진리가 지금 이 시대 존재하느냐의 문제이지요. 여전히 진리의 존재여부는 철학자, 과학자, 문학가, 예술가 등 많은 사람들의 논란이 되는 주제라고 할 수 있습니다.

그런데 앞에서도 이야기했던 포스트모던한 시대의 철학자들은 진리에 대해 부인하고 회의하려는 태도를 보이고 있습니다. 그들의 진리에 대한 이러한 태도는 이성에 대해 회의하고 불신하는 것과 동일한 연장선상에 있다고 할 수 있습니다. 왜냐하면 대체로 진리는 이성을 통해 탐구되고 정립되고 전달되어 왔기 때문이지요. 그러니까 후기 현대 산업 사회에 이르러 근대사회를 주도했던 이성에 대한 회의와 불신의 결과가 바로 진리에 대한 회의와 불신으로 연결되는 거지요.

그럼 이 시대 진리는 왜 많은 이들에게 인정받지 못하고 있는 것일까요? 그 이유 또한 이성이 처한 상황과 마찬가지로 언어와 깊은 연관이 있습니다. 앞에서도 이야기했듯이 언어는 대상의 본질을 투명하게 전달해주지 못하기 때문에 그 어떤 진리의 내용도 언어를 통해서 드러낼 수 없는 거지요. 여기까지를 정리해보면 진리는 언어를 통해 정립되고 전달되는데 언어가 불완전한 수단이기 때문에 그 어떤 진리도 정립될 수도 없고 전달될 수 없다는 거지요. 이러한 생각이 포스트모던을 지향하는 철학자들의 진리관이라고 할 수 있습니다.

그렇다면 정말 이 세상에 진리는 존재하지 않는 것일까요? 만약 진리가 없다면 이 세상의 선과 악, 진실과 허위, 옳고 그름은 어떻게 구분할 수 있을까요? 그런 점에서 이 세계를 온전히 꾸려가기 위한 척도로서의 진리는 존재하고 또 필요할 것입니다.

그런데 문제는 권력을 가진 이들이 그런 진리를 절대적으로 완벽한 것으로 맹신하고 잘못 활용해왔다는 것이 문제입니다. 권력자들에 의해 활용된 절대적 진리, 일원론적 진리가 문제였던 거지요. 힘을 가진 자들이 자신들의 권력과 자본을 확대 재생산하기 위해 자신들에게 유리한 진리를 전략적으로 활용해온 것입니다. 자신들만의 진리를 절대적인 것으로 강조하고 다른 이들의 것은 배제하고 무시하면서 자신들의 진리를 수용하고 맹종하도록 만들어온 것입니다. 그러면서 자신들의 진리만이 유일한 것으로 강조해온 거지요. 이를테면 인간/자연, 남성/여성, 백인/흑인 등을 구별하는 이분법을 지향하면서 인간, 남성, 백인들이 지향하고 유지해온 가치가 진리의 편에 속하고 자연, 여성, 흑인들의 가치는 무시하고 억압하면서 그들만의 권력을 공고히 해온 것입니다. 이러한 과정에서 진리는 자연과 여성과 유색인종들을 억압하고 착취하는 합리화의 이데올로기로 작용해왔다고 할 수 있습니다.

그런 점에서 이 시대의 철학에서 부인하려는 것은 일원론적이고 절대적인 진리관입니다. 어쩌면 진리는 하나가 아니고 여럿일 수 있습니다. 내가 제시한 것이 답이라면 상대방이 제시한 것도 답일 수 있습니다. 그러한 상대주의적이고 다원적인 진리관이 지금 이 시대에는 필요하다고 할 수 있습니다.

한편 이것도 저것도 모두가 진리라고 한다면 진리는 결코 언어로 단정짓거나 명제화할 수 없는 것일지도 모릅니다. 이러한 생각은 앞에서도 이야기한 것과 같이 언어의 불완전성 때문입니다. 언어 자체가 불완전하기 때문에 그 어떤 진리도 언어로 제시할 수 없는 거지요. 이 같은 생각은 이미 노자의 『도덕경』 1장에 제시되어 있습니다.

道可道非常道 名可名非常名

노자는 이미 2천5백 년 전에 도를 도라고 말하면 이미 도가 아니고 어떤 사물에 이름을 붙이는 순간 사물의 본질은 사라진다고 말했습니다. 이처럼 노자는 언어의 불완전성, 또 그로 인해 언어로 진리를 제시할 수 없다는 것을 설파하고 있습니다.

그런 점에서 우리도 진리를 언어로 드러낼 수 없다는 점을 인정해야 합니다. 언어로 표현되고 명제화된 진리에 대해 회의하고 의심할 필요가 있는 것입니다. 이미 언어로 제시된 진리는 언어의 불완전성 때문에 불완전한 것일 가능성이 높습니다. 그럼에도 그러한 불완전한 진리를 권력자들은 자신들의 권력을 합리화하는 도구로 활용해 왔다고 할 수 있습니다.

앞에서 언어의 불완전성에 대해서 이야기했는데 그러한 불완전성은 언어의 역사적 변천 과정과도 깊은 연관이 있는 것 같습니다. 인간의 언어가 아담의 언어에서 바벨의 언어로 변화했기 때문이지요. 대상의 본질이나 성격을 그대로 담아내고 있는 언어가 바로 인류가 최초로 사용한 아담의 언어입니다. 그리고 대상의 본질을 상실한 언어가 바벨의 언어입니다. 그런데 인간들이 아담의 언어를 사용하다 바벨의 언어를 사용하게 되면서 언어는 대상의 본질을 제대로 전달해내지 못하게 되었던 것입니다.

아담의 언어 중에 엄마와 아빠, 영어로는 mama, papa라는 말을 예로 들어볼 수 있습니다. 엄마라는 말인 'mamma'는 라틴어로 '젖 가슴'을 뜻한다고 합니다. 한편 아빠라는 말인 'pappa'는 라틴어나 산스크리트어로 모두 '밥'을 의미한다고 합니다. 그런 점에서 엄마와 아빠는 우리에게 '젖'과 '밥'을 먹여주는 존재, 우리를 먹이고 살아가 게 해주고 성장하게 도와주는 존재라는 의미를 갖는 것이지요.

이처럼 아담의 언어는 사물이나 대상의 본질에 가깝거나 밀접한 연관을 가지면서 사람들끼리 쉽게 소통하게 하거나 사물이나 대상 의 본질에 가까운 사유를 하고 그것과 밀접한 실천을 할 수 있는 밑 바탕이 되었을 것입니다.

그런데 성경에 나오는 바벨탑 이야기가 암시하고 있는 것처럼 인 간은 바벨의 언어를 사용하면서 사람들끼리의 소통이 어려워졌고 그 언어는 대상의 본질을 담아내지 못하게 되었던 것입니다. 바벨의 언어가 되면서 언어는 사물의 본질로부터 멀어지고 사람들의 실제 적 삶과 거리를 두게 되었던 거지요. 아담의 언어인 마마나 파파라 는 단어는 엄마나 아빠의 본질이나 성격을 담아내고 있지만 바벨의 언어인 사과 혹은 apple이라는 말 속에는 사과의 맛과 향, 그 본질 을 드러내지 못하고 있다는 점에서 아담 언어의 중요성이 드러난다 고 할 수 있습니다.

그런 점에서 우리는 아담의 언어를 복원하고 사용해야 하겠지요. 사실 아담의 언어를 찾아내고 일상생활에서 활용하기는 어렵겠지만 그럼에도 최대한 아담의 언어를 일구고 보살필 필요가 있겠습니다. 특히 아담의 언어를 강조하는 것은 일상생활에서 언어의 추상성과 허구성을 극복하고 언어를 실제의 삶과 일치시켜나가도록 해나갈 필요가 있기 때문입니다.

우리는 각자 자신의 언어사전을 가지고 있다고 할 수 있습니다. 서적으로 출간되거나 인터넷 사이트에 있는 사전류가 아니라 우리는 각자 자신만의 삶의 내력과 경험을 통해 얻어진 자신만의 고유한 언어 사전을 가지고 있는 것입니다. 각각 다른 용례를 가진 단어와 각각 담아내고 있는 단어의 양이 다른 자신만의 언어사전을 가지고 있는 거지요.

사랑이란 단어를 예로 들어보면, 어떤 사람은 사랑은 희생과 봉사라고 생각하면서 주는 사랑을 강조하는가 하면, 어떤 사람은 사랑은 서로 나누는 것이라고 하면서 받으려고만 하는 사랑을 강조하기도 할 것입니다. 주는 것을 강조하는 사랑의 단어를 가진 사람과 받는 것을 강조하는 사랑을 사랑이라고 생각하는 사람의 소통은 분명 제대로 이루어지지 않을 가능성이 많은 것은 당연합니다. 그래서 사람과 사람과의 언어적 소통은 어려운 데가 있습니다. 왜냐하면 우리들은 각각의 다른 개념의 언어사전을 가지고 있기 때문입니다.

그중에서도 우리는 앞에서도 이야기한 대상의 본질과 실체에 근접한 아담의 언어를 자신의 언어사전에 많이 가지고 있어야 하겠지요. 자신의 삶으로부터 너무나도 벗어난 추상적이고 허구적인 단어들은 과감히 삭제하고 자신의 삶의 구체성을 드러내고 자신의 정체성을 제대로 드러내 줄 수 있는 아담의 언어들을 찾아내고 발굴해내야 하겠습니다. 그런 아담의 언어야말로 자신과 자신을 둘러싼 세계에 대한 적확한 이해와 참다운 판단, 그리고 실천의 질료가 되어 줄 것입니다. 그런 점에서 우리는 오늘부터라도 자신의 언어사전을 철저히 탐구하고 개선하고 보충해 나가야 하겠습니다. 그러한 자신만의 언어사전의 발굴과 보완이 떠도는 말, 말들의 슬픈 해방을 막아낼 수 있는 원천이 될 것입니다.

지금까지 떠도는 말과 그러한 언어의 한계를 극복할 수 있는 방법에 대해 이야기해보았습니다. 조금 화제를 전환해서 아름다움과 미학에 대해 이야기해보겠습니다.

우리는 살아가면서 어떤 사태나 대상을 맞닥뜨렸을 때 그것에 대한 다양한 판단을 하게 됩니다. 그러한 판단의 근거가 바로 진·선·미(眞·善·美)이고, 보다 구체적으로는 시비(是非)와 선악(善惡), 그리고 쾌·불쾌(快·不快)라고 할 수 있습니다. 여기서 첫 번째 시비(是非) 판단은 이성과 관련된 것으로 진리를 근거로 하여 사태나 대상의 옳고 그름을 따져보는 것입니다. 두 번째 선악(善惡) 판단은 도덕이나 윤리와 연관된 것으로 대상이 선에 가까운 것인지 아니면 악과 연관된 것인지 판단해보는 거지요. 세 번째 쾌·불쾌(快·不快) 판단은 감정이나 정서와 연관된 것으로 대상에 대한 감정적 편안함과 불편함을 판단하는 것입니다. 그래서 시비는 주로 진리와 연관된 것이고, 선악은 도덕과 윤리에, 쾌·불쾌는 예술적 판단과 연관됩니다. 결국 우리는 하루하루를 살아가면서 이와 같은 시비, 선악, 쾌·불쾌와 관련한 판단을 하게 된다는 거지요.

그런데 우리는 매일 이 진·선·미의 판단 중에서 어떤 것에 무게중심을 두고 판단을 하면서 살아가느냐에 대해 생각해 볼 필요가 있습니다. 대체로 우리는 시비를 근거로 한 진리 판단을 우선시하는 것 같습니다. 어떤 사태나 사물을 대할 때 우리는 그것이 먼저 옳고/그르냐, 혹은 맞냐/틀리냐라는 판단을 우선적으로 하는 거지요. 그리고 그것에 대한 선악을 근거로 한 도덕적이고 윤리적인 판단을 하게 됩니다. 그리고 맨 마지막으로 감각이나 정서를 근거로 한 쾌/불쾌에 대한 판단을 하게 되는데, 이 마지막 세 번째 판단은 앞의 두 판단에 비해 신뢰를 많이 하지 않는 것이 사실이기도 합니다. 왜냐하면 진리판단이 이성에 근거를 두고 있고, 도덕/윤리 판난이 종교적 율법이나 보편적인 상식을 근거로 있는 것에 비해, 쾌/불쾌의 감성적인 판단은 개인적이고 주관성이 강한 몸의 감각이나 정서를 근거로 하고 있기 때문이지요.

하지만 여기서 우리는 진리 판단이나 도덕 판단보다 쾌/불쾌의 예술적 판단을 좀 더 자세히 살펴볼 필요가 있습니다. 진리 판단이나 도덕 판단은 우리의 외부적인 요인들(진리관, 도덕·윤리관)에 의해 결정되는 반면 예술 판단은 우리의 내부적인 요인(몸의 감각)에 의해 결정되기 때문입니다. 그러니까 진리나 도덕 판단은 우리 외부에서 주어지거나 학습된 진리나 규율을 근거로 한다는 점입니다. 그것들은 보편성과 일반성을 준거로 삼아 각 개개인들에게 요구되고 부과된 것들을 근거로 삼고 있습니다. 하지만 예술 판단은 우리 내부인 몸을 근거로 하는데 각자의 몸에서 느껴지는 쾌/불쾌의 감각과 정서는 외부적으로 주어지는 것이 아니라 태어나면서 본원적으로 주어져서 주관적이고 개별적인 것입니다.

그런 점에서 각자의 몸을 근거로 한 쾌/불쾌의 감각적이고 정서적인 판단은 각 개별적인 존재들의 차이를 인정한다는 점에 의의가 있습니다. 반대로 진리 판단과 도덕/윤리 판단은 외부적 요인들, 즉 외부적인 규율과 법칙에 근거하기 때문에 상대성이나 개별성을 인정하지 않게 되고 외부적 요인들의 동일성을 준거로 보편성만을 강조하면서 개인들의 자율성을 훼손시킬 가능성이 많은 거지요. 실제로 지금까지 인류사의 전쟁이나 갈등을 유발시켜 온 것들은 보편성과 일반성을 전제로 한 진리나 종교적 율법이었다고 할 수 있습니다. 그러한 진리치나 율법들의 동일성을 강조하면서 그것들과 차이 나는 것들은 배제하고 부정하면서 사람들끼리의 갈등이나 전쟁을 불러왔다고 할 수 있습니다.

반면에 쾌/불쾌의 감각은 외부적 요인에 의해 강제되거나 요구되는 것이 아니라 그것들과는 상관없이 개별적으로 누구나 느끼는 것들이라는 점입니다. 외부적인 요인이 아니라 각자의 개별성으로부터 출발하고 얻어지는 것이지요. 진리 판단과 도덕 판단의 근거는 반드시 외부적 요인에 의해 학습되고 요구되는 것에 반해 예술 판단은 내부적 자발성으로부터 시작한다는 것입니다. 실제로 쾌/불쾌에 대한 감각, 이를테면 뜨겁다 혹은 차갑다에 대한 감각은 교육받지 못한 두세 살 아이들도 태어나는 순간부터 본래 갖고 있습니다. 그래서 예술 판단은 각자의 차이와 개성을 인정하는 것이고, 각자의 개별성과 자발성, 한 개인의 본래성을 인정하는 것입니다.

그렇다면 우리가 강조하고 개발해야 할 판단은 어떤 것이어야 할까요? 바로 예술 판단의 능력을 길러내는 것이겠지요. 지금까지 우리는 진리 판단이나 도덕/윤리 판단 능력을 신장하는 데만 집중해 왔습니다. 반면에 쾌/불쾌의 감각에 근거를 둔 예술 판단은 불필요하거나 가치가 낮은 일로 폄하되는 경우가 많았습니다.

하지만 이제 우리는 자신의 몸으로부터 기원하는, 자신의 내부적 기준으로부터 출발하는 감각을 훈련시켜야 할 것 같습니다. 우리가 살아가고 나아가야 할 참다운 삶에 대한 판단의 기준은 외부적으로 주어진 진리나 도덕 판단이 아니라 자신의 내부로부터 출발하는 예술 판단이어야 한다는 것이지요. 분명 보편성이나 일반성에 기반한 도덕이나 진리 판단도 중요하지만 그보다 오히려 개별성과 상대성을 강조하는 예술판단에 무게 중심을 더 두어야 한다는 것입니다. 즉 참다운 삶의 판단 기준이 외부가 아닌 내부여야 한다는 의미이기도 합니다. 오늘부터 참다운 나의 감각, 나만의 기준으로 모든 것을 판단하는 연습을 해보는 것도 좋을 것 같습니다.

예술적 판단, 미적 감각을 소중하게 생각해야 한다고 말씀드렸는데 그렇다면 아름다움의 의미에 대해 생각해 볼까요? 우리 인간은 기본적으로 아름다운 것을 추구하는 경향이 있습니다. 아름다운 추억, 아름다운 사랑, 아름다운 풍경, 아름다운 예술품 등을 만들어내고 감상하고 즐기려고 하는 거지요.

그런데 아름답다는 것에 대한 개념 정리 혹은 의미 부여는 매우 어렵습니다. 철학에서도 가장 어려운 영역이 아마 미학의 영역일 것입니다. 그 어떤 철학자도 아름다움에 대해서 명쾌하게 정리한 적은 없었다고 할 수 있습니다. 이 같은 미학의 복잡성과 난해성 때문에 우리는 미학에 대한 불편함을 갖고 있는지도 모르겠습니다.

많은 철학자들 중 칸트란 철학자는 그의 저서 『판단력비판』에서 아름다움을 판단하고 인식하는 과정을 규명해내려고 했습니다. 하지만 완전하게 미의 의미나 가치를 규명해냈다고는 할 수 없습니다. 그럼에도 칸트의 미에 대한 정의는 되새겨볼 만한 가치가 있습니다. 칸트는 미적 판단의 근거로 쾌와 불쾌를 제시했습니다. 감각적으로 쾌한 것이면 아름다운 대상이 되는 것이고 불쾌하면 아름답지 않다는 것이지요. 그러니까 어떤 예술품을 감상할 때 감각적으로 쾌하면 아름다움에 가까운 것이고, 불쾌하면 아름다움과는 거리가 멀다는 이야기입니다.

여기서 중요한 것은 아름다움은 감각적 기준에 의한 것이지 이성적이거나 지식을 조건으로 한 판단의 대상이 아니라는 점입니다. 그런 점에서 아름다운 대상을 인식하고 판단하는 것은 지식을 많이 가지고 있거나 진리를 잘 분별해내는 사람의 능력과는 무관하다고 할 수 있는 것이기도 합니다.

특히 칸트는 숭고미를 강조했습니다. 숭고한 아름다움은 우리 일상에서 쉽게 찾아보기 어렵습니다. 숭고미는 신화나 종교, 즉 인간을 넘어서 신의 영역에 가까운 것들에서만 찾아볼 수 있다는 것입니다. 그래서 숭고미는 인간의 분별과 판단 능력을 초월한 신의 전지전능함을 드러내는 종교적인 예술 작품들, 그리고 자연의 경이로운 풍광 등에서 찾아낼 수 있는 것입니다. 자연의 웅장함과 경이로움, 신의 전지전능함 앞에서 우리는 말문이 막히는 경험을 하게 되고, 그런 경우 바로 숭고의 아름다움을 접하는 순간이 되는 거지요.

이처럼 칸트는 아름다움은 인간의 지식과 언어로는 인식하고 판단할 수 없는 영역의 것이라고 상정했던 것입니다. 이런 칸트의 관점에서 보면 아름다움은 인간의 언어로 설명할 수 없는 그 무엇이라고 하는 아이러니에 직면하게 됩니다.

아름다움을 좀 더 쉽게 설명해보면, 아름다움은 말로 설명할 수 없는 그 어떤 감각, 느낌이라고 할 수 있습니다. 언어는 사회적 약속이고 그 언어를 통해 지식이 축적되고 소통되는데, 아름다움은 그 언어를 뛰어넘는다는 거지요. 언어가 가지고 있는 일반성과 보편성을 뛰어넘는 영역이 바로 아름다움의 영역이라는 것이 칸트의 주장입니다.

그래서 아름다움에는 언어나 철학이 지향하는 절대적 진리나 가치, 보편성과 일반성을 초월하려는 경향이 있습니다. 아름다움은 내가 쾌하다고 느끼는 바로 그 감각, 느낌 그 자체인 것이지요. 다시 쉽게 말하면 내가 지금 이 순간 쾌하다고 느끼는 그 감각, 그게 바로 아름다움인 것이지요. 그런 감각은 보편적 절대적 감각을 전제로 하지 않는 것이고 우리 누구나 느낄 수 있는 것이기도 합니다.

그래서 절대적 아름다움은 없다고 할 수 있습니다. 우리 각자가 각각 느끼는 쾌의 감각, 그것이 아름다움일 수 있습니다. 그래서 아름다움은 상대적인 것이고 그래서 누구나 느낄 수 있고, 누구에게나 평등한 것이지요.

다만 문제는 우리 각자가 자기 내면에 그런 아름다움을 간직하고 있느냐의 여부입니다. 내 마음속에 보편성과 일반성에 구속되지 않고 자신만의 감각적 쾌를 인식하고 표현할 수 있는 능력을 가져야 하는 것이지요.

우리 고전 속에 바로 그런 아름다움의 내면을 간직한 여인이 있습니다. 바로 삼국유사에 나오는 수로부인입니다. 수로부인에 관한 이야기는 「헌화가」와 「수로가」와 관련된 설화에 제시되어 있습니다. 먼저 「헌화가」와 관련된 설화를 보면 수로부인의 남편인 김순정공이 강릉태수로 부임하기 위해 경주에서 강릉으로 가는 길에 어느 바다 절벽 위에 아름다운 꽃이 피어 있는 것을 보았습니다. 하지만 험한 낭떠러지 위에 꽃이 피어 있어서 누구도 그 꽃을 따다 줄 수 없었습니다. 그런데 암소를 끌고 가던 어느 노인이 아무렇지도 않게 그 절벽에 올라 꽃을 따다가 수로부인에게 바쳤습니다. 그러면서 「헌화가」라는 노래를 불렀던 것입니다. 여기서 노인은 어떤 존재일까요? 노인은 아마 고대 농경사회의 신적 존재라고 할 수 있을 것 같습니다. 고대 농경사회에서 소는 숭배의 대상이었고 그 소를 끌고 가는 노인은 농사의 신이라고 상상해볼 수 있습니다. 노인은 신적 존재였기 때문에 평범한 사람들은 죽는 것이 두려워서 꽃을 따러 낭떠러지에 오를 수 없었지만 신은 죽음을 초월한 존재이기에 그런 일을 할 수 있었던 거지요.

다음은 「수로가」의 설화입니다. 이 설화는 「헌화가」의 이야기에 연속된다고 할 수 있습니다. 또 강릉을 향해 바다길을 가던 수로부인을 이번에는 바다의 용이 납치해갑니다. 그러자 김순정공의 일행들과 바닷가 사람들은 수로부인을 내어줄 것을 압박하는 노래를 부르게 되고, 그러자 용은 수로부인을 내어줍니다. 여기서 용은 바다의 신에 비견해 볼 수 있습니다. 「헌화가」의 신이 농경의 신, 육지의 신이라면 「수로가」의 용은 바다의 신인 것이지요. 이처럼 바다의 신과 육지의 신이 모두 수로부인을 흠모한 것으로 봐서 수로부인의 아름다움을 추론해볼 수 있습니다.

그런데 수로부인이 진정 아름다운 이유는 또 다른 데 있습니다. 그것은 아름다운 것을 아름다운 것으로 볼 수 있는 수로부인의 내면이라고 할 수 있습니다. 강릉으로 향하는 많은 일행들 가운데 아름다운 꽃을 발견하고 아름답다고 말할 수 있는 사람이 바로 수로부인이었기 때문이지요. 수로부인은 내면의 아름다움을 갖추고 있었고, 그 아름다운 내면이 육지와 바다의 신이 반할 만한 자신만의 아름다움을 만들어내었다고 할 수 있겠습니다.

바로 여기에 우리가 지키고 추구해야 할 아름다움이 존재한다고 할 수 있습니다. 아름다움은 우리 외면에서 오는 것이 아니라는 거지요. 외부에서 주어진 절대적 진리나 규준, 지식이나 진리가 아니라 각자의 내면에서 발견하고 추구하는 아름다움이야말로 진정한 아름다움의 시작인 셈이지요.

한편 칸트의 미학을 보면서 우리가 주의 깊게 살펴야 할 것도 있습니다. 바로 칸트가 강조하는 숭고미와 형식미학이지요. 작품 그 자체가 가지고 있는 형식과 구조의 층위만 강조하는 칸트 미학이 바로 순수예술, 순수문학의 이론적 바탕이 되어왔습니다. 칸트는 예술을 신이나 자연의 영역과 더불어 물자체(物自體)로 상정했습니다. 칸트가 강조한 물자체의 세계는 인간이 인식할 수 없는 영역이고, 언어로 환원해낼 수 없는 영역입니다. 사실 신의 세계나 자연의 현상에 대해 감히 인간의 언어로 설명하거나 재현해내기는 어렵습니다. 그 자체의 원리와 목적으로 스스로 존재하는 영역이 물자체이고, 그러한 영역에 인간은 개입할 수 없다는 것이 칸트의 주장입니다. 이처럼 예술을 물자체의 영역으로 배치했던 칸트가 강조한 아름다움의 핵심에 숭고미가 자리하고 있는 것입니다. 이를 바탕으로 한 순수예술가, 순수문학가들은 예술이 정치나 사회와 같은 인간의 영역을 다루는 것을 금기시해왔습니다. 때문에 지난 시대의 구인회나 시문학파, 모더니즘문학, 그리고 청록파의 문학들은 당대 민중들의 고통스러운 삶이나 사회 현상에 대해 이야기하기보다는 작품 그 자체, 언어의 형식적 아름다움에 집착했던 것입니다.

박목월의 「나그네」가 그런 순수미학을 대표하는 작품인 셈입니다.

강나루 건너서 밀밭 길을

구름에 달 가듯이 가는 나그네
길은 외줄기 남도 삼백 리
술 익는 마을마다 타는 저녁놀
구름에 달 가듯이 가는 나그네

1946년 발간된 『청록집』에 실린 시입니다. 해방공간을 떠올려볼까요. 당대 민중들은 미군정의 정책실패로 인한 쌀 부족 현상으로 보릿고개를 힘겹게 넘겨가면서도 민족국가 건설을 위해 목숨을 거는 투쟁들을 벌일 때입니다. 그런데 시인은 낙동강 주변의 마을을 '구름에 달 가듯이' 거닐면서 '술 익는 마을마다 타는 저녁놀'이 아름답다고 노래하고 있습니다. 시인의 눈에는 고통스런 민족의 현실과 민중의 배고픔이 보이지 않는 것 같습니다. 시인이 추구한 아름다움이 진정한 아름다움일까요? 그가 포착한 숭고한 경지의 아름다움이 무척이나 불편하게 느껴집니다.

한자 아름다울 미(美)를 제 나름대로 분석해보면 美자는 羊과 大가 결합되어 있는 것으로 보입니다. 양이 커서 아름답다는 것이지요. 하느님이나 신에게 제사 지낼 때 양을 제물로 한다면 그 양은 작고 마른 것이 좋을까요? 아니면 크고 통통한 것이 좋을까요? 신이 보시기에 큰 양이 아름답게 보였을 것입니다. 그리고 그렇게 큰 양이어야 제사 후 많은 이들이 맛있게 나누어 먹을 수 있었을 것이기도 하고요. 지나치게 아름다움을 단순화했지만 사실 아름다움은 그렇게 단순한 만큼 인간의 현실적 필요나 요구에 합당한 것이어야 합니다. 그런데 칸트의 미학은 우리의 현실 저 너머의 초월적 물자체의 세계에서의 아름다움을 강조하고 있습니다. 현실 저 너머의 신이나 자연의 세계, 그보다는 우리가 살아가는 지금 여기의 현실 가운데에 아름다움이 놓여 있어야 할 것 같습니다.

그런데 현대를 살아가는 우리 인간은 그런 눈에 보이지 않는 세계, 미적 가상의 세계, 즉 허구의 세계에 과도한 몰입을 하면서 살아가고 있습니다. 말들의 슬픈 해방의 소산인 일상 속의 소문들 또한 허구인 것은 마찬가지이고, 민족이 상상의 공동체라는 것, 국가에 대한 충성과 헌신의 이념 또한 허구일 뿐이라는 것에 많은 분들이 공감하실 것입니다. 요즘 현금보다 카드를 사용하시는 분들이 많지요. 하지만 돈도 카드도 단지 허구일 뿐입니다. 어쩌면 무신론적 입장에서 보면 신도 허구일 뿐이지요. 그럼에도 우리들은 인터넷이나 사이버 게임, 가상의 세계에 매몰되어 하루하루를 살아가고 있습니다. 이에 대해 『사피엔스』의 저자 유발 하라리는 현생 인류가 허구에의 과도한 몰입으로 비극을 맞고 있다고 주장합니다. 앞에서도 이야기했지만 우리는 타자들과 대화하면서 끊임없이 벽을 실감합니다. 이는 언어의 불완전성, 자기만의 언어사전 때문이기도 하지만 우리가 각자 만들어낸 자기만의 허구, 자기만의 서사 때문이기도 합니다. 삶의 실체, 본래성으로부터 멀어진 자기만의 서사, 자신의 언어사전으로만 이루어진 미적 가상의 세계, 허구에 몰입되어 다른 이들의 서사나 삶의 실체를 이해하지 못하고 실감하지 못하기 때문이지요.

여기에 이르면 지나친 허무주의에 도달한 느낌이 들기도 합니다. 신도 국가도 돈도 모두가 허구이고, 이의 바탕이라 할 수 있는 과학도 진리도 허구에 불과하다면 우리는 어떻게 살아가고 무엇에 대해 말하고 쓸 수 있는가 하고요. 유발 하라리는 말합니다. 그런 허구로 인해 고통받는 사람들에 대해 사유하고 공감하라고요. 사실 허구가 없었으면 현생 인류는 존재하지 않았을 것입니다. 눈에 보이지 않는 것을 이해하고 설명할 수 있는 능력을 갖게 되면서 인류는 인지혁명, 농업혁명, 산업혁명, 그리고 제2차 인지혁명인 4차 산업(IT, 인공지능)에 도달하게 되었지요. 그런데 문제는 그러한 허구에의 과도한 몰입이었고, 그러한 허구로 인한 인간들의 고통에는 둔감한 것이었습니다. 현대 문명이 만들어지기까지 많은 순교자들이 신을 위해서, 많은 애국자와 민족지사들이 국가와 민족을 위해 돌아가셨습니다. 지금도 많은 소수민족과 소수자, 노동자들이 그러한 허구에 희생양들로 스러져가고 있습니다. 과연 현대인들은 행복한가요?

따라서 우리는 이제 그런 추상적인 허구, 구체적 현실의 실체를 담아내지 못하는 언어, 미학, 철학, 과학, 이념에 대해 회의해봐야 할 것입니다. 그보다는 우리의 구체적 삶, 본래적 삶에 가까워져가면서 이 땅에서 고통 받는 분들의 아픔과 상처에 공감하고 연대하는 삶이 필요할 것 같습니다. 그런 점에서 진정한 글쓰기는 허구가 허구임을 밝혀낼 수 있는 시선과 용기로부터 출발한다고 할 것입니다.

오늘 두서없이 떠도는 말들과 순수미학의 불편함에 대해 이야기해보았습니다. 다시 한 번 요약하자면 그 어떤 진리나 아름다움도 언어로 표상해낼 수 없다는 것입니다. 떠도는 말들, 미학이나 허구에 대한 집착보다는 삶의 구체성 속에서의 실천하는 삶이 중요한 것 같습니다. 또한 불완전한 언어의 미적 형식이나 구조, 순수미학에 집착하기보다는 우리 사회의 구체적 모순들을 재현하고 고발하는 문학이 필요하다는 것을 제 나름대로 이야기해본 것입니다. 감사합니다.

애도의 공동체

초판1쇄 찍은 날 | 2020년 2월 24일
초판1쇄 펴낸 날 | 2020년 2월 27일

지은이 | 최현주
펴낸이 | 송광룡
펴낸곳 | 문학들
등록 | 2005년 8월 24일 제 2005 1-2호
주소 | 61489 광주광역시 동구 천변우로 487(학동) 2층
전화 | 062-651-6968
팩스 | 062-651-9690
전자우편 | munhakdle@hanmail.net
블로그 | blog.naver.com/munhakdlesimmian
값 16,000원

ISBN 979-11-86530-84-9 03810

· 잘못된 책은 바꿔드립니다.